Het ROSIE PROJECT

Van Graeme Simsion zijn
verschenen:

Het Rosie project
Het Rosie effect
Het Rosie resultaat

Het beste van Adam Sharp
Camino

GRAEME SIMSION

Het ROSIE PROJECT

Vertaald door Linda Broeder

UITGEVERIJ LUITINGH-SIJTHOFF

Oorspronkelijke titel: *The Rosie Project*
Vertaling: Linda Broeder
Omslagtypografie: Studio Jan de Boer
Omslagillustratie: W.H. Chong
Auteursfoto: James Penlidis

ISBN 978 90 210 2799 9
NUR 302

www.lsamsterdam.nl
www.boekenwereld.com

Uitgeverij Luitingh-Sijthoff vindt het belangrijk om op milieuvriendelijke en verantwoorde wijze met natuurlijke bronnen om te gaan. Bij de productie van dit boek is daarom gebruikgemaakt van papier waarvan het zeker is dat dit niet tot bosvernietiging heeft geleid.

Voor Rod en Lynette

Het ROSIE PROJECT

1

IK HEB MOGELIJK EEN OPLOSSING GEVONDEN voor het Echtgenote Probleem. Achteraf gezien was het antwoord overduidelijk, zoals bij zoveel wetenschappelijke doorbraken. Maar zonder een reeks ongeplande gebeurtenissen zou ik het waarschijnlijk nooit hebben ontdekt.

Gene gaf de aanzet tot de reeks toen hij erop stond dat ik een lezing zou geven over het syndroom van Asperger die hij eigenlijk zelf had toegezegd te geven. De timing was erg ongelukkig. De voorbereidingstijd kon worden gecombineerd met het nuttigen van mijn lunch, maar op de avond in kwestie had ik vierennegentig minuten ingepland voor het schoonmaken van mijn badkamer. Ik kon kiezen uit drie opties, geen van alle bevredigend.

1. De badkamer schoonmaken na de lezing, leidend tot slaapgebrek met als resultaat verminderde mentale en fysieke prestaties.
2. Het schoonmaken uitstellen naar de volgende dinsdag, leidend tot een achtdaagse periode van verminderde badkamerhygiëne met daarbij behorend risico op ziekte.
3. Weigeren de lezing te geven, leidend tot beschadiging van mijn vriendschap met Gene.

Ik legde het dilemma voor aan Gene, die zoals gewoonlijk een alternatieve oplossing bood.

'Don, ik zal wel iemand voor je inhuren om je badkamer schoon te maken.'

Ik legde Gene – nogmaals – uit dat alle schoonmakers fouten maakten, wellicht met uitzondering van de Hongaarse vrouw met de korte rok. Mevrouw Korte Rok, die Gene's schoonmaakster was geweest, was vertrokken na een of andere discussie met Gene en Claudia.

'Ik zal je Eva's mobiele nummer geven. Als je mij maar niet noemt.'

'Wat als ze ernaar vraagt? Hoe kan ik antwoorden zonder jou te noemen?'

'Zeg gewoon dat je haar belt omdat zij de enige schoonmaakster is die goed werk levert. En als ze over mij begint, zeg je niets.'

Dit was een uitstekende uitkomst, en een goed voorbeeld van Gene's vermogen om sociale problemen op te lossen. Eva zou het fijn vinden om erkenning te krijgen voor haar bekwaamheid als schoonmaakster en zou misschien zelfs geschikt zijn om permanent deze rol te vervullen, waardoor er gemiddeld 316 minuten per week vrij zouden komen in mijn rooster.

Gene's probleem met de lezing was ontstaan doordat hij de kans kreeg seks te hebben met een Chileense academicus die een congres bijwoonde in Melbourne. Gene heeft een project waarbij hij seks probeert te hebben met vrouwen van zo veel mogelijk verschillende nationaliteiten. Als professor in de psychologie is hij erg geïnteresseerd in menselijke seksuele aantrekkingskracht, wat volgens hem grotendeels genetisch is bepaald.

Deze overtuiging komt overeen met Gene's achtergrond

als geneticus. Achtenzestig dagen nadat Gene me had aangenomen als postdoctorale onderzoeker werd hij gepromoveerd tot hoofd van de afdeling Psychologie, een zeer controversiële benoeming die bedoeld was om de universiteit te profileren als koploper in de evolutionaire psychologie en om meer publiciteit te genereren.

In de periode dat we allebei op de afdeling Genetica werkten, voerden we vele interessante discussies, die we voortzetten nadat hij zijn nieuwe aanstelling had gekregen. Dat was al reden genoeg om tevreden te zijn met ons contact, maar Gene nodigde me eveneens uit om bij hem thuis te komen eten en voerde ook andere vriendschapsrituelen uit, wat leidde tot sociale interactie tussen ons. Zijn vrouw Claudia, die klinisch psycholoog is, is nu ook een vriendin van me. Waarmee het totaal op twee komt.

Gene en Claudia hebben me een tijdje geprobeerd te helpen met het Echtgenote Probleem. Helaas was hun aanpak gebaseerd op het traditionele datingmodel, dat ik al eerder had afgeschreven omdat de kans op succes niet opwoog tegen de inspanningen en de negatieve ervaringen. Ik ben negenendertig, lang van postuur, in goede conditie en intelligent, met een relatief hoge status en een bovenmodaal inkomen als universitair hoofddocent. Logisch gezien zou ik aantrekkelijk moeten zijn voor een breed scala aan vrouwen. In het dierenrijk zou ik me succesvol kunnen voortplanten.

Er is echter iets aan mij wat vrouwen onaantrekkelijk vinden. Ik heb het altijd moeilijk gevonden om vrienden te maken en het lijkt erop dat de tekortkomingen die dit probleem veroorzaken ook invloed hebben op mijn pogingen een liefdesrelatie te krijgen. Het Abrikozenijs Fiasco is een goed voorbeeld hiervan.

Claudia had me voorgesteld aan een van haar vele vriendinnen. Elizabeth was een zeer intelligente computerwetenschapper, met een optische afwijking die werd gecorrigeerd door een bril. Ik noem de bril omdat Claudia me een foto liet zien en vroeg of ik dat niet erg vond. Wat een ongelooflijke vraag! Zeker van een psycholoog! Ik zocht iemand die een intellectuele stimulans zou bieden, iemand om activiteiten mee te ondernemen en om me wellicht zelfs mee voort te planten. Maar bij het evalueren van Elizabeths geschiktheid als potentiële partner was Claudia's eerste zorg mijn reactie op Elizabeths keuze voor een brilmontuur, dat ze waarschijnlijk niet eens zelf had uitgekozen maar op advies van een opticien. Dit is de wereld waarin ik moet leven. Toen vertelde Claudia me dat Elizabeth erg stellig was in haar overtuigingen. Ze zei het alsof het een probleem was.

'Zijn haar overtuigingen onderbouwd door bewijzen?'

'Ik denk het wel,' zei Claudia.

Perfect. Het leek wel of ze mij omschreef.

We spraken af bij een Thais restaurant. Restaurants zijn een mijnenveld voor sociaal onbekwamen, dus ik was nerveus, zoals altijd in dergelijke situaties. Maar we gingen goed van start aangezien we allebei precies om 19.00 uur aankwamen, zoals afgesproken. Slechte afstemming is een enorme tijdverspilling.

We overleefden de maaltijd zonder dat ze me bekritiseerde om eventuele sociale blunders. Het is lastig om een gesprek te voeren terwijl je je afvraagt of je wel naar het juiste lichaamsdeel van de ander kijkt. Ik richtte me maar op haar bebrilde ogen, op aanraden van Gene. Dit leidde tot enige onnauwkeurigheid in het eetproces, maar dat leek ze niet te merken. Integendeel, we hadden een zeer productief gesprek over simulatiealgoritmes. Ze was erg interessant! Ik zag al mogelijkheden tot een vaste relatie.

Toen de serveerster de dessertkaart bracht, zei Elizabeth: 'Ik houd niet van Aziatische desserts.'

Dit was vrijwel zeker een ongegronde generalisatie, gebaseerd op beperkte ervaring. Misschien dat ik dit als waarschuwing had moeten opvatten. Maar het gaf me de gelegenheid een creatief voorstel te doen.

'We kunnen een ijsje halen aan de overkant van de straat.'

'Goed idee. Als ze maar abrikoos hebben.'

Ik oordeelde dat ik goede vorderingen maakte, en ik verwachtte niet dat haar voorkeur voor abrikoos een probleem zou vormen. Ik had het mis. De ijssalon had een grote selectie smaken, maar ze waren door hun voorraad abrikozenijs heen. Ik bestelde een hoorn met een bolletje chocolade-rode peper en een bolletje drop voor mezelf en vroeg Elizabeth wat voor smaak ze dan prefereerde.

'Als ze geen abrikoos hebben, hoef ik niets.'

Ik kon het niet geloven. Al het ijs smaakt in feite hetzelfde, omdat de kou de smaakpapillen verdooft. Dat geldt helemaal voor fruitsoorten. Ik stelde mango voor.

'Nee, bedankt, ik hoef niet.'

Ik legde haar vrij gedetailleerd uit hoe dat verdoven van de smaakpapillen precies werkt. Ik voorspelde dat ze het verschil niet zou kunnen proeven tussen een bolletje mango en een bolletje perzik. Wat ook betekende dat beide een equivalent waren voor abrikoos.

'Ze smaken volkomen anders,' zei ze. 'Dat jij mango niet van perzik kunt onderscheiden, is jouw probleem.'

Nu hadden we een objectief meningsverschil dat met een simpel experiment kon worden opgelost. Ik bestelde van beide smaken het kleinste ijsje. Maar tegen de tijd dat de persoon achter de toonbank ze had bereid en ik me omdraaide om Elizabeth te vragen haar ogen dicht te doen voor het experiment, was ze verdwenen. Ja ja, overtuigingen onderbouwd door bewijzen. En dat voor een computer-'wetenschapper'.

Naderhand zei Claudia dat ik het experiment had moeten staken voordat Elizabeth was weggelopen. Dat begreep ik. Maar wanneer dan precies? Waar was het signaal? Dat soort subtiliteiten ontgaat mij. Maar het ontgaat mij ook waarom een verhoogd vermogen tot het onderscheiden van verschillende ijssmaken een voorwaarde zou zijn bij de partnerkeuze. Het lijkt me redelijk om aan te nemen dat sommige vrouwen dit niet als eis stellen. Helaas is het proces om deze vrouwen te vinden hopeloos inefficiënt. Het Abrikozenijs Fiasco had me een hele avond van mijn leven gekost, wat alleen werd gecompenseerd door de informatieve discussie over simulatiealgoritmes.

Twee lunches waren voldoende om me in te lezen en mijn lezing over het syndroom van Asperger voor te bereiden, zonder daarbij mijn voedselinname te hoeven opofferen, dankzij de aanwezigheid van wifi in de kantine van de geneeskundebibliotheek. Ik had geen voorkennis over stoornissen in het autistisch spectrum, aangezien deze buiten mijn specialisatie vielen. Het onderwerp was fascinerend. Het leek me gepast om me te richten op de genetische aspecten van het syndroom, die wellicht niet bekend waren bij mijn publiek. De meeste ziekten hebben wel enige grondslag in ons DNA, hoewel we deze in veel gevallen nog niet hebben ontdekt. Mijn eigen werk richt zich op genetische aanleg voor cirrose. Een groot deel van mijn werktijd ben ik bezig met het dronken voeren van muizen.

De symptomen van het syndroom van Asperger werden

uiteraard uitvoerig beschreven in de boeken en onderzoeksverslagen. Ik kwam tot de voorlopige conclusie dat de meeste symptomen simpelweg variaties waren in het functioneren van het menselijk brein, die ten onrechte als stoornis werden aangemerkt omdat ze niet binnen de sociale normen pasten – geconstrueerde sociale normen, die slechts de algemeenste menselijke configuraties beschreven en niet het volledige spectrum.

De lezing stond gepland voor 19.00 uur op een school in een buitenwijk. Ik schatte dat ik er in twaalf minuten naartoe kon fietsen en rekende drie minuten voor het opstarten van mijn computer en het aansluiten van de beamer.

Ik arriveerde volgens planning om 18.57 uur, nadat ik Eva, de schoonmaakster met de korte rok, zevenentwintig minuten daarvoor in mijn appartement had binnengelaten. Er liepen ongeveer vijfentwintig mensen rond in en om het klaslokaal, maar ik herkende Julie, de organisator, meteen op basis van Gene's omschrijving: 'blondine met dikke tieten'. In werkelijkheid weken haar borsten niet meer dan anderhalf keer de standaarddeviatie af van de gemiddelde grootte voor iemand van haar postuur en waren ze dus niet echt een opvallend kenmerk. Het had meer te maken met opduwing en ontbloting, voortkomend uit haar kledingkeuze, die zeer praktisch leek voor een warme zomeravond.

Misschien dat ik te veel tijd spendeerde aan het verifiëren van haar identiteit, want ze keek me vreemd aan.

'U bent zeker Julie,' zei ik.

'Kan ik u helpen?'

Mooi. Een praktisch persoon. 'Ja, wilt u me naar de VGA-kabel verwijzen? Alstublieft.'

'O,' zei ze. 'Dan moet u professor Tillman zijn. Ik ben zo blij dat u kon komen.'

Ze stak haar hand uit, maar die wuifde ik weg. 'De VGA-kabel, alstublieft. Het is 18.58 uur.'

'Doe maar rustig aan,' zei ze. 'We beginnen nooit eerder dan kwart over zeven. Wilt u een kop koffie?'

Waarom hechten mensen zo weinig waarde aan andermans tijd? Nu volgde de onvermijdelijke kletspraat. Die vijftien minuten had ik thuis aan aikidotraining kunnen besteden.

Tot dat moment had ik me alleen gericht op Julie en het scherm voor in het lokaal, maar nu ik om me heen keek, realiseerde ik me dat ik negentien mensen over het hoofd had gezien. Het waren kinderen, voornamelijk van het mannelijke geslacht, gezeten aan schooltafels. Vermoedelijk waren dit de slachtoffers van het syndroom van Asperger. Bijna alle literatuur richt zich op kinderen.

Ondanks hun aandoening leken de kinderen beter gebruik te maken van hun tijd dan hun ouders, die doelloos stonden te kletsen. De meeste kinderen waren met draagbare computerapparatuur in de weer. Ik schatte hun leeftijd tussen de acht en dertien. Ik hoopte dat ze goed hadden opgelet bij de exacte vakken, want mijn materiaal ging uit van praktijkkennis van organische scheikunde en van de structuur van DNA.

Ik realiseerde me dat ik nog geen antwoord had gegeven op de koffievraag.

'Nee.'

Door het vertraagde antwoord was Julie de vraag helaas alweer vergeten. 'Geen koffie,' legde ik uit. 'Ik drink nooit koffie na 15.48 uur. Dat verstoort de slaap. Cafeïne heeft een halveringstijd van drie tot vier uur, dus het is onverantwoord om koffie te serveren om 19.00 uur, tenzij mensen van plan zijn om tot na middernacht wakker te blijven. Wat tot een te korte nachtrust leidt wanneer ze een normale baan hebben.' Ik probeerde de wachttijd te benutten door praktisch advies te geven, maar het leek erop dat Julie liever over onbeduidende zaken wilde praten.

'Hoe gaat het met Gene?' vroeg ze. Dit was duidelijk een variant op de meest voorkomende formulaire interactie: 'Hoe gaat het met je?'

'Met hem gaat het prima, bedankt,' zei ik, het conventionele antwoord aanpassend aan de derde persoon.

'O, ik dacht dat hij ziek was.'

'Gene verkeert in goede gezondheid, zijn overgewicht van zes kilo daargelaten. We hebben vanmorgen nog samen hardgelopen. Hij heeft vanavond een date. Hij zou toch moeilijk uit kunnen gaan als hij ziek was.'

Julie leek niet onder de indruk. Toen ik later terugdacht aan deze interactie, besefte ik dat Gene vast tegen haar had gelogen over de reden van zijn afwezigheid. Dat deed hij waarschijnlijk om niet de indruk te wekken dat hij haar lezing niet belangrijk vond, en om een reden te geven voor het sturen van een minder prestigieuze spreker ter vervanging. Het lijkt me vrijwel onmogelijk om een analyse te maken van een dergelijke complexe situatie – bestaande uit bedrog en aannames over de emotionele reacties van een andere persoon – en vervolgens een eigen plausibele leugen te bedenken, terwijl de ander op jouw antwoord wacht. Maar dat is wel precies wat mensen van je verwachten.

Uiteindelijk sloot ik mijn computer aan en konden we beginnen, maar liefst achttien minuten te laat. Ik zou drieënveertig procent sneller moeten spreken om volgens planning te kunnen eindigen om 20.00 uur. Dat was een vrijwel onmogelijke prestatie. We zouden uitlopen, en ik kon mijn planning voor de rest van de avond wel overboord gooien.

2

Ik had mijn lezing de titel *Genetische aanleg voor stoornissen binnen het autistisch spectrum* gegeven en had wat voortreffelijke diagrammen van DNA-structuren opgezocht. Ik was pas negen minuten aan het woord, iets sneller pratend dan normaal om tijd in te halen, toen Julie me onderbrak.

'Professor Tillman. De meeste mensen hier zijn geen wetenschapper, dus u zult misschien wat minder technisch moeten zijn.' Daar erger ik me nu echt enorm aan. Mensen kunnen je precies vertellen wat de karaktereigenschappen zijn van een Boogschutter of een Stier en kunnen vijf dagen lang naar een cricketwedstrijd kijken, maar ze kunnen niet de interesse of de tijd opbrengen om basiskennis op te doen over datgene waar zij, als mens, uit bestaan.

Ik zette mijn presentatie voort zoals ik die had voorbereid. Het was veel te laat voor aanpassingen, en ik ging ervan uit dat in ieder geval een deel van het publiek voldoende kennis had om het te kunnen volgen.

Ik had gelijk. Iemand stak zijn hand op, een jongeman van ongeveer twaalf jaar.

'U zegt dat het onwaarschijnlijk is dat er slechts één dominant gen is, maar dat er eerder meerdere genen bij betrokken zullen zijn en dat de manier waarop de stoornis zich manifesteert afhangt van de specifieke combinatie. Correct?'

Precies! 'En van omgevingsfactoren. De situatie is vergelijkbaar met het hebben van een bipolaire stoornis, wat...'

Julie onderbrak me nogmaals. 'Dus, even voor de niet-genieën onder ons: volgens mij wil professor Tillman ons eraan herinneren dat asperger iets is waarmee je wordt geboren. Het is niemands fout.'

Ik was geschokt door het gebruik van het woord 'fout', met zijn negatieve connotaties, zeker aangezien het geuit werd door iemand met gezag. Ik kwam terug op mijn besluit om niet af te wijken van het genetische vraagstuk. Waarschijnlijk had de kwestie al een tijdje in mijn onderbewustzijn gebroeid, met als gevolg dat het volume van mijn stem wat omhoogging.

'Fout? Asperger is geen fout. Het is een variant. Het biedt grote potentiële voordelen. Het syndroom van Asperger wordt geassocieerd met structuur, concentratie, innovatief denken en rationele afstandelijkheid.'

Een vrouw achter in het lokaal stak haar hand op. Ik was nu helemaal gericht op de discussie en maakte een kleine sociale blunder, die ik snel corrigeerde.

'De dikke vrouw – vrouw met overgewicht – achterin?'

Ze zweeg even en keek het lokaal rond, maar nam toen het woord: 'Rationele afstandelijkheid, is dat een eufemisme voor gebrek aan emotie?'

'Een synoniem,' antwoordde ik. 'Emoties kunnen voor grote problemen zorgen.'

Ik besloot dat het nuttig zou zijn om een voorbeeld te geven en wendde me tot een verhaal waarbij emotioneel gedrag tot rampzalige gevolgen zou leiden.

'Stel je voor,' zei ik. 'Je zit verscholen in een kelder, met je vrienden. De vijand is naar jullie op zoek. Iedereen moet volkomen stil zijn, maar jouw baby is aan het huilen.' Ik deed een imitatie, zoals Gene zou doen, om het verhaal geloofwaardiger te maken: 'Wèèèè.' Ik zweeg even om het effect te vergroten. 'Je hebt een pistool.'

Overal werden handen opgestoken.

Julie sprong overeind. Ik ging verder. 'Met een demper. De vijand komt dichterbij. Ze gaan jullie allemaal vermoorden. Wat doe je? De baby krijst...'

De kinderen konden niet wachten om hun antwoord te delen. Een van hen riep: 'Schiet de baby neer', en al snel riepen ze allemaal: 'Schiet de baby neer, schiet de baby neer.'

De jongen die de vraag over genetica had gesteld, riep: 'Schiet de vijand neer', en toen zei een ander: 'Lok ze in een hinderlaag.'

De suggesties volgden elkaar in rap tempo op.

'Gebruik de baby als lokaas.'

'Hoeveel pistolen hebben we?'

'Leg je hand over zijn mond.'

'Hoe lang kan de baby overleven zonder lucht?'

Alle ideeën kwamen van de asperger-'slachtoffers', zoals ik al had verwacht. De ouders kwamen niet met constructieve suggesties. Sommigen probeerden de creativiteit van hun kinderen zelfs in te perken.

Ik hief mijn handen in de lucht. 'De tijd is om. Uitstekend gedaan. Alle rationele oplossingen kwamen van de aspies. De rest was niet in staat te handelen vanwege hun emoties.'

Een van de jongens riep: 'Aspies zijn cool!' Ik was deze afkorting in de literatuur tegengekomen, maar de kinderen leken die nog niet te kennen. Ze leken die leuk te vinden, en al snel stonden ze op de stoelen en tafels terwijl ze met hun handen in de lucht zwaaiden en in koor riepen: 'Aspies zijn cool!' Tijdens mijn voorbereiding had ik gelezen dat kinderen met het syndroom van Asperger vaak te weinig zelfvertrouwen hebben in sociale situaties. Het oplossen van het vraagstuk leek ze hier tijdelijk van te hebben genezen, maar ze kregen wederom geen positieve feedback van hun ouders. Er werd naar ze geroepen en in sommige gevallen werd er zelfs geprobeerd ze van de tafels te trekken. Blijkbaar hechten de ouders meer waarde aan het volgen van sociale conventies dan aan de vorderingen van hun kind.

Ik vond dat ik mijn punt wel had gemaakt, en Julie dacht niet dat we nog dieper op de genetica in hoefden te gaan. De ouders leken te reflecteren over wat hun kinderen hadden geleerd en vertrokken zonder verdere interactie met mij. Het was pas 19.43 uur. Een voortreffelijke uitkomst.

Terwijl ik mijn laptop inpakte, barstte Julie in lachen uit.

'Mijn god,' zei ze. 'Ik kan wel een drankje gebruiken.'

Ik wist niet zeker waarom ze deze informatie deelde met iemand die ze pas zesenveertig minuten kende. Ik was van plan om zelf wat alcohol te nuttigen wanneer ik weer thuis was, maar ik zag geen reden om Julie hierover in te lichten.

Ze ging verder: 'Weet u, dat woord gebruiken we nooit. Aspies. We willen ze niet het idee geven dat het een soort club is.' Nog meer negatieve implicaties van iemand die volgens mij toch juist betaald kreeg om hen te ondersteunen en aan te moedigen.

'Zoals homoseksualiteit?' zei ik.

'Touché,' zei Julie. 'Maar dit is anders. Als ze niet veranderen, dan zullen ze nooit echte relaties kunnen aangaan. Ze zullen nooit een partner krijgen.' Dit was een redelijk argument, een argument dat ik kon begrijpen, gezien mijn eigen problemen op dat gebied. Maar Julie veranderde van onderwerp. 'Maar u zegt dat er bepaalde dingen zijn – nuttige dingen – die zij beter kunnen dan... non-aspies? Naast het vermoorden van baby's.'

'Natuurlijk.' Ik vroeg me af waarom iemand die lesgaf aan

mensen met ongewone eigenschappen zich niet bewust was van de waarde en het nut van dergelijke eigenschappen. 'Zo is er een Deens bedrijf dat alleen maar aspies aanneemt om hun computerapplicaties te testen.'

'Dat wist ik niet,' zei Julie. 'U biedt me echt een heel nieuw perspectief.' Ze keek me even aan. 'Hebt u tijd voor een drankje?' Toen legde ze haar hand op mijn schouder.

Ik kromp automatisch ineen. Absoluut een ongepaste aanraking. Als ik dat bij een vrouw had gedaan, dan zou dat zeker tot problemen hebben geleid, mogelijk zelfs tot een klacht bij de decaan wegens ongewenste intimiteiten, wat gevolgen zou kunnen hebben voor mijn carrière. Maar als zij het deed, zou niemand haar erop aanspreken.

'Helaas, ik heb al andere activiteiten gepland.'

'Die vallen niet te verschuiven?'

'Absoluut niet.' Nu ik erin geslaagd was de verloren tijd in te halen, was ik niet van plan mijn leven weer in complete chaos te storten.

Voordat ik Gene en Claudia leerde kennen, had ik twee andere vrienden. De eerste was mijn oudere zus. Hoewel ze wiskundelerares was, had ze weinig interesse in ontwikkelingen binnen het vakgebied. Maar ze woonde in de buurt en kwam twee keer in de week langs, soms ook onaangekondigd. Dan aten we samen en spraken we over onbeduidende zaken, zoals gebeurtenissen in het leven van onze familieleden en sociale interactie met onze collega's. Eén keer in de maand reden we naar Shepparton voor een zondagsdiner met onze ouders en onze broer. Ze was vrijgezel, waarschijnlijk vanwege haar verlegenheid en het feit dat ze geen klassieke schoonheid was. Door ernstige en onvergeeflijke medische nalatigheid is ze nu dood.

De tweede vriendin was Jasmine. Deze vriendschapsperiode overlapte met die van Gene en Claudia. Jasmine kwam in het appartement boven mij wonen nadat haar man naar een verpleegtehuis moest vanwege dementie. Ze kon niet meer dan een paar passen lopen vanwege een versleten knie, verergerd door obesitas, maar ze was zeer intelligent en ik ging regelmatig bij haar op bezoek. Ze had geen diploma's, aangezien ze de traditionele rol van huisvrouw had vervuld. Dit vond ik een enorme verspilling van talent, zeker aangezien haar nageslacht haar goede zorgen niet beantwoordde. Ze was nieuwsgierig naar mijn werk, en we startten het Leer Jasmine Genetica Project, dat voor ons allebei fascinerend was.

Na een tijdje kwam ze haar avondeten regelmatig in mijn appartement nuttigen, aangezien het koken van één maaltijd voor twee personen grote economische voordelen biedt ten opzichte van het koken van twee aparte maaltijden. Elke zondag om 15.00 uur gingen we op bezoek bij haar man in het verpleegtehuis, dat 7,3 kilometer verderop lag. Ik duwde haar voort in haar rolstoel en we combineerden de wandeling van 14,6 kilometer met interessante gesprekken over genetica. Eenmaal daar las ik een boek terwijl zij met haar man praatte. Het was lastig te bepalen hoeveel hij nog precies begreep, maar het was duidelijk niet veel meer.

Jasmine was vernoemd naar de plant jasmijn die bloeide rond haar geboortedag, op 28 augustus. Op elke verjaardag gaf haar man haar jasmijnen, en dat vond ze een zeer romantisch gebaar. Ze klaagde dat haar naderende verjaardag de eerste keer in zesenvijftig jaar zou zijn dat deze symbolische daad niet zou plaatsvinden. De oplossing was duidelijk. Toen ik haar in haar rolstoel naar mijn appartement reed voor haar verjaardagsdiner, had ik een boeket jasmijnen voor haar gekocht.

Ze herkende de geur meteen en begon te huilen. Ik dacht dat ik een vreselijke fout had gemaakt, maar ze legde uit dat haar tranen een teken van blijdschap waren. Ze was ook onder de indruk van de chocoladetaart die ik had gebakken, maar niet in dezelfde mate.

Tijdens het eten maakte ze een ongelooflijke opmerking: 'Don, jij zou een fantastische echtgenoot zijn.'

Dit was zo tegengesteld aan mijn negatieve ervaringen met vrouwen dat ik tijdelijk verbijsterd was. Toen legde ik haar de feiten voor: de geschiedenis van mijn pogingen om een partner te vinden, te beginnen met mijn aanname als kind dat ik later zou trouwen, en eindigend met mijn afscheid van dit idee naarmate ik steeds meer bewijs kreeg dat ik ongeschikt was.

Haar argument was simpel: op ieder potje past een dekseltje. Statistisch gezien had ze vrijwel zeker gelijk. Helaas was de kans dat ik die persoon zou vinden onwaarschijnlijk klein. Maar het veroorzaakte onrust in mijn hoofd, als een wiskundig vraagstuk waarvan je weet dat er een oplossing voor bestaat.

Op haar volgende twee verjaardagen herhaalden we het ritueel met de bloemen. Het resultaat was niet zo dramatisch als de eerste keer, maar ik kocht ook cadeaus voor haar – boeken over genetica – en ze leek altijd erg blij. Ze vertelde me dat haar verjaardag altijd haar favoriete dag van het jaar was geweest. Ik wist dat dit gevoel gebruikelijk was bij kinderen, vanwege de cadeaus, maar ik had het niet bij een volwassene verwacht.

Drieënnegentig dagen na het derde verjaardagsdiner waren we op weg naar het verpleegtehuis. We discussieerden over een geneticaverslag dat Jasmine de dag ervoor had gelezen, maar al snel werd duidelijk dat ze een aantal significante punten was vergeten. Het was niet de eerste keer dat haar geheugen haar in de steek liet, dus ik regelde meteen een onderzoek naar haar cognitieve functies. De diagnose was alzheimer.

Jasmines intellectuele vermogen ging vlug achteruit, en al snel konden we geen gesprekken meer voeren over genetica. Maar we gingen wel door met onze gezamenlijke maaltijden en wandelingen naar het verpleegtehuis. Jasmine praatte nu vooral over haar verleden, met name over haar man en haar familie, en zo kreeg ik een algemeen beeld van hoe een huwelijk zou kunnen zijn. Ze bleef volhouden dat ik een geschikte partner zou kunnen vinden en net zoveel geluk zou kunnen ervaren als zij. Aanvullend onderzoek bevestigde dat Jasmines argumenten werden ondersteund door bewijs: getrouwde mannen zijn gelukkiger en leven langer.

Op een dag vroeg Jasmine: 'Wanneer is mijn volgende verjaardag?' Ik realiseerde me dat ze niet meer wist welke dag het was. Ik besloot dat het acceptabel was hierover te liegen, om haar geluksgevoel te maximaliseren. Het enige probleem was het vinden van jasmijnen buiten de bloeiperiode, maar ik had onverwacht geluk. Ik kende een geneticus die werkte aan het aanpassen en uitbreiden van de bloeiperiode van planten, om commerciële redenen. Hij kon mijn bloemiste van jasmijnen voorzien, en zo kon ik een verjaardagsdiner in scène zetten. Ik herhaalde de procedure telkens wanneer Jasmine naar haar verjaardag vroeg.

Uiteindelijk moest Jasmine bij haar man in het verpleegtehuis gaan wonen. Naarmate haar geheugen haar verder in de steek liet, vierden we haar verjaardag steeds vaker, tot ik dagelijks bij haar op bezoek ging. De bloemiste gaf me een speciale klantenkaart. Ik rekende uit dat, volgens het aantal verjaardagen dat we hadden gevierd, Jasmine de leeftijd van

207 had bereikt toen ze me niet meer herkende, en 319 toen ze niet meer reageerde op de jasmijnen en ik mijn bezoekjes staakte.

Ik had niet verwacht nog iets van Julie te horen. Maar zoals gewoonlijk waren mijn aannames over menselijk gedrag onjuist. Twee dagen na de lezing, om 15.37 uur, werd ik gebeld door een onbekend nummer. Julie had een bericht ingesproken, met de vraag of ik terug wilde bellen. Ik dacht dat ik misschien iets in het lokaal had laten liggen.

Weer had ik het mis. Ze wilde ons gesprek over het syndroom van Asperger voortzetten. Ik was blij dat mijn inbreng zoveel invloed had gehad. Ze stelde voor een hapje te eten in een restaurant, wat niet de ideale locatie was voor een productief gesprek. Maar aangezien ik meestal alleen at, was het gemakkelijk in te plannen. Het opzoeken van aanvullende informatie was een ander verhaal.

'Welke onderwerpen zou je precies willen bespreken?'

'O,' zei ze, 'ik dacht dat we gewoon wat in het algemeen konden praten... om elkaar een beetje beter te leren kennen.'

Dat klonk nogal ongericht. 'Ik heb op zijn minst een indicatie van het onderwerp nodig. Welk deel van mijn lezing heeft in het bijzonder je interesse gewekt?'

'O... ik denk dat over de computertesters in Denemarken.'

'Computerapplicatietesters.' Ik zou zeker meer onderzoek moeten doen. 'Wat wil je precies weten?'

'Ik vroeg me af hoe ze hen vinden. De meeste volwassenen met het syndroom van Asperger weten niet dat ze dit hebben.'

Dat was een goed punt. Het voeren van sollicitatiegesprekken met willekeurige sollicitanten zou een zeer inefficiënte methode zijn om een syndroom op te sporen dat naar schatting bij nog geen 0,3 procent van de bevolking voorkomt.

Ik waagde een gok. 'Ik neem aan dat ze een vragenlijst gebruiken als eerste filter.' Ik had de zin nog niet uitgesproken of er ging een lampje bij me branden. Niet letterlijk, uiteraard.

Een vragenlijst! Wat een logische oplossing. Een wetenschappelijk deugdelijk instrument, speciaal voor het doel vervaardigd volgens de huidige best practice, voor het eruit filteren van de tijdverspillers, de chaoten, de ijssmaakpuristen, de klagers over gestaar, de glazenbolkijkers, de horoscoopaanhangers, de modegekken, de religieuze fanatici, de veganisten, de sportkijkers, de creationisten, de rokers, de niet-wetenschappelijk onderlegden en de homeopaten, waarna in het meest ideale geval de perfecte partner overbleef, of meer realistisch, een behapbare lijst met geselecteerde kandidaten.

'Don?' Het was Julie, die nog steeds aan de lijn hing. 'Wanneer wil je afspreken?'

'Dat gaat niet lukken,' zei ik. 'Mijn agenda is vol.'

Ik had alle beschikbare tijd nodig voor dit nieuwe project.

Het Echtgenote Project.

3

Na mijn gesprek met Julie ging ik meteen naar Gene's kantoor in het gebouw van de afdeling Psychologie, maar hij was er niet. Gelukkig was zijn secretaresse – De Beeldschone Helena, die eigenlijk De Hinderlijke Helena zou moeten heten – ook afwezig, dus had ik toegang tot Gene's agenda. Ik ontdekte dat hij een publieke lezing aan het geven was, die om 17.00 uur zou eindigen. Daarna had hij een gat van een halfuur tot aan een vergadering om 17.30 uur. Perfect. Ik hoefde alleen maar mijn bezoekje aan de sportschool in te korten. Ik reserveerde het vrije halfuur in Gene's agenda.

Na een versnelde work-out in de sportschool, bereikt door niet te douchen en niet van apparaten te wisselen, jogde ik naar de collegezaal, waar ik voor de personeelsingang bleef wachten. Hoewel ik flink transpireerde van de warmte en van het sporten, voelde ik me energiek, zowel fysiek als mentaal. Zodra het 17.00 uur was op mijn horloge, liep ik naar binnen. Gene stond achter de lessenaar in de verduisterde zaal, nog steeds aan het woord, schijnbaar zonder besef van tijd. Hij was een vraag over financiering aan het beantwoorden. Met mijn binnenkomst scheen er ook een straal licht de zaal in. Ik realiseerde me dat de ogen van het publiek nu op mij gericht waren, alsof ze verwachtten dat ik iets zou zeggen.

‘De tijd is om,’ zei ik. ‘Ik heb een afspraak met Gene.’

Meteen begonnen er mensen op te staan. Ik zag de decaan op de eerste rij zitten, samen met drie mensen in pak. Ik nam aan dat zij hier waren als potentiële geldschieters, niet omdat ze meer wilden weten over seksuele aantrekkingskracht onder primaten. Gene doet eeuwig zijn best om geld los te krijgen voor onderzoek, en de decaan dreigt altijd te bezuinigen op de afdelingen Genetica en Psychologie vanwege ontoereikende fondsen. Met dat onderwerp houd ik me verder niet bezig.

Gene sprak boven het kabaal uit. ‘Ik denk dat mijn collega professor Tillman hiermee wil zeggen dat we de financiën beter een andere keer kunnen bespreken, hoe belangrijk dit ook is voor ons verdere werk.’ Hij keek naar de decaan en haar metgezellen. ‘Nogmaals dank voor uw interesse in mijn onderzoek, en dat van mijn collega’s van de afdeling Psychologie, uiteraard.’ Er klonk applaus. Het leek erop dat mijn onderbreking precies op tijd was gekomen.

De decaan liep langs me heen met haar vrienden uit het bedrijfsleven. Ze zei, alleen hoorbaar voor mij: ‘Sorry dat we u van uw afspraak hebben gehouden, professor Tillman. We zullen dat geld vast wel elders los kunnen krijgen.’ Dat was goed om te horen, maar inmiddels had zich vervelend genoeg een menigte gevormd rond Gene. Een vrouw met rood haar en een aantal metalen voorwerpen in haar oor stond met hem te praten. Ze sprak op vrij luide toon.

‘Ik had nooit gedacht dat u een publieke lezing zou gebruiken om uw eigen onderzoek te promoten.’

‘Gelukkig maar dat je erbij was, dan. Nu moest je een van je opvattingen herzien. Dat was vast voor het eerst.’

Het was duidelijk dat de vrouw enige vijandigheid uitstraalde, hoewel Gene stond te glimlachen.

'Zelfs als u gelijk zou hebben, wat niet zo is, hoe zit het dan met de sociale gevolgen?'

Ik was verbijsterd door Gene's antwoord; niet vanwege de onderliggende bedoelingen, die me inmiddels wel bekend zijn, maar vanwege de subtiele verandering van onderwerp. Gene's sociale vaardigheden zijn van een zeer hoog niveau. Daar zal ik nooit aan kunnen tippen.

'Dit klinkt meer als een discussie voor in een café. Zullen we het verder bespreken onder het genot van een kop koffie?'

'Sorry,' zei ze. 'Ik heb het te druk met onderzoek. U weet wel, het staven van beweringen.'

Ik wilde me naar voren wurmen, maar een lange blonde vrouw was me voor, en ik wilde niet het risico lopen op lichamelijk contact. De vrouw sprak met een Noors accent.

'Professor Barrow?' zei ze, doelend op Gene. 'Met alle respect, ik denk dat u het feministische standpunt te eenvoudig voorstelt.'

'Als we over filosofie gaan praten, kunnen we dat beter in een café doen,' antwoordde Gene. 'Ik zie je over vijf minuten bij Barista's.'

De vrouw knikte en liep richting de deur.

Eindelijk hadden we tijd om te praten.

'Wat was dat voor accent?' vroeg Gene aan mij. 'Zweeds?'

'Noors,' zei ik. 'Ik dacht dat je al een Noorse had gehad.'

Ik vertelde hem dat we een afspraak hadden staan, maar Gene had zich nu helemaal ingesteld op koffiedrinken met die vrouw. De meeste mannetjesdieren zijn zo geprogrammeerd dat ze een hogere prioriteit geven aan seks dan aan het helpen van een niet-verwant individu. Bovendien had Gene nog zijn onderzoeksproject als extra motivatie. Het had geen zin om in discussie te gaan.

'Reserveer het volgende gaatje in mijn agenda maar,' zei hij.

De Beeldschone Helena was blijkbaar al naar huis, dus ik had wederom zelf toegang tot Gene's agenda. Ik paste mijn eigen planning aan om onze afspraak in te kunnen passen. Vanaf nu zou het Echtgenote Project de hoogste prioriteit krijgen.

Ik wachtte tot precies 07.30 uur de volgende ochtend voordat ik bij het huis van Gene en Claudia aanklopte. Mijn hardlooprondje naar de markt om boodschappen te doen voor het avondeten had ik moeten verzetten naar 05.45 uur, wat betekende dat ik de avond daarvoor eerder naar bed moest, wat weer gevolgen had voor andere geplande taken.

Ik hoorde verbaasde geluiden aan de andere kant van de deur, waarna hun dochter Eugenie opendeed. Eugenie was blij me te zien, zoals altijd, en vroeg of ik haar op mijn schouders wilde nemen en naar de keuken wilde huppelen. Dat was erg vermakelijk. Ik realiseerde me dat ik Eugenie en haar halfbroer Carl misschien ook wel tot mijn vrienden kon rekenen, wat het totaal op vier bracht.

Gene en Claudia waren aan het ontbijten en zeiden dat ze me niet hadden verwacht. Ik adviseerde Gene om zijn agenda online te zetten – dan kon hij up-to-date blijven en kon ik onaangename ontmoetingen met De Beeldschone Helena vermijden. Hij was niet enthousiast.

Ik had het ontbijt overgeslagen, dus ik pakte een beker yoghurt uit de koelkast. Gezoet! Geen wonder dat Gene overgewicht heeft. Claudia is nog niet te zwaar, maar ik had wel een toename in haar gewicht opgemerkt. Ik wees hen op het probleem en benoemde de yoghurt als mogelijke boosdoener.

Claudia vroeg of ik de lezing over asperger leuk had gevonden. Ze verkeerde onder de indruk dat Gene de lezing had gegeven en dat ik er slechts bij aanwezig was geweest. Ik corrigeerde haar fout en vertelde haar dat ik het onderwerp fascinerend vond.

'Deden de symptomen je aan iemand denken?' vroeg ze.

Zeker wel. Het was een bijna perfecte omschrijving van Laszlo Hevesi van de afdeling Scheikunde. Ik wilde net het bekende verhaal vertellen over Laszlo en de pyjama toen Gene's zestienjarige zoon Carl binnenkwam in zijn schooluniform. Hij liep naar de koelkast en deed alsof hij die wilde opendoen, maar draaide zich toen plotseling om en haalde uit naar mijn hoofd. Ik ving de klap op en dwong hem voorzichtig maar resoluut op zijn knieën, zodat hij kon zien dat ik dit bereikte door middel van hefboomkracht en niet door spierkracht. Dit is een spelletje dat we altijd spelen, maar hij had de yoghurt niet gezien, dus die zat nu op onze kleding.

'Blijf zitten,' zei Claudia. 'Ik zal een doekje pakken.'

Een doekje zou mijn overhemd niet voldoende reinigen. Het schoonmaken van een overhemd vereist een wasmachine, wasmiddel, wasverzachter en een aanzienlijke hoeveelheid tijd.

'Ik leen wel een overhemd van Gene,' zei ik, waarna ik naar hun slaapkamer liep.

Toen ik terugkeerde, gekleed in een oncomfortabel groot wit overhemd met decoratieve ruches aan de voorkant, probeerde ik het Echtgenote Project te presenteren, maar Claudia had het te druk met kindgerelateerde activiteiten. Dit begon nogal frustrerend te worden. Ik maakte een eetafspraak voor zaterdagavond en vroeg hun om geen andere gespreksonderwerpen in te plannen.

Het oponthoud kwam eigenlijk wel goed uit, want dit stelde me in staat onderzoek te doen naar het opzetten van vragenlijsten, een overzicht met wenselijke kenmerken op te stellen en een eerste voorbeeldenquête te maken. Dit moest uiteraard allemaal gebeuren naast mijn colleges en onderzoeksverplichtingen, en naast een afspraak met de decaan.

Op vrijdagochtend hadden we wederom een onplezierig gesprek naar aanleiding van mijn melding van plagiaat van een laatstejaarsstudent. Ik had Kevin Yu al eens eerder betrapt op fraude, en bij het nakijken van zijn recentste opdracht had ik een zin herkend uit het werk van een andere student van drie jaar terug.

Na enig onderzoek bleek dat deze oud-student nu de bijlesdocent was van Kevin en dat hij minstens een deel van Kevins verslag voor hem had geschreven. Dit alles was een aantal weken eerder gebeurd. Ik had melding gemaakt van deze kwestie en ging ervan uit dat het disciplinaire proces in gang zou worden gezet. Blijkbaar was het gecompliceerder.

'De situatie met Kevin is wat ongemakkelijk,' zei de decaan. We bevonden ons in haar zakelijk ogende kantoor en ze droeg haar zakelijke pak bestaande uit een rok en blazer in dezelfde donkerblauwe kleur, wat volgens Gene bedoeld is om haar een krachtigere uitstraling te geven. Ze is een kleine, slanke vrouw van ongeveer vijftig jaar, en hoewel het mogelijk is dat zo'n pak haar groter doet lijken, zie ik niet in wat de relevantie is van fysieke dominantie binnen een academische omgeving.

'Dit is Kevins derde overtreding, en volgens het universitaire beleid zou hij moeten worden geschorst,' zei ze.

De feiten leken helder en de benodigde actie was duidelijk. Ik probeerde te achterhalen wat er volgens de decaan dan zo ongemakkelijk was. 'Is het bewijs niet toereikend? Wil hij het aanvechten?'

'Nee, dat is allemaal duidelijk. Maar zijn eerste overtreding was erg naïef. Hij had informatie geknipt en geplakt van internet en werd opgespoord door de plagiaatdetectiesoftware. Dat was in zijn eerste jaar, toen zijn Engels nog niet zo goed was. Bovendien zijn er cultuurverschillen.'

Ik was niet op de hoogte van deze eerste overtreding.

'De tweede keer heb jij hem aangegeven omdat hij informatie had overgenomen uit een obscuur artikel waar jij op de een of andere manier mee bekend was.'

'Correct.'

'Don, geen van de andere docenten zijn zo... alert... als jij.'

Het was ongebruikelijk dat de decaan me complimenteerde om mijn belezenheid en toewijding.

'Deze jongeren betalen veel geld om hier te mogen studeren. We zijn afhankelijk van hun collegegeld. Natuurlijk willen we niet dat ze onbeschaamd informatie kopiëren van internet. Maar we moeten erkennen dat ze hulp nodig hebben en... Kevin heeft nog maar één semester te gaan. We kunnen hem niet na drieënhalf jaar naar huis sturen zonder diploma. Dat zou geen goede indruk maken.'

'Wat als hij een student geneeskunde was? Wat als je naar het ziekenhuis zou gaan en de arts die jou moest opereren had fraude gepleegd met zijn scriptie?'

'Kevin is geen student geneeskunde. En hij heeft geen fraude gepleegd met zijn scriptie, hij heeft alleen wat hulp gehad bij een opdracht.'

Het leek erop dat de decaan me alleen maar had gecomplimenteerd om me over te halen tot onethisch gedrag. Maar de oplossing voor haar probleem was simpel. Als ze de regels niet wilde overtreden, dan moest ze de regels veranderen. Ik wees haar hierop.

Ik ben niet goed in het interpreteren van gezichtsuitdrukkingen en ik was niet bekend met de uitdrukking die op het gezicht van de decaan verscheen. 'We mogen niet de indruk wekken dat we fraude toestaan.'

'Zelfs al doen we dat wel?'

Na het gesprek voelde ik me verward en boos. Er stonden serieuze zaken op het spel. Wat als ons onderzoek niet werd geaccepteerd omdat we de reputatie hadden een universiteit te zijn met lage academische normen? Mensen zouden kunnen sterven omdat geneesmiddelen hierdoor op zich lieten wachten. Wat als een genetisch laboratorium iemand had aangenomen die zijn diploma had verkregen door middel van fraude en die persoon maakte vervolgens grove fouten? De decaan leek zich meer zorgen te maken over imago dan over deze cruciale zaken.

Ik stelde me voor hoe het zou zijn om mijn leven te delen met de decaan. Dat was een absoluut afschrikwekkende gedachte. Het onderliggende probleem was haar obsessie met imago. Mijn vragenlijst zou alle vrouwen die zich druk maakten over uiterlijkheden er onherroepelijk uitfilteren.

4

Gene deed de deur open met een glas rode wijn in zijn hand. Ik parkeerde mijn fiets bij hen in de gang, deed mijn rugzak af en haalde de map van het Echtgenote Project eruit, waarna ik Gene's exemplaar van de eerste versie van de vragenlijst tevoorschijn haalde. Ik had hem ingekort tot zestien pagina's, dubbelzijdig afgedrukt.

'Rustig aan, Don, we hebben alle tijd,' zei hij. 'We gaan eerst beschaafd dineren, en daarna zullen we naar de vragenlijst kijken. Als je gaat daten, dan moet je ook oefenen met dineren.'

Hij had gelijk, uiteraard. Claudia kan voortreffelijk koken en Gene heeft een uitgebreide wijncollectie, gesorteerd op regio, jaar en producent. We liepen naar zijn 'kelder' – hoewel deze zich feitelijk niet onder de grond bevindt –, waar hij me zijn recente aankopen liet zien, en we kozen een tweede fles uit. We aten samen met Carl en Eugenie, en ik wist de gebruikelijke kletspraat te vermijden door een geheugenspelletje te spelen met Eugenie. Ze zag mijn map met daarop de titel het Echtgenote Project, die ik op tafel legde zodra ik mijn dessert ophad.

'Ga je trouwen, Don?' vroeg ze.

'Correct.'

'Met wie?'

Ik stond op het punt om het uit te leggen, maar Claudia

stuurde Eugenie en Carl naar hun kamer. Een wijs besluit, aangezien ze niet voldoende kennis hadden om iets te kunnen bijdragen aan het gesprek.

Ik gaf Claudia en Gene ieder een vragenlijst. Gene schonk ons alle drie een glas port in. Ik legde uit dat ik de meest beproefde methodes in het opstellen van vragenlijsten had gebruikt, waaronder meerkeuzevragen, Likertschalen, kruislingse verbanden, nepvragen en surrogaatvragen. Claudia vroeg om een voorbeeld van deze laatste groep.

'Vraag 35: "Eet je niertjes?" Het juiste antwoord is: "C. Af en toe." Een test op eventuele problemen met bepaald voedsel. Als je direct naar voedselvoorkeuren vraagt, zeggen ze altijd: "Ik eet alles", en dan kom je er vervolgens achter dat ze vegetariër zijn.'

Ik ben me ervan bewust dat er veel argumenten zijn ten gunste van vegetarisme. Maar aangezien ik zelf vlees eet, leek het me gemakkelijker als mijn partner dit ook doet. In dit vroege stadium leek het me logisch om van de ideale situatie uit te gaan. Ik kon mijn vragenlijst altijd nog bijstellen als dat nodig bleek te zijn.

Claudia en Gene waren aan het lezen.

Claudia zei: 'Bij de vraag over op een afspraak komen, gok ik: "B. Iets te vroeg".'

Dit was volkomen incorrect, wat aangaf dat zelfs Claudia ongeschikt zou zijn als partner, terwijl ze een goede vriendin was.

'Het correcte antwoord is: "C. Op tijd",' zei ik. 'Als je altijd te vroeg bent, dan leidt dat bij elkaar opgeteld ook tot enorme tijdverspilling.'

'Ik zou: "Iets te vroeg" wel toestaan,' zei Claudia. 'Misschien doet ze gewoon haar best. Dat is geen slechte eigenschap.'

Een interessant punt. Ik noteerde het ter overweging, maar merkte daarbij op dat "D. Iets te laat" en "E. Veel te laat" zeker onacceptabel waren.

'Een vrouw die zichzelf omschrijft als een briljante kok is denk ik een beetje te vol van zichzelf,' zei Claudia. 'Vraag haar gewoon of ze graag kookt. Schrijf dat jij ook van koken houdt.'

Dit was precies het soort commentaar dat ik zocht, subtiele taalnuances waar ik me niet van bewust ben. Als de respondent net zo was als ik, zou ze het verschil ook niet opmerken, maar het was onredelijk om te eisen dat mijn potentiële partner mijn gebrek aan subtiliteit deelde.

'Geen sieraden, geen make-up?' zei Claudia, een correcte voorspelling van de juiste antwoorden op twee vragen die voortkwamen uit mijn recentste ontmoeting met de decaan. 'Sieraden draaien niet altijd om uiterlijke verfraaiing,' zei ze. 'Als je toch hiernaar wilt vragen, schrap dan de vraag over sieraden en stel alleen die over make-up. Maar vraag dan of ze dagelijks make-up draagt.'

'Lengte, gewicht én BMI?' Gene was al vooruit gebladerd. 'Kun je dat niet zelf uitrekenen?'

'Dat is juist het nut van die vraag,' zei ik. 'Om te kijken of ze een simpele berekening kunnen maken. Ik wil geen partner die niet wiskundig onderlegd is.'

'Ik dacht dat je misschien een beeld wilde krijgen van hoe ze eruitzien,' zei Gene.

'Er staat een vraag bij over lichamelijke conditie,' zei ik.

'Ik dacht meer aan seks,' zei Gene.

'Voor de verandering,' zei Claudia, een vreemde opmerking aangezien Gene het continu over seks heeft. Maar het was een goed punt.

'Ik zal een vraag over hiv en herpes toevoegen.'

'Stop,' zei Claudia. 'Je bent veel te kieskeurig.'

Ik begon uit te leggen dat een ongeneeslijke seksueel overdraagbare aandoening een groot minpunt was, maar Claudia onderbrak me.

'In alles.'

Dat was een begrijpelijke reactie. Maar mijn uitgangspunt was het minimaliseren van de kans op het maken van een type-1 fout: mijn tijd verspillen aan een ongeschikt persoon. Dit leidde onvermijdelijk tot het vergroten van de kans op een type-2 fout: het afwijzen van een geschikt persoon. Maar dat was een acceptabel risico aangezien ik met een zeer grote populatie te maken had.

Gene's beurt: 'Niet roken, prima. Maar wat is het juiste antwoord op de vraag hoeveel ze drinken?'

'Niets.'

'Wacht even. Jij drinkt wel.' Hij wees naar mijn glas port, dat hij even daarvoor had bijgevuld. 'En behoorlijk veel.'

Ik legde uit dat ik wat dingen aan mezelf wilde verbeteren naar aanleiding van het project.

Zo gingen we verder, en ik kreeg uitstekende feedback. Ik had wel het idee dat de vragenlijst nu minder kritisch was, maar ik was er nog steeds van overtuigd dat de meeste – zo niet alle – vrouwen met wie ik in het verleden problemen had gehad eruit gefilterd zouden worden. De vrouw van het abrikozenijs zou minstens vijf vragen fout hebben.

Mijn plan was om een profiel aan te maken op traditionele datingsites, maar om daarbij een link te plaatsen naar de vragenlijst, naast de gebruikelijke, weinig zeggende informatie over lengte, beroep en of ik van strandwandelingen hield.

Gene en Claudia stelden voor dat ik ook in het echte leven zou gaan daten om mijn sociale vaardigheden te verbeteren. Ik begreep dat het waardevol kon zijn om de vragenlijst in de praktijk te toetsen, dus terwijl ik wachtte op online respondenten printte ik wat vragenlijsten uit en keerde terug naar de traditionele datingwereld, een wereld die ik voor altijd achter me dacht te hebben gelaten.

Om te beginnen schreef ik me in bij Tafel voor Acht, gerund door een commercieel relatiebemiddelingsbureau. Na een ongetwijfeld gebrekkig matchingsproces, gebaseerd op duidelijk ontoereikende informatie, kregen vier vrouwen en vier mannen, onder wie ik, de locatie door van een restaurant in de stad waar voor ons was gereserveerd. Ik nam vier vragenlijsten mee en arriveerde precies om 20.00 uur. Slechts een van de vrouwen was aanwezig! De andere drie waren te laat. Het was een verbijsterende bevestiging van de voordelen van toetsing in de praktijk. Het was heel goed mogelijk dat deze vrouwen 'B. Iets te vroeg' of 'C. Op tijd' zouden invullen, terwijl dat niet overeenkwam met de werkelijkheid. Ik besloot tijdelijk ook 'D. Iets te laat' toe te staan, aangezien één gelegenheid wellicht niet representatief was voor hun globale prestaties. Ik kon Claudia al horen zeggen: 'Don, iedereen is wel eens te laat.'

Twee van de mannen zaten ook al aan tafel. We schudden elkaar de hand. Het viel me op dat dit vergelijkbaar was met het buigen voor aanvang van een wedstrijd in oosterse vechtsporten.

Ik beoordeelde mijn rivalen. De man die zich had voorgesteld als Craig was ongeveer van mijn leeftijd, maar hij had overgewicht en droeg een wit, zakelijk overhemd dat hem te strak zat. Hij had een snor, en zijn gebit was slecht onderhouden. De tweede man, Danny, was waarschijnlijk een paar jaar jonger dan ik en leek in goede conditie te zijn. Hij droeg een wit T-shirt. Hij had tatoeages op zijn armen en een of ander stylingproduct in zijn zwarte haar.

De vrouw die op tijd was, heette Olivia. Zij verdeelde haar aandacht aanvankelijk (en vanzelfsprekend) tussen de drie mannen. Ze vertelde ons dat ze antropologe was. Danny verwarde dat met archeologe en Craig maakte een racistisch grapje over pygmeeën. Zelfs ik kon duidelijk merken dat Olivia niet onder de indruk was van deze reacties, en even kon ik genieten van het zeldzame gevoel dat ik niet de meest sociaal incompetente persoon van het gezelschap was. Olivia richtte zich op mij. Ik had net antwoord gegeven op haar vraag wat ik voor werk deed toen we werden onderbroken door de komst van de vierde man, die zich voorstelde als Gerry, een advocaat, en twee van de vrouwen, Sharon en Maria, die respectievelijk accountant en verpleegkundige waren. Het was een warme avond en Maria had gekozen voor een jurk die lekker luchtig was en veel bloot toonde, een dubbel voordeel. Sharon droeg het standaard zakelijke uniform bestaande uit een pantalon en blazer. Ik schatte dat ze allebei van mijn leeftijd waren.

Olivia hervatte haar gesprek met mij terwijl de rest over koetjes en kalfjes praatte, een ongelooflijke tijdverspilling wanneer een van de belangrijkste beslissingen van je leven op het spel stond. Op Claudia's aanraden had ik de vragenlijst uit mijn hoofd geleerd. Ze dacht dat het rechtstreeks voorlezen van de vragen misschien voor de verkeerde 'dynamiek' zou zorgen en dat ik moest proberen ze subtiel in een gesprek te verweven. Subtiliteit is niet mijn sterkste kant, had ik haar eraan herinnerd. Ze stelde voor dat ik niet zou vragen naar seksueel overdraagbare aandoeningen en dat ik zelf een schatting zou maken van gewicht, lengte en BMI. Ik schatte Olivia's BMI op negentien: slank, maar geen tekenen van anorexia. Ik schatte die van Sharon de Accountant op drieëntwintig en die van Maria de Verpleegkundige op achtentwintig. Een gezond BMI is maximaal vijfentwintig.

Ik besloot niet direct naar haar IQ te vragen, maar een schatting te maken op basis van Olivia's antwoorden op mijn vragen over de historische invloed van variaties in vatbaarheid voor syfilis onder inheemse Zuid-Amerikaanse bevolkingsgroepen. We hadden een fascinerend gesprek, en ik dacht dat ik gezien het onderwerp misschien zelfs terloops de vraag over seksueel overdraagbare aandoeningen zou kunnen stellen. Haar IQ lag zeker boven het vereiste minimum. Gerry de Advocaat maakte nog een paar grappig bedoelde opmerkingen, maar uiteindelijk liet hij ons ongestoord verder praten.

Op dat moment arriveerde de nog ontbrekende vrouw, maar liefst achtentwintig minuten te laat. Olivia was afgeleid, en ik maakte van de gelegenheid gebruik om de informatie die ik tot dusver had verzameld in te vullen op drie van de vier vragenlijsten op mijn schoot. Ik verspilde geen papier aan de nieuwkomer, aangezien ze vertelde dat ze 'altijd te laat' was. Dat leek geen probleem te zijn voor Gerry de Advocaat, die toch zou moeten weten dat tijd kostbaar is, aangezien hij vermoedelijk per zes minuten factureerde. Hij hechtte duidelijk meer waarde aan seks, want zijn opmerkingen begonnen aardig te lijken op de gesprekken van Gene.

Na de komst van Mevrouw Te Laat verscheen de ober met de menukaarten. Olivia bekeek de hare en vroeg toen: 'Wordt de pompoensoep gemaakt met groentebouillon?'

Ik hoorde het antwoord niet eens. De vraag voorzag me van kritische informatie. Vegetariër.

Wellicht dat ze mijn teleurgestelde uitdrukking opmerkte. 'Ik ben hindoe.'

Ik had al eerder bedacht dat Olivia waarschijnlijk Indiaas

was, gezien haar sari en uiterlijke kenmerken. Ik wist niet zeker of de term 'hindoe' gebruikt werd als aanduiding van haar religieuze overtuiging of van haar culturele achtergrond. Ik was in het verleden al eens terechtgewezen omdat ik dit onderscheid niet had gemaakt.

'Eet je ijs?' vroeg ik. De vraag leek gepast na de opmerking over vegetarisme. Heel netjes, al zei ik het zelf.

'Jazeker, ik ben geen veganist. Zolang er maar geen eieren in zitten.'

Het werd er niet beter op.

'Heb je een favoriete smaak?'

'Pistache. Zonder twijfel.' Ze glimlachte.

Maria en Danny waren naar buiten gegaan om te roken. Nu er al drie vrouwen waren afgevallen, inclusief Mevrouw Te Laat, was mijn taak bijna volbracht.

Toen mijn lamshersenen werden geserveerd, sneed ik er een doormidden waardoor de binnenkant zichtbaar werd. Ik tikte Sharon aan, die in gesprek was met Craig de Racist, en wees ernaar. 'Lust je hersenen?'

Vier afgevallen, taak volbracht. Ik praatte verder met Olivia, die uitstekend gezelschap was. We bestelden zelfs nog een extra drankje nadat de anderen waren vertrokken in de tweetallen die ze hadden gevormd. We bleven praten tot we de laatste mensen in het restaurant waren. Toen ik de vragenlijsten in mijn rugzak stopte, gaf Olivia me haar contactgegevens, die ik noteerde om niet onbeleefd te zijn. Toen gingen we ieder onze eigen weg.

Terwijl ik naar huis fietste, overdacht ik het diner. Het was een zeer inefficiënte selectiemethode geweest, maar de vragenlijst bleek van significante waarde te zijn. Zonder die vragen had ik ongetwijfeld nog een tweede keer met Olivia afgesproken, want ik vond haar een interessante en aardige persoon. Misschien dat we zelfs op een derde, vierde en vijfde date zouden zijn geweest, tot we op een dag naar een ijssalon zouden gaan omdat alle desserts in het restaurant eieren bevatten en dan zouden ontdekken dat ze geen pistache-ijs zonder eieren hadden. Het was beter om daar nu achter te komen, voordat we in een relatie investeerden.

5

Ik stond in een buitenwijk voor de deur van een huis dat me deed denken aan de bungalow van mijn ouders in Shepparton. Ik was vastbesloten nooit meer naar een singlesfeest te gaan, maar de vragenlijst gaf me de gelegenheid om de kwelling van ongestructureerde sociale interactie met vreemden te vermijden.

Ik gaf de vrouwelijke gasten bij binnenkomst een vragenlijst, om in te vullen wanneer het hun schikte en aan mij te retourneren op het feest of per e-mail. Aanvankelijk nodigde de gastvrouw me uit om me onder de gasten in de woonkamer te mengen, maar toen ik haar mijn strategie had uitgelegd, liet ze me met rust. Na twee uur keerde een vrouw van ongeveer vijfendertig met een BMI van ongeveer eenentwintig terug naar buiten met twee glazen mousserende wijn. In haar andere hand hield ze een exemplaar van de vragenlijst.

Ze gaf me een glas. 'Ik dacht dat je misschien wel dorst zou hebben,' zei ze met een aantrekkelijk Frans accent.

Ik had geen dorst, maar ik was blij dat ik alcohol kreeg aangeboden. Ik had besloten dat ik het drinken alleen zou opgeven als ik een niet-drinkende partner zou vinden. En na enige zelfreflectie had ik geconcludeerd dat 'C. Met mate' ook een acceptabel antwoord was op de vraag over alcohol. Ik nam me voor de vragenlijst bij te werken.

'Bedankt.' Ik hoopte dat ze me de vragenlijst zou geven en dat mijn zoektocht wellicht ten einde was, hoe onwaarschijnlijk dat ook leek. Ze was uitermate aantrekkelijk en het gebaar van de wijn wees erop dat ze zeer attent was, in tegenstelling tot de andere gasten en de gastvrouw.

'Je bent een wetenschapper, toch?' Ze wees op de vragenlijst.

'Correct.'

'Ik ook,' zei ze. 'Er zijn hier vanavond maar weinig academici.' Hoewel het gevaarlijk is om conclusies te trekken op basis van gedrag en gespreksonderwerpen, kwam mijn inschatting van de gasten overeen met haar observatie.

'Ik ben Fabienne,' zei ze. Ze stak haar vrije hand uit, die ik met gepaste kracht schudde. 'Dit is vreselijke wijn, *non?*'

Dat beaamde ik. Het was een zoete wijn met koolzuur, alleen acceptabel vanwege de alcohol die hij bevatte.

'Zullen we anders naar een wijnbar gaan om iets beters te halen?' vroeg ze.

Ik schudde mijn hoofd. De slechte kwaliteit van de wijn was vervelend, maar niet cruciaal.

Fabienne zuchtte diep. 'Luister. Ik heb twee glazen wijn op, ik heb al zes weken geen seks gehad en ik zou liever nog zes weken wachten dan dat ik met een van de andere mannen hier mee naar huis zou gaan. Dus, kan ik je een drankje aanbieden?'

Het was een zeer vriendelijk aanbod. Maar het was nog vroeg op de avond. Ik zei: 'Er worden nog meer gasten verwacht. Misschien vind je wel een geschikte partner als je nog even wacht.'

Fabienne gaf me haar vragenlijst en zei: 'Ik neem aan dat de winnaars vanzelf bericht krijgen.' Dat beaamde ik. Toen ze weg was, keek ik snel haar vragenlijst door. Zoals verwacht had ze op verscheidene vlakken gefaald. Zeer teleurstellend.

Mijn laatste offline optie was speeddaten, een aanpak die ik nog niet eerder had geprobeerd.

De locatie was een feestzaal in een hotel. Op mijn aandringen maakte de organisator het exacte tijdstip van aanvang bekend. Ik wachtte aan de bar om zinloze gesprekken te vermijden. Toen ik terugkeerde nam ik plaats op de laatste lege plek aan een lange tafel, tegenover een vrouw met de naam Frances op haar naamkaartje, leeftijd ongeveer vijftig, BMI ongeveer achtentwintig, geen klassieke schoonheid.

De organisator liet een bel rinkelen en mijn drie minuten met Frances gingen van start.

Ik haalde mijn vragenlijst tevoorschijn en schreef haar naam erop. Onder deze omstandigheden was er geen tijd voor subtiliteit.

'Ik heb de vragen op maximale snelheid van eliminatie geordend,' legde ik uit. 'Ik denk dat ik de meeste vrouwen wel binnen veertig seconden kan elimineren. Daarna kun jij een gespreksonderwerp uitkiezen.'

'Maar dat maakt dan niet meer uit,' zei Frances. 'Dan ben ik al geëlimineerd.'

'Alleen als potentiële partner. Maar wellicht dat we nog wel een interessant gesprek kunnen voeren.'

'Maar dan ben ik al geëlimineerd.'

Ik knikte. 'Rook je?'

'Af en toe,' zei ze.

Ik legde de vragenlijst opzij.

'Uitstekend.' Ik was blij dat mijn ordening van de vragen zo goed werkte. We hadden tijd kunnen verspillen aan het praten over ijssmaken en make-up, om er vervolgens achter te komen dat ze rookte. Het hoeft geen betoog dat roken niet voor onderhandeling vatbaar was. 'Geen verdere vragen. Waar wil je het over hebben?'

Tot mijn teleurstelling had Frances geen interesse in een verder gesprek nadat ik had vastgesteld dat we niet bij elkaar pasten. Dit bleek het patroon te zijn voor de rest van de avond.

Al deze persoonlijke interacties waren uiteraard van secundair belang. Ik vertrouwde op het internet, en kort na het plaatsen van de link op datingsites begonnen de ingevulde vragenlijsten binnen te stromen. Ik plande een afspraak met Gene op mijn kantoor.

'Hoeveel respondenten?' vroeg hij.

'279.'

Hij was duidelijk onder de indruk. Ik vertelde hem niet dat de kwaliteit van de reacties sterk varieerde en dat veel vragenlijsten slechts deels waren ingevuld.

'Geen foto's?'

Veel vrouwen hadden foto's bijgevoegd, maar ik had die kolom weggelaten in de database zodat er meer ruimte overbleef voor belangrijkere informatie.

'Laten we de foto's eens bekijken,' zei Gene.

Ik paste de instellingen aan zodat de foto's zichtbaar werden. Gene bekeek er een paar, waarna hij er een aanklikte. De resolutie was indrukwekkend. Hij leek haar wel goed te keuren, maar een snelle controle van de informatie wees uit dat de kandidaat totaal ongeschikt was. Ik pakte de muis weer terug en verwijderde haar. Gene protesteerde.

'Wa-wa-wa? Wat doe je?'

'Ze gelooft in astrologie en homeopathie. En ze heeft haar BMI verkeerd uitgerekend.'

'Wat moest het dan zijn?'

'23,5.'

'Mooi. Kun je haar weer terughalen?'

'Ze is totaal ongeschikt.'

'Hoeveel zijn er wel geschikt?' vroeg Gene, eindelijk ter zake komend.

'Tot nu toe nul. De vragenlijst is een uitstekend filter.'

'Denk je niet dat je de lat een beetje te hoog legt?'

Ik wees hem erop dat ik informatie verzamelde om het meest belangrijke besluit van mijn leven te nemen. Het zou volkomen ongepast zijn om een compromis te sluiten.

'Je moet altijd compromissen sluiten,' zei Gene. Een vreemde opmerking en volkomen onwaar in zijn geval.

'Jij hebt de perfecte vrouw gevonden: zeer intelligent, extreem knap en ze vindt het niet erg dat je seks hebt met andere vrouwen.'

Gene zei dat ik Claudia maar niet persoonlijk moest complimenteren met haar tolerantie en vroeg me nog eens naar het totaal aantal vragenlijsten dat was ingevuld. Het eigenlijke totaal was nog hoger dan ik eerder had gezegd, aangezien ik de papieren vragenlijsten niet had meegeteld. 304.

'Geef mij je overzicht maar,' zei Gene. 'Ik zal er wel een paar voor je uitzoeken.'

'Geen van hen voldoet aan de criteria. Er is met allemaal wel iets mis.'

'Zie het als een oefening.'

Daar had hij een punt. Ik had een aantal keer teruggedacht aan Olivia de Indiase Antropologe, en had overwogen hoe het zou zijn om samen te leven met een hindoevegetariër met een sterke voorkeur wat betreft ijssmaak. Als ik mezelf er niet aan had herinnerd dat ik beter op een perfecte match kon wachten, dan had ik vast contact met haar opgenomen.

Ik had zelfs de vragenlijst van Fabienne de Wellustige Wetenschapster nog eens doorgenomen.

Ik e-mailde het overzicht naar Gene.

'Geen rokers.'

'Oké,' zei Gene, 'maar je moet ze wel mee uit vragen. Uit eten. In een echt restaurant.'

Gene merkte blijkbaar dat ik niet blij was met dit vooruitzicht. Dat probleem loste hij slim op door een nog minder acceptabel alternatief te opperen.

'Je kunt ze ook meenemen naar het faculteitsbal.'

'Restaurant.'

Gene glimlachte, schijnbaar ter compensatie voor mijn gebrek aan enthousiasme. 'Het is heel simpel: "Zullen we vanavond uit eten gaan?" Zeg me maar na.'

'Zullen we vanavond uit eten gaan?' herhaalde ik.

'Zie je, dat was toch niet zo moeilijk? Maak alleen maar positieve opmerkingen over haar uiterlijk. Betaal voor het eten. Praat niet over seks.' Gene liep naar de deur, maar draaide zich toen weer om. 'Hoe zit het met de papieren exemplaren?'

Ik gaf hem mijn vragenlijsten van Tafel voor Acht, het singlesfeest, en op zijn aandringen zelfs de deels ingevulde exemplaren van het speeddaten. Nu had ik het uit handen gegeven.

6

Ongeveer twee uur nadat Gene mijn kantoor had verlaten met de ingevulde vragenlijsten van het Echtgenote Project, werd er op de deur geklopt. Ik was essays van studenten aan het wegen, een activiteit die niet verboden is, maar waarschijnlijk alleen omdat niemand weet dat ik dit doe. Het maakte deel uit van een project om de taak van het nakijken te verlichten door te kijken naar makkelijk te meten kenmerken als de aanwezigheid van een inhoudsopgave of een getypt versus een handgeschreven titelblad. Dat geeft waarschijnlijk een even goede indicatie van de kwaliteit als het vermoeiende proces van het lezen van de hele tekst.

Toen de deur openging, schoof ik snel de weegschaal onder mijn bureau. Ik keek op en zag een onbekende vrouw in de deuropening staan. Ik schatte haar leeftijd op dertig en haar BMI op twintig.

'Professor Tillman?'

Aangezien mijn naam op de deur staat, was dit geen al te scherpzinnige opmerking.

'Correct.'

'Professor Barrow stelde voor dat ik bij u langs zou gaan.'

Ik was verbaasd door Gene's efficiëntie en bekeek de vrouw nauwkeuriger toen ze naar mijn bureau liep. Ik zag geen duidelijke tekenen van ongeschiktheid. Ik bespeurde geen make-up. Haar figuur en gelaatskleur voldeden aan de eisen voor gezondheid en lichamelijke conditie. Ze droeg een bril met een dik montuur (dat slechte herinneringen opriep aan Mevrouw Abrikozenijs), een lang zwart T-shirt dat op verscheidene plaatsen was gescheurd, en een zwarte riem met metalen kettingen. Het was maar goed dat de vraag over sieraden was verwijderd, want ze droeg grote metalen oorringen en er hing een interessante hanger om haar nek.

Hoewel ik normaal gesproken niet erg op iemands kledingkeuze let, leek die van haar niet bepaald aan te sluiten bij mijn verwachtingen van een gerenommeerde academicus of deskundige, of bij het zomerse weer. De enige verklaring die ik kon bedenken, was dat ze als zelfstandige werkte of dat ze vakantie had, en dat ze, bevrijd van de regels van haar werkplek, iets willekeurigs uit de kast had getrokken. Dat kon ik me wel indenken.

Er was inmiddels een behoorlijk lange stilte gevallen en ik besefte dat het waarschijnlijk mijn beurt was om iets te zeggen. Ik keek op van de hanger en dacht terug aan Gene's instructies.

'Zullen we vanavond uit eten gaan?'

Ze leek verrast door mijn vraag en antwoordde vervolgens: 'Ja hoor, natuurlijk. Laten we vanavond uit eten gaan. Wat dacht je van Le Gavroche, op jouw kosten?'

'Prima. Ik zal een tafel reserveren voor 20.00 uur.'

'Je maakt een grapje.'

Dat was een vreemde reactie. Waarom zou ik een verwarrend grapje uithalen met iemand die ik amper kende?

'Nee. Is vanavond 20.00 uur acceptabel?'

'Even voor de duidelijkheid: jij biedt aan mij vanavond mee uit eten te nemen bij Le Gavroche?'

Gezien haar eerdere opmerking over mijn naam begon ik te denken dat deze vrouw 'geen groot licht was', zoals Gene dat noemde. Ik overwoog de uitnodiging in te trekken, of in ieder geval een vertragingstactiek toe te passen zodat ik eerst haar vragenlijst kon bekijken. Ik kon echter geen sociaal geaccepteerde methode bedenken om dit te doen, dus bevestigde ik maar dat ze mijn aanbod correct had geïnterpreteerd. Ze draaide zich om en liep weg. Ik realiseerde me dat ik niet eens haar naam wist.

Ik belde meteen met Gene. Aanvankelijk leek er wat verwarring te zijn van zijn kant, gevolgd door vrolijkheid. Misschien had hij niet verwacht dat ik zo kordaat zou reageren.

'Ze heet Rosie,' zei hij. 'Meer zeg ik niet. Veel plezier. En vergeet niet wat ik zei over seks.'

Gene's weigering om me van meer informatie te voorzien was onfortuinlijk, want er rees een probleem op. Le Gavroche had geen tafel beschikbaar op de afgesproken tijd. Ik probeerde Rosies profiel op te sporen op mijn computer. Voor de verandering waren de foto's nu wel nuttig. Maar de vrouw die mijn kantoor was binnengekomen leek op geen enkele kandidaat van wie de naam begon met een R. Ze was vast een van de respondenten van de papieren vragenlijst. Gene was echter al weg en zijn telefoon stond uit.

Ik was gedwongen maatregelen te nemen die niet strikt illegaal waren, maar zeker wel immoreel. Dat rechtvaardigde ik door te stellen dat het immoreel zou zijn om mijn belofte aan Rosie niet na te komen. Het online reserveringssysteem van Le Gavroche had een speciale voorziening voor vips. Nadat ik was ingelogd met behulp van relatief eenvoudige hackingsoftware, boekte ik een tafeltje op naam van de decaan.

Ik arriveerde om 19.59 uur. Het restaurant was in een chique hotel gesitueerd. Ik zette mijn fiets in de foyer, aangezien het buiten flink regende. Gelukkig was het niet koud, en had mijn gore-tex-jas me uitstekend beschermd. Het T-shirt dat ik eronder droeg was niet eens vochtig.

Er kwam een man in uniform op me af. Hij wees naar de fiets, maar ik onderbrak hem voor hij de kans kreeg te klagen.

'Mijn naam is professor Lawrence en ik heb om 17.11 uur op uw reserveringssysteem ingelogd...'

Het leek erop dat de medewerker de decaan niet kende, of aannam dat ik een andere professor Lawrence was, want hij keek slechts op zijn klembord en knikte. Ik was onder de indruk van deze efficiëntie, hoewel het nu 20.01 uur was en Rosie nergens was te bekennen. Misschien was ze 'B. Iets te vroeg' en zat ze al binnen.

Maar toen ontstond er een probleem.

'Het spijt me, meneer, maar we hebben een kledingvoorschrift,' zei de medewerker.

Daar was ik van op de hoogte. Het stond vetgedrukt op de website: **heren zijn verplicht een jasje te dragen**.

'Geen jas, geen eten, correct?'

'Daar komt het wel op neer, meneer.'

Wat kan ik zeggen over dit soort regels? Ik was bereid mijn jas aan te houden onder het eten. Het restaurant had waarschijnlijk airconditioning om de temperatuur aan te passen aan de behoefte.

Ik liep richting de deur naar het restaurant, maar de medewerker versperde me de weg. 'Het spijt me. Misschien was ik niet duidelijk genoeg. U dient een jasje te dragen.'

'Ik draag een jas.'

'Ik vrees dat het een iets formeler jasje moet zijn, meneer.'

De hotelmedewerker wees naar zijn eigen jasje als voorbeeld. Ter verdediging van wat volgde, verwijs ik graag naar de definitie van 'jas' in het woordenboek: '1. Over de bovenkleding gedragen kledingstuk ter bescherming tegen kou en regen'.

Ik wees hem ook op het feit dat het woord 'jas' stond afgedrukt op het wasetiket van mijn relatief nieuwe en volkomen schone gore-tex-jas'. Maar het leek erop dat zijn definitie van jas beperkt was tot 'conventioneel smokingjasje'.

'We zouden u graag een jasje lenen, meneer. In de gepaste stijl.'

'Hebt u een voorraad jasjes? In elke mogelijke maat?' Ik zei er maar niet bij dat de noodzaak om over een dergelijke voorraad te beschikken toch zeker bewijs was voor hun onvermogen om hun huisregels duidelijk te communiceren, en dat het efficiënter zou zijn om de bewoording aan te passen of de regel in zijn geheel te schrappen. Noch zei ik dat de kosten voor de aanschaf en de reiniging van de jasjes vast werd doorberekend in de prijzen van hun maaltijden. Wisten hun klanten wel dat ze een jassenwarenhuis subsidieerden?

'Dat zou ik niet weten, meneer,' zei hij. 'Laat me een jasje voor u regelen.'

Het hoeft geen betoog dat ik me ongemakkelijk voelde bij het idee om een geleend kledingstuk van twijfelachtige reinheid te moeten aantrekken. Even was ik overweldigd door de onredelijkheid van de situatie. Ik was al gestrest door het vooruitzicht op een tweede ontmoeting met een vrouw die wellicht mijn levensgezellin zou worden. En nu werden er ook nog eens willekeurige obstakels opgeworpen door het instituut dat ik betaalde om ons van een maaltijd te voorzien, terwijl het er als dienstverlener toch juist alles aan zou moeten doen om mij op mijn gemak te stellen. Mijn gore-tex-jas, het geavanceerde kledingstuk dat me had beschermd tegen regen en sneeuw, werd op irrationele, oneerlijke en hinderlijke wijze afgezet tegen het voornamelijk decoratieve wollen equivalent van de hotelmedewerker. Ik had $1015 voor mijn jas betaald, inclusief $120 voor de speciale fluorescerend gele kleur. Ik zette mijn argumenten uiteen.

'Mijn jas is superieur aan die van u, volgens elk redelijk criterium: waterdichtheid, zichtbaarheid in het donker, opbergmogelijkheden.' Ik ritste de jas open om de binnenzakken te laten zien en ging verder: 'Droogsnelheid, bestandheid tegen vlekken, capuchon...'

De medewerker vertoonde nog steeds geen interpreteerbare reactie, hoewel ik er vrij zeker van was dat ik mijn stem had verheven.

'Superieure elasticiteit...'

Om dit laatste punt te illustreren, pakte ik de kraag van het jasje van de medewerker vast. Ik was heus niet van plan hem te scheuren, maar ineens werd ik van achteren vastgegrepen door een onbekende persoon die me op de grond probeerde te werpen. Ik reageerde automatisch met een veilige, *low impact* worp om hem uit te schakelen zonder mijn bril te verliezen. De term 'low impact' is van toepassing op een beoefenaar van oosterse vechtsporten die weet hoe hij moet vallen. Deze persoon wist dat niet en kwam hard op de grond terecht.

Ik draaide me om zodat ik hem kon zien. Hij was groot en boos. Om verder geweld te voorkomen, was ik gedwongen op hem te gaan zitten.

'Ga van me af, verdomme. Ik maak je helemaal af,' zei hij.

Op basis van die opmerking leek het onlogisch om op zijn verzoek in te gaan. Op dat moment arriveerde er een andere man, die me overeind probeerde te trekken. Bezorgd dat Aanvaller 1 zijn dreigement zou nakomen, had ik geen andere keuze dan Aanvaller 2 ook uit te schakelen. Er raakte niemand gewond, maar het was een zeer ongemakkelijke sociale situatie, en ik voelde dat mijn hersenen zich langzaam uitschakelden.

Gelukkig kwam Rosie net aan.

Meneer Jasje zei, schijnbaar verrast: 'Rosie!' Hij bleek haar te kennen.

Ze keek van hem naar mij en zei: 'Professor Tillman – Don – wat is er aan de hand?'

'Je bent laat,' zei ik. 'Er is een sociaal misverstand ontstaan.'

'Ken je deze man?' vroeg Meneer Jasje aan Rosie.

'Wat denk je dan, dat ik zijn naam zomaar raadde?' Rosie klonk uitdagend. Dat leek me niet de beste aanpak. We konden ons beter verontschuldigen en vertrekken. Ik nam tenminste aan dat we nu niet meer in het restaurant zouden gaan eten.

Er had zich een kleine menigte verzameld. Ik besefte dat er mogelijk nog een derde aanvaller kon komen, dus ik moest een manier zien te vinden om een hand vrij te maken zonder de eerste twee aanvallers los te laten. Hierbij prikte de ene de andere in zijn oog. Hun woede nam merkbaar toe.

'Hij viel Jason aan,' voegde Meneer Jasje er nog aan toe.

'Natuurlijk. Arme Jason. Altijd het slachtoffer,' zei Rosie. Inmiddels kon ik haar beter zien. Ze droeg een zwarte jurk zonder versieringen, zwarte laarzen met dikke zolen en een grote hoeveelheid zilveren armbanden. Haar rode haar zat stekelig, als een of andere nieuwe cactussoort. Ik heb mensen wel eens het woord 'overweldigend' horen gebruiken ter omschrijving van een vrouw, maar dit was de eerste keer dat een vrouw mij daadwerkelijk verbluftte. Dat kwam niet door de kleding of de sieraden of enig ander individueel kenmerk van Rosie: het kwam door de combinatie van dit alles. Ik wist niet zeker of haar uiterlijk voldeed aan de gangbare normen voor aantrekkelijkheid, of dat het zelfs maar acceptabel was voor dit restaurant. Ze hadden mijn jas immers ook afgewezen. 'Verbluffend' was het perfecte woord ervoor. Maar wat ze deed, was nog veel verbluffender. Ze pakte haar telefoon uit haar tas en richtte hem op ons. Hij flitste twee keer. Meneer Jasje stapte naar voren om hem van haar af te pakken.

'Ik dacht het niet,' zei Rosie. 'Ik ga zoveel lol hebben met deze foto's dat deze gasten nooit meer in de beveiliging zullen werken. "Professor leert uitsmijters een lesje."'

Terwijl Rosie aan het woord was, verscheen er een man met een koksmuts. Hij sprak kort met Meneer Jasje en Rosie, waarna Rosie me vroeg mijn aanvallers los te laten, op voorwaarde dat we zonder verdere problemen zouden mogen vertrekken. Nadat we allemaal weer overeind waren gekomen, maakte ik een buiging, volgens de traditie. Vervolgens stak ik mijn hand uit naar de twee mannen. Ze waren vast van de beveiliging, zo had ik geconcludeerd. Ze deden slechts hun werk en hadden verwondingen geriskeerd bij het uitvoeren van hun taken. Het leek erop dat ze mijn formele begroeting niet hadden verwacht, maar toen begon een van hen te lachen en schudde me de hand. De andere volgde zijn voorbeeld. Het was allemaal goed afgelopen, maar ik had geen zin meer om in het restaurant te eten.

Ik pakte mijn fiets en liep samen met Rosie de straat op. Ik verwachtte dat ze boos zou zijn vanwege het incident, maar ze glimlachte. Ik vroeg haar waar ze Meneer Jasje van kende.

'Ik heb hier vroeger gewerkt.'

'Je had dit restaurant uitgekozen omdat je ermee bekend was?'

'Zo zou je het kunnen zeggen. Ik wilde ze op hun nummer

zetten.' Ze begon te lachen. 'Maar dit was misschien wat overdreven.'

Ik zei haar dat ze de situatie briljant had opgelost.

'Ik werk in een bar,' zei ze. 'Niet zomaar een bar: de Marquess of Queensbury. Ik word ervoor betaald om met eikels af te rekenen.'

Ik wees erop dat al dat geweld niet nodig was geweest als ze op tijd was gekomen en meteen haar sociale vaardigheden had kunnen inzetten.

'Dan ben ik blij dat ik te laat was. Dat was judo, of niet?'

'Aikido.' Toen we de straat overstaken, hield ik mijn fiets aan de andere kant, tussen Rosie en mij in. 'Ik ben ook bedreven in karate, maar aikido was hier meer op zijn plaats.'

'Dat meen je niet. Het duurt eeuwen om dat allemaal te leren, toch?'

'Ik ben op mijn zevende begonnen.'

'Hoe vaak train je?'

'Drie keer per week, behalve in geval van ziekte, officiële feestdagen of tijdens congressen in het buitenland.'

'Waarom ben je ermee begonnen?' vroeg Rosie.

Ik wees naar mijn bril.

'Wraak van de nerds,' zei ze.

'Dit is de eerste keer sinds mijn schooltijd dat ik het heb moeten inzetten ter zelfverdediging. Ik doe het vooral om in conditie te blijven.' Ik begon me een beetje te ontspannen, en Rosie had me de gelegenheid gegeven om een vraag van de vragenlijst te stellen. 'Sport jij regelmatig?'

'Ligt eraan wat je regelmatig noemt.' Ze lachte. 'Ik ben de onsportiefste persoon ter wereld.'

'Sporten is erg belangrijk voor je gezondheid.'

'Dat zegt mijn vader ook. Hij is een personal trainer. Loopt constant aan mijn kop te zeuren. Hij heeft me een abonnement op de sportschool gegeven voor mijn verjaardag. Bij zijn sportschool. Hij had bedacht dat we samen voor een triatlon konden gaan trainen.'

'Je zou zijn advies moeten opvolgen,' zei ik.

'Jezus, ik ben bijna dertig. Mijn vader hoeft me niet te zeggen wat ik moet doen.' Ze veranderde van onderwerp. 'Luister, ik rammel van de honger. Laten we een pizza gaan halen.'

Gezien de traumatische ervaring van eerder die avond was ik niet bereid naar een restaurant te gaan. Ik vertelde haar dat ik liever terugviel op mijn oorspronkelijke plan voor de avond: thuis een maaltijd koken.

'Heb je genoeg voor twee?' vroeg ze. 'Je bent me nog een etentje verschuldigd.'

Dat was waar, maar er hadden zich vandaag al zoveel ongeplande gebeurtenissen voorgedaan.

'Kom op. Ik zal geen commentaar leveren op je kookkunsten. Ik kan zelf voor geen meter koken.'

Ik was niet bang om op mijn kookkunsten beoordeeld te worden. Maar haar eigen gebrek aan kookkunsten was de derde misser tot dusver wat betreft de vragenlijst voor het Echtgenote Project, naast haar slechte conditie en het feit dat ze te laat was gekomen. Ik wist bijna zeker dat er nog een vierde misser zou zijn, want het was onwaarschijnlijk dat ze het vereiste intellectuele niveau zou hebben, gezien haar baan als serveerster en barjuffrouw. Het had geen zin om hiermee door te gaan.

Voordat ik kon protesteren, had Rosie echter al een taxibusje aangehouden met voldoende ruimte voor mijn fiets.

'Waar woon je?' vroeg ze.

7

‘Wauw, meneer de schoonmaakfreak. Waarom hangt er niets aan de muren?’

Ik had geen bezoek meer gehad sinds Jasmine uit het gebouw was verhuisd. Ik wist dat ik alleen maar een extra bord en extra bestek hoefde neer te leggen. Maar het was al een stressvolle avond geweest, en de door adrenaline opgewekte euforie die ik had gevoeld na het Jas Incident was inmiddels verdwenen, in ieder geval bij mij. Rosie leek in een permanent manische staat te verkeren.

We stonden in de woonkamer, die grenst aan de keuken.

‘Omdat ik dat na een tijdje toch niet meer zou opmerken. Het menselijk brein is ingesteld op het bespeuren van veranderingen in de omgeving, zodat men snel een roofdier kan signaleren. Als ik schilderijen of andere decoratieve voorwerpen zou ophangen, zou ik ze maar een paar dagen opmerken en daarna zou mijn brein ze negeren. Als ik kunst wil bekijken, ga ik wel naar een galerie. De schilderijen daar zijn van betere kwaliteit en op de lange termijn zijn de totale kosten lager dan de aanschaf van goedkope posters.’ Het was al ruim drie jaar geleden dat ik voor het laatst naar een galerie was geweest. Maar deze informatie zou mijn argument afzwakken, dus ik zag geen reden om dit met Rosie te delen en nog meer van mijn persoonlijke leven bloot te stellen aan kritische vragen.

Rosie was doorgelopen en stond nu mijn cd-collectie te bekijken. Haar inspectie begon irritant te worden. We waren al laat met eten.

'Je houdt nogal van Bach,' zei ze. Dit was een begrijpelijke aanname, aangezien mijn cd-collectie alleen bestaat uit werken van deze componist. Maar ze zat ernaast.

'Ik besloot me op Bach te richten nadat ik *Gödel, Escher, Bach* van Douglas Hofstadter had gelezen. Helaas heb ik niet veel vorderingen gemaakt. Ik denk niet dat mijn brein snel genoeg werkt om de patronen in de muziek te ontcijferen.'

'Luister je dan niet gewoon voor je plezier?'

Dit begon een beetje te lijken op de eerste gesprekken met Jasmine tijdens onze gezamenlijke maaltijden. Ik gaf geen antwoord.

'Heb je een iPhone?' vroeg ze.

'Natuurlijk, maar die gebruik ik niet voor muziek. Ik download podcasts.'

'Laat me raden: over genetica.'

'Over wetenschap in het algemeen.'

Ik liep naar de keuken om aan het eten te beginnen. Rosie volgde me. Ze bleef staan om naar het rooster op mijn whiteboard te kijken.

'Wauw,' zei ze nog eens. Deze reactie begon nogal voorspelbaar te worden. Ik vroeg me af wat haar reactie zou zijn op DNA of de evolutietheorie.

Ik pakte de groenten en kruiden uit de koelkast. 'Laat me je helpen,' zei ze. 'Ik kan wel iets snijden of zo.' Dit impliceerde dat het snijden kon worden uitgevoerd door een onervaren persoon die niet bekend was met het recept. Ze had gezegd dat ze totaal niet kon koken, dus ik kreeg al visioenen van gigantische stukken prei en minuscuul fijngehakte kruiden die niet meer ertussenuit gezeefd konden worden.

‘Er is geen assistentie vereist,’ zei ik. ‘Misschien dat je anders een boek kunt gaan lezen.’

Ik zag Rosie naar de boekenplank lopen, kort de titels bekijken en vervolgens weglopen. Misschien gebruikte ze software van Windows in plaats van Mac, hoewel de meeste handleidingen op beide van toepassing waren.

Mijn stereo-installatie heeft een iPod-aansluiting die ik gebruik om podcasts af te spelen onder het koken. Rosie sloot haar telefoon aan, en ineens klonk er muziek uit de boxen. Het geluid stond niet hard, maar als ik zonder toestemming een podcast had aangezet terwijl ik bij iemand op bezoek was, dan wist ik zeker dat dit als sociaal onacceptabel zou worden beschouwd. Dat wist ik heel zeker, aangezien ik precies die fout had gemaakt tijdens een etentje vier jaar en zevenenzestig dagen geleden.

Rosie zette haar verkenning voort, als een dier in een nieuwe omgeving, wat ze uiteraard ook was. Ze draaide de jaloezieën open en trok ze omhoog, waardoor er wat stof opdwarrelde. Ik beschouw mezelf als een nauwkeurige schoonmaker, maar ik laat de jaloezieën altijd dicht, dus er zat vast wel wat stof op plekken waar je niet bij kon zonder de jaloezieën te openen. Achter de jaloezieën bevinden zich openslaande deuren. Rosie haalde ze van het slot en deed ze open.

Ik voelde me erg ongemakkelijk onder deze inbreuk op mijn persoonlijke leefomgeving. Ik probeerde me op de bereiding van het eten te concentreren terwijl Rosie het balkon op stapte en uit het zicht verdween. Ik kon haar horen slepen met de twee grote planten, die na al die jaren waarschijnlijk dood waren. Ik deed de kruiden en de groenten in de grote steelpan, samen met het water, het zout, de rijstazijn, de *mirin*, de sinaasappelschil en de korianderzaadjes.

'Ik weet niet wat je precies wilde maken,' riep Rosie, 'maar ik ben in principe vegetariër.'

Vegetariër! Ik was al begonnen met koken! Met de ingrediënten die ik had gekocht in de veronderstelling dat ik alleen zou eten. En wat bedoelde ze met 'in principe'? Impliceerde dat enige mate van flexibiliteit, zoals bij mijn collega Esther, die na veel doorvragen had toegegeven dat ze varkensvlees zou eten als dat nodig was om in leven te blijven?

Vegetariërs en veganisten kunnen ontzettend irritant zijn. Gene wist een grapje hierover: 'Hoe weet je of iemand veganist is? Wacht gewoon tien minuten, dan vertellen ze het je vanzelf.' Als dit inderdaad zo was, dan zou het niet zo'n probleem zijn. Maar nee! Vegetariërs die bij je komen eten, zeggen vaak pas na aankomst: 'O, trouwens, ik eet geen vlees.' Dit was al de tweede keer. De eerste keer was zes jaar geleden, met het Varkenspoot Fiasco. Gene had voorgesteld een vrouw bij mij thuis uit te nodigen voor een etentje. Hij zei dat mijn kookkunsten mij begeerlijker zouden maken en dat ik zo de stress van een restaurant kon vermijden. 'En je kunt zoveel drinken als je wilt, want je bent al thuis.'

De vrouw heette Bethany, en op haar internetprofiel stond niet dat ze vegetariër was. Ik realiseerde me dat de kwaliteit van de maaltijd cruciaal was, dus ik leende een pas gepubliceerd kookboek met gerechten van 'snuit tot staart' uit de bibliotheek en plande een meergangendiner bestaande uit verscheidene delen van het dier: hersenen, tong, darmvlies, alvleesklier, nieren, enzovoort.

Bethany arriveerde op tijd en leek erg aangenaam gezelschap. We dronken een glas wijn, maar daarna ging het bergafwaarts. We begonnen met gefrituurde varkenspoot, wat een nogal complex gerecht was om te bereiden, maar Bethany at er vrijwel niets van.

'Ik ben niet zo dol op varkenspoten,' zei ze. Dat was niet geheel onredelijk: we hebben allemaal zo onze voorkeuren en misschien was ze bezorgd over haar cholesterol vanwege het vet. Maar toen ik de rest van de gangen opnoemde, verklaarde ze ineens dat ze vegetariër was. Ongelooflijk!

Ze bood aan om me op een etentje in een restaurant te trakteren, maar ik had zoveel tijd gestoken in de bereiding dat ik het eten niet wilde weggooien. Dus at ik alleen. Ik heb Bethany nooit meer gezien.

En nu dus Rosie. In dit geval pakte haar vegetarisme misschien wel positief uit. Het zou kunnen dat ze nu meteen naar huis zou gaan en dan werd alles weer normaal. Ze was duidelijk niet eerlijk geweest bij het invullen van de vragenlijst, of Gene had een fout gemaakt. Of misschien had hij haar uitgekozen vanwege haar seksuele aantrekkelijkheid en had hij zijn eigen voorkeuren aan mij opgedrongen.

Rosie kwam terug naar binnen en keek me aan alsof ze een antwoord verwachtte. 'Vis is oké,' zei ze. 'Zolang het maar duurzaam is.'

Ik had gemengde gevoelens. Het is altijd bevredigend wanneer zich een oplossing voor een probleem aandient, maar in dit geval betekende het dat Rosie toch zou blijven eten. Ik liep naar de badkamer en Rosie volgde me. Ik pakte de kreeft die ik in de badkuip had bewaard.

'O, god,' zei Rosie.

'Houd je niet van kreeft?' Ik nam hem mee terug naar de keuken.

'Ik ben dol op kreeft, maar...'

Ik snapte het probleem en ik kon haar wel begrijpen.

'Je vindt het onaangenaam om het dier te moeten doden. Mee eens.'

Ik stopte de kreeft in de vriezer en legde Rosie uit dat ik

onderzoek had gedaan naar methodes om kreeften te doden. De vriezermethode werd als de humaanste optie beschouwd. Ik verwees naar een bepaalde website.

Terwijl de kreeft langzaam stierf, zette Rosie haar verkenning voort. Ze trok de voorraadkast open en leek onder de indruk van de geordendheid: één plank voor elke dag van de week, plus bergruimte voor veelgebruikte producten, drank, ontbijtspullen, enzovoort, en een overzicht van bevoorradingsdata aan de binnenkant van de deur.

'Wil je mijn huis ook eens komen opruimen?'

'Wil je het Gestandaardiseerde Maaltijdsysteem gaan invoeren?' Ondanks de grote voordelen vonden de meeste mensen het maar vreemd.

'Begin maar met het opruimen van mijn koelkast,' zei ze. 'Ik gok dat je de ingrediënten voor dinsdag nodig hebt?'

Ik vertelde haar dat het niet nodig was om te gokken, aangezien het dinsdag was.

Ze gaf me de zeewiervellen en tonijnsnippers aan. Ik vroeg om de macadamiaolie, het zeezout en de pepermolen van de plank met veelgebruikte ingrediënten.

'En Chinese rijstwijn,' voegde ik eraan toe. 'Staat bij de drank.'

'Uiteraard,' zei Rosie.

Ze gaf me de wijn en begon toen de andere flessen uit mijn drankselectie te bekijken. Ik koop mijn wijn in kleine flesjes.

'Dus je kookt elke dinsdag dezelfde maaltijd?'

'Correct.' Ik noemde de acht belangrijkste voordelen van het Gestandaardiseerde Maaltijdsysteem.

1. Geen reeks kookboeken vereist.
2. Standaardboodschappenlijst, dus erg efficiënt boodschappen doen.

3. Bijna geen verspilling. Koelkast en voorraadkast alleen gevuld met spullen die nodig zijn voor een van de recepten.
4. Maaltijden van tevoren gepland en uitgebalanceerd.
5. Geen tijd kwijt aan bedenken wat je gaat koken.
6. Geen fouten, geen onaangename verrassingen.
7. Uitstekend eten, beter dan in de meeste restaurants, voor een veel lagere prijs (zie punt 3).
8. Minimale cognitieve vaardigheden vereist.

'Cognitieve vaardigheden?'

'De kookhandelingen zitten in mijn kleine hersenen opgeslagen. Ze vereisen vrijwel geen concentratie.'

'Zoals fietsen.'

'Correct.'

'Dus je kunt kreeft met – wat is het – klaarmaken zonder nadenken?'

'Kreeftsalade met mango, avocado en *tobiko* gepaneerd in wasabi, plus een garnering van knapperig zeewier en gefrituurde prei. Correct. Mijn huidige project is het uitbenen van kwartel. Daar moet ik nog wel mijn aandacht bij houden.'

Rosie moest lachen. Dat riep herinneringen op aan mijn schooltijd. Goede herinneringen.

Terwijl ik de rest van de ingrediënten voor de dressing uit de koelkast pakte, liep Rosie langs me heen met twee kleine flesjes chablis die ze in de vriezer legde bij de kreeft.

'Ons avondeten lijkt zich niet meer te bewegen.'

'Er is nog meer tijd nodig om er zeker van te zijn dat hij dood is,' zei ik. 'Helaas heeft het Jas Incident het bereidingsschema in de war geschopt. Alle tijden moeten opnieuw worden berekend.' Op dat moment besefte ik dat ik de kreeft meteen bij thuiskomst in de vriezer had moeten stoppen, maar mijn hersenen waren te overbelast geweest door Rosies aanwezigheid en de bijbehorende problemen. Ik liep naar het whiteboard en begon aangepaste bereidingstijden te noteren. Rosie was de ingrediënten aan het bestuderen.

'Was je van plan dit allemaal in je eentje op te eten?'

Ik had het Gestandaardiseerde Maaltijdsysteem niet aangepast na het vertrek van Jasmine en at de kreeftsalade van dinsdag nu in mijn eentje, waarbij ik de wijn schrapte om te compenseren voor de extra calorieën.

'Het is voldoende voor twee personen,' zei ik. 'Het recept kan niet in kleinere porties worden bereid. Het is niet mogelijk om een deel van een levende kreeft te kopen.' Dat laatste was bedoeld als grapje, en Rosie moest erom lachen. Even voelde ik me weer onverwacht warm worden vanbinnen. Toen ging ik verder met het aanpassen van de tijden.

Rosie onderbrak me nogmaals. 'Hoe laat zou het nu zijn als je op je normale schema zat?'

'18.38 uur.'

De ovenklok stond op 21.09 uur. Rosie zocht het juiste knopje en begon toen de tijd aan te passen. Ik realiseerde me wat ze aan het doen was. Een perfecte oplossing. Toen ze klaar was, stond de klok op 18.38 uur. Geen herberekeningen nodig. Ik complimenteerde haar met haar vernuftigheid. 'Je hebt een nieuwe tijdzone gecreëerd. Het eten zal klaar zijn om 20.55 uur, Rosie-tijd.'

'Beter dan al die berekeningen,' zei ze.

Haar opmerking gaf me de gelegenheid een andere vraag uit het Echtgenote Project te stellen. 'Heb je moeite met rekenen?'

Ze lachte. 'Het is het lastigste onderdeel van mijn werk. Ik word er helemaal gek van.'

Als ze al zoveel moeite had met de simpele berekeningen van bar- en restaurantnota's, dan kon ik me amper voorstellen hoe we een zinvol gesprek zouden kunnen voeren.

'Waar heb je de kurkentrekker verstopt?' vroeg ze.

'Er staat voor dinsdag geen wijn gepland.'

'Ach, wat zou het,' zei Rosie.

Er school een zekere logica in Rosies opmerking. Ik zou immers maar een enkele portie van de maaltijd eten. Toen besloot ik dat ik mijn plannen voor die avond net zo goed helemaal overboord kon gooien.

Ik kondigde de verandering aan. 'De tijd is opnieuw gedefinieerd. De oude regels zijn niet langer van toepassing. Hierbij wordt alcohol verplicht gesteld in de Rosie-tijdzone.'

8

Terwijl ik het eten verder bereidde, dekte Rosie de tafel. Niet de gewone eettafel in de woonkamer, maar een geïmproviseerde tafel op het balkon, gecreëerd door een whiteboard van de keukenmuur te halen en deze boven op de twee grote plantenpotten te leggen, nadat de dode planten eruit waren verwijderd. Er was een wit laken uit de linnenkast overheen gelegd als tafelkleed. Het zilveren bestek – een housewarmingscadeautje van mijn ouders dat nooit was gebruikt – en de goede wijnglazen waren tevoorschijn gehaald. Ze was mijn hele appartement overhoop aan het gooien!

Het was nooit in me opgekomen om op het balkon te eten. Toen ik naar buiten kwam met de salade, was de regen van eerder die avond weggetrokken. Ik schatte de temperatuur op tweeëntwintig graden.

'Moeten we meteen gaan eten?' vroeg Rosie, wat een vreemde vraag was, aangezien ze enkele uren geleden nog had beweerd dat ze uitgehongerd was.

'Nee, het zal niet koud worden. Het is al koud.' Ik was me ervan bewust dat dit wat onbeholpen klonk. 'Is er een reden voor dit uitstel?'

'De lichtjes van de stad. Het uitzicht is geweldig.'

'Helaas is het onveranderlijk. Als je het eenmaal hebt gezien, is er geen reden om nog eens te kijken. Zoals met schilderijen.'

'Maar het verandert continu. Hoe is het bijvoorbeeld vroeg in de ochtend? Of wanneer het regent? Hoe is het als je hier gewoon even gaat zitten?'

Ik had geen antwoord dat haar tevreden zou stellen. Ik had het uitzicht bekeken toen ik het appartement kocht. Het veranderde niet veel onder verschillende omstandigheden. En gewoon even zitten deed ik alleen wanneer ik moest wachten op een afspraak of wanneer ik nadacht over een probleem, waarbij een interessante omgeving alleen maar zou afleiden.

Ik kwam naast Rosie staan en vulde haar glas bij. Ze glimlachte. Ik wist bijna zeker dat ze lippenstift droeg.

Hoewel ik ernaar streef een gestandaardiseerde, herhaalbare maaltijd te maken, varieert de kwaliteit van de ingrediënten uiteraard van week tot week. Vandaag leken ze van ongewoon hoge kwaliteit. De kreeftsalade had nog nooit zo lekker gesmaakt.

Ik herinnerde me de regel dat ik een vrouw over zichzelf moest laten praten. Rosie had het onderwerp van lastige klanten in de bar al eerder aangesneden, dus ik vroeg hierover door. Dat was een uitstekende actie. Ze had een hele reeks hilarische anekdotes en ik onthield enkele interpersoonlijke technieken voor eventueel eigen gebruik in de toekomst.

Toen we de kreeft ophadden, maakte Rosie haar tas open en haalde een pakje sigaretten tevoorschijn! Hoe kan ik mijn afschuw onder woorden brengen? Roken is niet alleen ongezond, en schadelijk voor anderen in de omgeving, het is ook een duidelijke indicatie van een irrationele levenshouding. Er was een goede reden dat dit de eerste vraag van mijn vragenlijst was.

Rosie had mijn ontzetting blijkbaar opgemerkt. 'Relax. We zitten buiten.'

Het had geen zin om in discussie te gaan. Ik zou haar na vanavond toch nooit meer zien. Haar aansteker vlamde op en ze hield hem tegen een sigaret die ze tussen haar kunstmatig rood gekleurde lippen geklemd hield.

'Hoe dan ook, ik heb een vraag over genetica,' zei ze.

'Ga je gang.' Dat was tenminste bekend terrein.

'Iemand vertelde me dat je kunt zien of een man monogaam is aan de grootte van zijn testikels.'

De populaire media berichten wel vaker over de seksuele aspecten van de biologie, dus dit was niet zo'n domme bewering als ze misschien leek, hoewel ze wel een typische misvatting was. Ik realiseerde me dat dit misschien een soort verdekte seksuele avance zou kunnen zijn, maar ik besloot het zekere voor het onzekere te nemen en de vraag letterlijk te beantwoorden.

'Onzin,' zei ik.

Rosie leek erg tevreden met mijn antwoord.

'Je bent een held,' zei ze. 'Ik heb zojuist een weddenschap gewonnen.'

Toen ik er verder over uitweidde, zag ik dat Rosies tevreden uitdrukking langzaam verdween. Ik denk dat haar vraag wat te vereenvoudigd was en dat mijn meer gedetailleerde uitleg in feite overeenkwam met wat ze al eerder had gehoord.

'Er bestaat misschien enige correlatie op individueel niveau, maar de regel heeft betrekking op hele soorten. De homo sapiens is van nature monogaam maar om strategische redenen ontrouw. Mannen hebben voordeel bij het bevruchten van zo veel mogelijk vrouwen, maar kunnen maar één gezin onderhouden. Vrouwen zoeken de beste genen voor hun kinderen, plus een man om hen te onderhouden.'

Ik begon net gewend te raken aan mijn vertrouwde rol als docent toen Rosie me onderbrak.

'Hoe zit het dan met de testikels?'

'Grotere testikels produceren meer sperma. Monogame soorten hebben slechts voldoende sperma nodig voor hun partner. Mensen hebben meer nodig, om te kunnen profiteren van toevallige ontmoetingen en om de strijd aan te gaan met het sperma van recente rivalen.'

'Mooi is dat,' zei Rosie.

'Niet echt. Dit gedrag is in de oertijd ontstaan. De moderne wereld vereist aanvullende regels.'

'Ja,' zei Rosie. 'Bijvoorbeeld dat je voor je kinderen moet zorgen.'

'Correct. Maar instincten zijn ongelooflijk krachtig.'

'Vertel mij wat,' zei Rosie.

Ik begon het uit te leggen. 'Instinct is een uitdrukking van...'

'Retorische vraag,' zei Rosie. 'Ik heb het zelf meegemaakt. Mijn moeder is op genenjacht gegaan tijdens het afstudeerfeest van haar studie geneeskunde.'

'Dit gedrag is onbewust. Mensen gaan niet opzettelijk...'

'Dat snap ik.'

Dat betwijfelde ik. Leken interpreteren bevindingen van de evolutionaire psychologie vaak verkeerd. Maar het was een interessant verhaal.

'Dus je zegt dat je moeder onbeschermde seks heeft gehad buiten haar primaire relatie?'

'Met een andere student,' antwoordde Rosie. 'Terwijl ze iets had met mijn...' Op dat moment hief Rosie haar handen in de lucht en maakte twee keer achter elkaar een neerwaartse beweging met de middel- en wijsvinger van beide handen: '... vader. Mijn echte vader is een arts. Ik weet alleen niet welke. Dat maakt me echt enorm kwaad.'

Ik was gefascineerd door de handbewegingen en zweeg even terwijl ik deze probeerde te interpreteren. Was het een teken van frustratie omdat ze niet wist wie haar vader was? Als dit het geval was, dan was ik hier niet mee bekend. En waarom had ze ervoor gekozen haar spraak juist op dat punt te benadrukken… natuurlijk! Nadruk door interpunctie!

'Aanhalingstekens,' zei ik hardop toen het tot me doordrong.

'Wat?'

'Je maakte aanhalingstekens rond "vader" om aan te geven dat het woord niet op de gebruikelijke manier moest worden geïnterpreteerd. Zeer slim.'

'Nou, kijk eens aan,' zei ze. 'En ik dacht nog wel dat je aan het nadenken was over het kleine probleempje met mijn hele verdomde leven. En dat je misschien wel iets slims te zeggen zou hebben.'

Ik corrigeerde haar. 'Het is helemaal geen klein probleem!' Ik hief mijn vinger in de lucht om een uitroepteken uit te beelden. 'Je zou op meer informatie moeten aandringen.' Ik wees met dezelfde vinger naar voren om een punt aan te duiden. Dit was best leuk.

'Mijn moeder is dood. Ze is omgekomen bij een autoongeluk toen ik tien was. Ze heeft niemand verteld wie mijn vader was, zelfs Phil niet.'

'Phil?' Ik kon niet bedenken hoe ik een vraagteken moest uitbeelden en besloot het spelletje tijdelijk te staken. Dit was niet het juiste moment voor een experiment.

'Mijn…' Handen in de lucht, vingers op en neer bewegend: '… vader. Die helemaal laaiend zou worden als ik hem zou zeggen dat ik het wil weten.'

Rosie dronk de resterende wijn uit haar glas en schonk het

nog eens vol. Het tweede kleine flesje was nu leeg. Haar verhaal was treurig, maar niet uniek. Hoewel mijn ouders nog steeds op gezette tijden contact met me zochten, had ik vastgesteld dat ze al enige jaren geleden hun interesse in mij hadden verloren. Hun plicht was volbracht zodra ik in staat was voor mezelf te zorgen. Rosies situatie was echter wel iets anders, aangezien er een stiefvader bij betrokken was. Ik kwam met een genetische interpretatie.

'Zijn gedrag is volkomen voorspelbaar. Je deelt zijn genen niet. Leeuwen doden de welpen van eerdere rivalen wanneer ze een troep overnemen.'

'Bedankt voor die informatie.'

'Ik kan nog wel wat verdere documentatie aanraden als je daar interesse in hebt. Je lijkt vrij intelligent voor een barjuffrouw.'

'De complimenten blijven elkaar maar opvolgen.'

Het leek erop dat ik goed bezig was, en ik stond mezelf toe even van dit moment te genieten, wat ik deelde met Rosie.

'Goed om te horen. Ik ben niet zo bedreven in daten. Er zijn zoveel regels om te onthouden.'

'Je doet het niet slecht,' zei ze. 'Behalve dan dat je naar mijn borsten staart.'

Dat was teleurstellende feedback. Rosies jurk was nogal bloot, maar ik deed mijn best om oogcontact te houden.

'Ik was alleen je hanger aan het bekijken,' zei ik. 'Die is zeer interessant.'

Rosie dekte hem meteen af met haar hand. 'Wat staat erop?'

'Een afbeelding van Isis met een inscriptie: *Sum omnia quae fuerunt suntque eruntque ego.* "Ik ben alles wat was, is en zal zijn."' Ik hoopte dat ik het Latijn goed had gelezen, want de letters waren erg klein.

Rosie leek onder de indruk. 'En de hanger die ik vanmorgen om had?'

'Een dolk met drie kleine rode stenen en vier witte.'

Rosie dronk haar wijn op. Ze leek ergens over na te denken. Het bleek niets diepzinnigs te zijn.

'Zullen we nog een flesje openen?'

Ik was ietwat verbijsterd. We hadden de aanbevolen maximum hoeveelheid al bereikt. Aan de andere kant: ze rookte, dus het was duidelijk dat ze nogal roekeloos met haar gezondheid omsprong.

'Je wilt meer alcohol?'

'Correct,' zei ze, terwijl ze een vreemde stem opzette. Wellicht dat ze mij imiteerde.

Ik liep naar de keuken om een nieuw flesje uit te zoeken en besloot ter compensatie mijn alcoholconsumptie voor de volgende dag te reduceren. Toen viel mijn oog op de klok: 23.40 uur. Ik pakte de telefoon en belde een taxi. Met een beetje geluk zou deze arriveren voordat het nachttarief inging. Ik opende een klein flesje rode wijn om te nuttigen terwijl we op de taxi wachtten.

Rosie wilde het gesprek over haar biologische vader voortzetten.

'Denk je dat er misschien een soort genetische motivatie bestaat? Dat het is ingebouwd om te willen weten wie je ouders zijn?'

'Het is van cruciaal belang dat ouders hun eigen kinderen kunnen herkennen, zodat ze de dragers van hun genen kunnen beschermen. En kleine kinderen moeten hun ouders kunnen terugvinden om van die bescherming te kunnen genieten.'

'Misschien is het een soort doorwerking daarvan.'

'Dat lijkt me onwaarschijnlijk. Maar het is mogelijk. Ons

gedrag wordt sterk beïnvloed door instinct.'

'Dat zei je, ja. Wat het ook is, het vreet aan me. Maakt me helemaal van slag.'

'Waarom vraag je het niet aan de kandidaten?'

'"Beste dokter. Bent u mijn vader?" Ik dacht het niet.'

Er kwam een logische gedachte in me op, logisch voor mij als geneticus.

'Je haar heeft een zeer ongebruikelijke kleur. Wellicht...'

Ze begon te lachen. 'Er bestaan geen genen voor deze kleur rood.'

Ze had mijn verwarring blijkbaar bespeurd.

'Deze kleur komt uit een flesje.'

Ik besefte wat dit betekende. Ze had haar haar opzettelijk in een onnatuurlijk felle kleur geverfd. Ongelooflijk. Het was niet eens in me opgekomen om haarkleuring in de vragenlijst op te nemen. Ik nam me voor dat wel te doen.

De deurbel ging. Ik had Rosie niet verteld van de taxi, dus ik bracht haar op de hoogte van mijn plan. Ze dronk snel haar wijn op en stak toen haar hand uit. Ik had het idee dat ik niet de enige was die zich ongemakkelijk voelde.

'Nou,' zei ze, 'het was me het avondje wel. Nog een fijn leven verder.'

Dat was een niet-standaard manier om afscheid te nemen. Het leek me veiliger om me aan de conventies te houden.

'Tot ziens. Ik heb een erg leuke avond gehad. Succes met het vinden van je vader,' voegde ik eraan toe.

'Bedankt.'

Toen vertrok ze.

Ik was geagiteerd, maar niet op een negatieve manier. Het was meer een kwestie van zintuiglijke overbelasting. Ik was blij dat er nog wat wijn in het flesje zat. Ik schonk het in mijn glas en belde Gene. Claudia nam op. Ik sloeg de beleefdheden over.

'Ik moet Gene spreken.'

'Hij is niet thuis,' zei Claudia. Ze klonk verward. Misschien had ze gedronken. 'Ik dacht dat hij kreeft ging eten bij jou.'

'Gene heeft me de ongeschiktste vrouw ter wereld gestuurd. Een barjuffrouw. Laatkomer, vegetariër, chaotisch, irrationeel, ongezond, roker – roker! –, psychische problemen, kan niet koken, niet wiskundig onderlegd, onnatuurlijke haarkleur. Ik neem aan dat hij een grapje maakte.'

Blijkbaar vatte Claudia dit op als een uitdrukking van ontzetting, want ze vroeg: 'Is alles goed met je, Don?'

'Natuurlijk,' zei ik. 'Ze was erg vermakelijk. Maar volkomen ongeschikt voor het Echtgenote Project.' Toen ik deze woorden uitsprak – de onmiskenbare waarheid – voelde ik enige spijt, ook al was dit in strijd met mijn verstandelijke inschatting. Claudia onderbrak mijn poging om deze twee conflicterende standpunten te verenigen.

'Don, weet je hoe laat het is?'

Ik droeg geen horloge. Toen realiseerde ik me mijn vergissing. Ik had de ovenklok als referentie gebruikt toen ik de taxi belde. De klok die Rosie had verzet. Het moest al bijna 02.30 uur zijn. Hoe kon ik de tijd zo zijn vergeten? Dit was een harde les in de gevaren van het overhoopgooien van je schema. Rosie zou het nachttarief moeten betalen voor de taxi.

Ik liet Claudia weer verder slapen. Toen ik de twee borden en glazen pakte om mee naar binnen te nemen, keek ik weer naar het uitzicht over de stad bij nacht, het uitzicht dat ik nog nooit had gezien, ook al was het er al die tijd geweest.

Ik besloot mijn aikidotraining voor het slapengaan over te slaan. En om de geïmproviseerde tafel te laten staan.

9

'Ik heb haar erbij gedaan als wildcard,' zei Gene toen ik hem de volgende dag wekte van zijn ongeplande dutje onder zijn bureau.

Gene zag er vreselijk uit en ik zei hem dat hij het niet meer zo laat moest maken, al had ik me voor één keer aan dezelfde fout schuldig gemaakt. Het was belangrijk dat hij op de normale tijd zou lunchen zodat hij weer in zijn gewone ritme kwam. Gene had eten meegenomen van huis. We liepen naar een grasveldje op het universiteitsterrein. Onderweg haalde ik een zeewiersalade, misosoep en een appel bij een Japans restaurant.

Het was een mooie dag. Helaas betekende dit dat er een flink aantal dames in luchtige kleding op het gras zat en voorbijliep, wat Gene nogal afleidde. Gene is zesenvijftig, al mag die informatie eigenlijk niet worden vrijgegeven. Op die leeftijd zou zijn testosterongehalte toch flink moeten zijn gezakt, met als gevolg een afname van zijn libido. Mijn theorie is dat zijn ongewoon grote interesse in seks voortkomt uit mentale gewenning. Maar menselijke fysiologie kan verschillen, dus wellicht is hij een uitzondering op de regel.

Omgekeerd denkt Gene volgens mij dat ik een abnormaal laag libido heb. Dat is niet waar. Ik kan het alleen niet zo goed uiten als hij, op een sociaal geaccepteerde manier. Mijn incidentele pogingen om Gene te imiteren waren uitermate onsuccesvol.

We vonden een bankje om op te zitten en Gene gaf me zijn verklaring.

'Ze is een bekende van me,' zei hij.

'Geen vragenlijst?'

'Geen vragenlijst.'

Dat verklaarde het roken. Dat verklaarde eigenlijk alles. Gene was teruggevallen op de inefficiënte methode van het aandragen van kennissen voor een date. De irritatie was blijkbaar van mijn gezicht af te lezen.

'Je verspilt je tijd met die vragenlijst. Dan kun je nog beter de lengte van hun oorlellen meten.'

Seksuele aantrekkingskracht is Gene's specialiteit. 'Bestaat er een verband?' vroeg ik.

'Mensen met lange oorlellen zullen ook eerder een partner met lange oorlellen kiezen. Dat is een betere indicator dan IQ.'

Dat leek onvoorstelbaar, maar dat geldt voor wel meer gedrag dat in de oertijd is ontstaan, als je het in de context van de moderne wereld bekijkt. De evolutie heeft ons niet bijgehouden. Maar oorlellen! Kon er een nog meer irrationele basis voor een relatie bestaan? Geen wonder dat veel huwelijken stukliepen.

'En, heb je het leuk gehad?' vroeg Gene.

Ik vertelde hem dat zijn vraag irrelevant was: mijn doel was een partner te vinden en Rosie was duidelijk ongeschikt. Door Gene had ik een hele avond verspild.

'Maar had je het leuk?' herhaalde hij.

Verwachtte hij een ander antwoord op dezelfde vraag? Nu moest ik toegeven dat ik hem ook geen echt antwoord had gegeven, maar met een goede reden. Ik had nog geen tijd gehad om over de avond na te denken en een gepaste respons te bepalen. Ik vermoedde dat 'leuk' een te eenvoudige voorstelling zou zijn van een zeer complexe ervaring.

Ik gaf Gene een samenvatting van de gebeurtenissen. Toen ik vertelde over het diner op het balkon onderbrak Gene me. 'Als je weer met haar afspreekt...'

'Ik heb geen enkele reden om nogmaals met haar af te spreken.'

'Als je weer met haar afspreekt,' ging Gene verder, 'lijkt het me niet zo'n goed idee om het Echtgenote Project te noemen. Aangezien ze niet aan de eisen voldoet.'

Als ik de incorrecte aanname over het nogmaals afspreken met Rosie even buiten beschouwing liet, dan leek dit me wel een goed advies.

Op dat moment nam het gesprek echter een drastische wending en kreeg ik niet meer de kans om erachter te komen waar Gene Rosie van kende. De reden voor de wending was Gene's boterham. Hij nam een hap en schreeuwde het toen uit van de pijn terwijl hij naar mijn flesje water greep.

'O, shit. O, shit. Claudia heeft chilipepers op mijn brood gedaan.'

Het was moeilijk voor te stellen hoe Claudia een dergelijke fout had kunnen maken. Maar onze prioriteit lag nu bij het verlichten van de pijn. Chili lost niet op in water, dus drinken uit mijn flesje zou niet helpen. Ik adviseerde hem wat olie te vinden. We liepen terug naar het Japanse restaurant en konden ons gesprek over Rosie niet voortzetten. Ik had echter de informatie die ik nodig had. Gene had een vrouw uitgekozen zonder gebruikmaking van de vragenlijst. Nogmaals met haar afspreken zou volkomen in tegenspraak zijn met de gedachte achter het Echtgenote Project.

Op weg naar huis heroverwoog ik dit. Ik kon drie redenen bedenken waarom het noodzakelijk zou zijn nogmaals met Rosie af te spreken.

1. Bij een goed experimenteel onderzoek hoorde een controlegroep. Het zou interessant zijn om de geselecteerde kandidaten van de vragenlijst tegen Rosie af te zetten.
2. De vragenlijst had tot op heden geen matches opgeleverd. In de tussentijd kon ik met Rosie omgaan.
3. Als geneticus met toegang tot apparatuur voor DNA-analyse – en met de kennis om de resultaten te interpreteren – verkeerde ik in de positie om Rosie te kunnen helpen bij het vinden van haar biologische vader.

Reden 1 en 2 waren ongeldig. Rosie was geen passende levensgezellin. Het had geen zin om af te spreken met iemand die zo duidelijk ongeschikt was. Maar reden 3 was het overwegen waard. Ik kon mijn vaardigheden inzetten om haar te helpen in de zoektocht naar belangrijke informatie, wat overeenkwam met mijn levensdoel. Dat kon ik doen in de tijd die ik had gereserveerd voor het Echtgenote Project, totdat er een geschikte kandidaat zou opduiken.

Om te beginnen moest ik opnieuw contact leggen met Rosie. Ik had geen zin om Gene te vertellen dat ik nogmaals met haar wilde afspreken, terwijl ik hem vlak daarvoor nog had gezegd dat de kans daarop nihil was. Gelukkig herinnerde ik me de naam van de bar waar ze werkte: de Marquess of Queensbury.

Er was maar één bar met die naam, in een steeg aan de rand van de binnenstad. Ik had mijn planning voor die dag al aangepast en mijn uitstapje naar de markt geannuleerd om mijn slaaptekort in te halen. In plaats daarvan zou ik een kant-en-klaarmaaltijd kopen. Ik word er soms van beschuldigd niet flexibel te zijn, maar volgens mij toont dit wel dat ik me zelfs aan de vreemdste omstandigheden kan aanpassen.

Ik arriveerde om 19.04 uur, maar kwam erachter dat de bar pas om 21.00 uur openging. Ongelooflijk. Geen wonder dat mensen fouten maken op hun werk. Zou de bar vol zitten met chirurgen en luchtverkeersleiders die tot na middernacht bleven drinken om de volgende dag weer gewoon naar hun werk te gaan?

Ik at bij een nabijgelegen Indiaas restaurant. Tegen de tijd dat ik het overvloedige maal ophad en terugkeerde naar de bar, was het 21.27 uur. Er stond een beveiliger bij de deur en ik bereidde me voor op een herhaling van de voorgaande avond. Hij bekeek me nauwlettend en vroeg toen: 'Weet u wat voor tent dit is?'

Ik ben aardig bekend met bars, misschien wel meer dan de meeste andere mensen. Als ik naar een congres ga, zoek ik meestal een aangename bar uit vlak bij mijn hotel, waar ik dan elke avond ga eten en drinken. Ik antwoordde bevestigend en liep naar binnen.

Ik vroeg me af of ik wel op de juiste locatie was. Het opvallendste kenmerk aan Rosie was dat ze een vrouw was, maar de bezoekers van de Marquess of Queensbury waren zonder uitzondering man. Velen droegen ongewone kleding, en ik nam een paar minuten de tijd om de verscheidenheid aan outfits te bekijken. Twee mannen zagen me naar hen kijken. Een van hen glimlachte breed en knikte. Ik glimlachte terug. Dit leek me een gemoedelijke plek.

Maar ik was hier om Rosie te vinden. Ik liep naar de bar. De twee mannen volgden me en kwamen elk aan één kant van me zitten. De gladgeschoren man droeg een afgeknipt

T-shirt en bracht duidelijk veel tijd door in de sportschool. Wellicht dat hij ook steroïden gebruikte. De man met de snor droeg een leren pak en een zwarte pet.

'Ik heb jou hier nog niet eerder gezien,' zei Zwarte Pet.

Ik gaf hem een simpele verklaring. 'Ik ben hier nog niet eerder geweest.'

'Wil je iets van me drinken?'

'Bied je me nu een drankje aan?' Dat was een ongewoon voorstel van een onbekende. Ik nam aan dat er een of andere wederdienst van mij werd verwacht.

'Dat is wat ik zei, ja,' zei Zwarte Pet. 'Waar kunnen we je mee verleiden?'

Ik vertelde hem dat de smaak niet uitmaakte, als het maar alcohol bevatte. Ik was zenuwachtig, zoals in de meeste sociale situaties.

Toen verscheen Rosie aan de andere kant van de bar, gekleed in een zwart poloshirt, gebruikelijk voor haar rol. Ik was zeer opgelucht. Ik was naar de juiste locatie gekomen en ze had dienst. Zwarte Pet wenkte haar. Hij bestelde drie Budweisers. Toen zag Rosie me.

'Don.'

'Gegroet.'

Rosie keek naar ons en vroeg: 'Horen jullie bij elkaar?'

'Geef ons nog een paar minuutjes,' zei Meneer Steroïden.

Rosie zei: 'Ik denk dat Don hier is om mij te spreken.'

'Correct.'

'Nou, we zouden je sociale leven natuurlijk niet willen verstoren met het bestellen van een drankje,' zei Zwarte Pet tegen Rosie.

'Je zou een DNA-test kunnen laten doen,' zei ik.

Het was duidelijk dat Rosie me niet begreep, vanwege het gebrek aan context. 'Wat?'

‘Om je vader te identificeren. DNA is de meest logische benadering.’

‘Natuurlijk,’ zei Rosie. ‘Logisch. “Wilt u me alstublieft uw DNA sturen zodat ik kan kijken of u mijn vader bent?” Vergeet het maar, ik heb al te veel verteld.’

‘Je zou een DNA-monster kunnen bemachtigen.’ Ik wist niet zeker hoe Rosie zou reageren op het volgende gedeelte van mijn voorstel. ‘Zonder medeweten van de persoon in kwestie.’

Rosie zweeg. Ze dacht er in ieder geval over na. Of misschien vroeg ze zich af of ze me moest aangeven. Haar antwoord wees op de eerste optie. ‘En wie gaat dat monster dan analyseren?’

‘Ik ben geneticus.’

‘Dus als ik een DNA-monster zou weten te verzamelen, zou jij het voor me kunnen analyseren?’

‘Uiteraard,’ zei ik. ‘Hoeveel monsters moeten we testen?’

‘Waarschijnlijk maar één. Ik heb een sterk vermoeden. Hij is een vriend van de familie.’

Meneer Steroïden kuchte luid en Rosie pakte twee biertjes uit de koelkast. Zwarte Pet legde een briefje van twintig dollar op de bar, maar Rosie schoof het terug en wuifde hen weg.

Ik probeerde de truc met het kuchen zelf uit. Dit keer duurde het even voordat Rosie de boodschap begreep, maar toen pakte ze een biertje voor me.

‘Wat heb je nodig?’ vroeg ze. ‘Om een DNA-test te kunnen uitvoeren?’

Ik legde uit dat we normaal gesproken een schraapsel van de binnenkant van de wang gebruikten, maar dat het nogal lastig zou zijn om dit te verkrijgen zonder medeweten van de persoon in kwestie. ‘Bloed is prima, maar ook huidschilfers, speeksel, urine...’

'Pas,' zei Rosie.

'Fecaliën, sperma...'

'Het wordt steeds beter,' zei Rosie. 'Ik zou seks kunnen hebben met een zestigjarige vriend van de familie, in de hoop dat hij mijn vader blijkt te zijn.'

Ik was geschokt. 'Je zou seks hebben...'

Rosie legde uit dat ze een grapje maakte. Over zo'n serieuze aangelegenheid! Het begon inmiddels aardig druk te worden aan de bar, en er werd heel wat afgekucht. Een effectieve manier om ziekten te verspreiden. Rosie schreef een telefoonnummer op een stuk papier.

'Bel me.'

10

De volgende ochtend kon ik opgelucht mijn routine hervatten, na de ernstige verstoringen van de twee dagen daarvoor. Mijn uitstapjes naar de markt op dinsdag, donderdag en zaterdag maken deel uit van mijn planning, een combinatie van lichaamsbeweging en het kopen van ingrediënten voor mijn maaltijden. Bovendien bood het gelegenheid voor reflectie. Ik had grote behoefte aan dit laatste.

Een vrouw had me haar telefoonnummer gegeven en gezegd dat ik haar moest bellen. Dit had mijn wereld op zijn kop gezet, meer nog dan het Jas Incident, de Balkonmaaltijd en zelfs de opwinding van het eventuele Vader Project. Ik wist dat het niet ongewoon was: in boeken, films en televisieseries gebeurde dit zo vaak. Maar het was mij nog nooit overkomen. Geen enkele vrouw had ooit nonchalant, onnadenkend en automatisch haar telefoonnummer opgeschreven, het aan mij gegeven en gezegd: 'Bel me.' Ik was tijdelijk opgenomen in een cultuur die ik als onbereikbaar had beschouwd. Het was volkomen logisch dat Rosie me een manier had gegeven om contact met haar op te nemen, maar toch had ik het irrationele gevoel dat ze zich zou realiseren dat ze een fout had gemaakt wanneer ik haar ook daadwerkelijk zou bellen.

Ik kwam bij de markt en begon mijn inkopen te doen. Omdat ik elke week dezelfde ingrediënten nodig heb, weet ik precies langs welke kraampjes ik moet. De marktkoopmannen hebben mijn spullen meestal al klaarliggen, zodat ik alleen nog maar hoef te betalen. Ze kennen me goed en zijn zonder uitzondering vriendelijk.

Het is echter niet mogelijk om grote geestelijke inspanningen te combineren met het inkoopproces, vanwege de hoeveelheid menselijke en levenloze obstakels: stukken groente op de grond, oude vrouwtjes met boodschappentassen, koopmannen die hun kraam nog aan het opzetten zijn, Aziatische vrouwen die prijzen vergelijken, goederen die worden afgeleverd, en toeristen die elkaar op de foto zetten voor de kraampjes. Gelukkig ben ik meestal de enige hardloper.

Op weg naar huis hervatte ik mijn analyse van de kwestie rond Rosie. Ik realiseerde me dat ik meer uit instinct dan uit logica handelde. Er waren genoeg mensen die hulp nodig hadden, vele dringender dan Rosie, en er waren talloze achtenswaardige wetenschappelijke projecten waar ik mijn tijd beter aan kon besteden dan aan de zoektocht naar de biologische vader van één individu. Bovendien zou ik eigenlijk voorrang moeten geven aan het Echtgenote Project. Ik kon beter aan Gene vragen om nog meer geschikte vrouwen van de lijst te selecteren, of ik kon enkele minder belangrijke selectiecriteria versoepelen, zoals ik al had gedaan met de regel over drank.

Het meest logische besluit was om Rosie te bellen en uit te leggen dat het Vader Project geen goed idee was. Ik belde om 06.43 uur, toen ik terug was van het hardlopen, en liet een bericht achter met de vraag of ze wilde terugbellen. Toen ik ophing transpireerde ik flink, ondanks het feit dat het nog best fris was. Ik hoopte maar dat ik geen koorts zou krijgen.

Rosie belde terug terwijl ik college stond te geven. Normaal gesproken zet ik mijn telefoon op dat soort momenten uit, maar ik wilde dit probleem graag zo snel mogelijk uit de weg ruimen. Ik raakte gestrest door het vooruitzicht op een gesprek waarin ik een eerder aanbod zou moeten intrekken. Bellen voor een collegezaal vol studenten was nogal ongemakkelijk, zeker aangezien ik een microfoontje op mijn kraag droeg.

De studenten konden mijn kant van het gesprek horen.

'Dag, Rosie.'

'Don, ik wilde je nog even bedanken omdat je dit voor me wilt doen. Ik had me niet gerealiseerd hoe erg dit aan me vrat. Ken je dat kleine koffiezaakje tegenover het Economics & Commerce Building: Barista's? Wat dacht je van morgenmiddag om twee uur?'

Nu Rosie mijn aanbod had aangenomen, zou het immoreel zijn om het weer in te trekken. Bovendien was dat technisch gezien contractbreuk.

'Morgenmiddag om twee uur bij Barista's,' bevestigde ik, hoewel ik mijn planning even niet voor de geest kon halen wegens overbelasting.

'Je bent een held,' zei ze.

Haar toon gaf aan dat dit het einde was van haar aandeel in het gesprek. Het was mijn beurt om hierop te reageren met een standaarduitdrukking, en de meest logische was een simpele inversie van 'Je bent een held'. Maar zelfs ik realiseerde me dat dit nergens op sloeg. Zij was de begunstigde van mijn heldhaftigheid in de vorm van mijn genetische expertise. Bij nader inzien had ik gewoon iets als 'Dag' of 'Tot ziens' kunnen zeggen, maar ik had geen tijd voor reflectie. Ik stond onder aanzienlijke tijdsdruk om te reageren.

'Ik mag jou ook graag.'

De hele collegezaal barstte uit in applaus.

Een studente op de voorste rij zei: 'Goed bezig.' Ze glimlachte.

Gelukkig ben ik eraan gewend onbedoeld voor vermaak te zorgen.

Ik baalde niet al te erg dat het me niet was gelukt om het Vader Project te beëindigen. De hoeveelheid werk voor het uitvoeren van één DNA-test was verwaarloosbaar.

We zagen elkaar de volgende dag om 14.07 uur bij Barista's. Het hoeft geen betoog dat de vertraging haar schuld was. Mijn studenten zouden al zitten wachten voor mijn college van 14.15 uur. Ik was eigenlijk alleen van plan geweest haar te adviseren over het verzamelen van een DNA-monster, maar ze leek de instructies niet te kunnen verwerken. Achteraf gezien had ik haar waarschijnlijk te veel opties en te veel technische details gegeven in te korte tijd. Met nog maar zeven minuten om het probleem te bespreken (waarna ik nog één minuut had om naar de collegezaal te rennen), besloten we dat het eenvoudiger zou zijn om het monster dan maar samen te verzamelen.

Op zaterdagmiddag arriveerden we bij de woning van dokter Eamonn Hughes, de vermoedelijke vader. Rosie had van tevoren gebeld.

Eamonn zag er ouder uit dan ik had verwacht. Ik schatte zijn leeftijd op zestig en zijn BMI op drieëntwintig. Eamonns vrouw, die Belinda heette (ongeveer vijfenvijftig jaar, BMI ongeveer achtentwintig), zette koffie voor ons, zoals Rosie had voorspeld. Dat was cruciaal, aangezien we hadden besloten dat de rand van het koffiekopje de ideale bron was voor een speekselmonster. Ik zat naast Rosie en deed alsof ik een vriend van haar was. Eamonn en Belinda zaten tegenover ons. Ik had moeite om mijn ogen van Eamonns kopje af te houden.

Gelukkig hoefde ik niet over koetjes en kalfjes te praten. Eamonn was cardioloog en we voerden een fascinerend gesprek over genetische aanleg voor hartkwalen. Toen Eamonn eindelijk zijn koffie ophad, kwam Rosie overeind om de kopjes naar de keuken te brengen. Daar zou ze een wattenstaafje langs de rand van het kopje halen, wat ons een uitstekend monster zou opleveren. Toen we het plan bespraken, zei ik dat het wegbrengen van de kopjes mogelijk in strijd was met sociale conventies. Maar Rosie verzekerde me dat ze Eamonn en Belinda goed kende als vrienden van de familie en dat ze, als jonger persoon, toestemming zou hebben om deze taak uit te voeren. Voor deze ene keer bleek mijn kennis over sociale conventies accurater. Helaas.

Toen Rosie Belinda's kopje oppakte, zei Belinda: 'Laat maar staan, ik doe het straks wel.'

'Nee, ik sta erop,' zei Rosie, en ze pakte Eamonns kopje.

Belinda pakte mijn kopje en dat van Rosie en zei: 'Oké, help me dan maar een handje.' Samen liepen ze naar de keuken. Het zou lastig worden voor Rosie om een monster van Eamonns kopje te nemen met Belinda erbij, maar ik kon geen manier bedenken om Belinda terug naar de woonkamer te lokken.

'Heeft Rosie je verteld dat ik geneeskunde heb gestudeerd met haar moeder?' vroeg Eamonn.

Ik knikte. Als ik een psycholoog was, dan had ik wellicht uit Eamonns lichaamstaal en zijn manier van spreken kunnen afleiden of hij probeerde te verbergen dat hij stiekem Rosies vader was. Misschien had ik dan zelfs het gesprek een bepaalde kant op kunnen sturen om hem in de val te lokken. Het was maar goed dat we niet afhankelijk waren van mijn vaardigheden op dat gebied. Als Rosie erin slaagde een monster te verzamelen, zou ik een veel betrouwbaarder antwoord kunnen geven dan wanneer het moest worden afgeleid uit gedragsobservaties.

'Als ik je een kleine aanmoediging mag geven,' zei Eamonn. 'Rosies moeder was nogal wild in haar jonge jaren. Erg slim en knap. Ze had iedereen kunnen krijgen. Alle andere meiden die geneeskunde studeerden, zouden met artsen gaan trouwen.' Hij glimlachte. 'Maar zij verraste ons allemaal en koos voor de buitenstaander die volhield en niet van haar zijde week.'

Het was maar goed dat ik hier geen aanwijzingen uit probeerde af te leiden, want ik had geen idee wat hij bedoelde. Blijkbaar was dat van mijn gezicht af te lezen.

'Ik vermoed dat Rosie misschien wel in haar moeders voetsporen zal treden,' zei Eamonn.

'In welk opzicht?' Het leek me veiliger om hem om opheldering te vragen dan om aan te nemen dat hij doelde op zwanger raken van een onbekende medestudent of omkomen bij een auto-ongeluk. Dat was immers het enige wat ik over Rosies moeder wist.

'Ik wil alleen maar zeggen dat je volgens mij wel een goede jongen bent. En ze heeft een zware tijd gehad. Zeg het gerust als ik me met mijn eigen zaken moet bemoeien. Maar ze is een geweldig kind.'

Nu begreep ik wat het doel van dit gesprek was, hoewel Rosie toch zeker wel te oud was om 'kind' genoemd te worden. Eamonn dacht dat ik Rosies geliefde was. Dat was een begrijpelijke vergissing, maar om dat recht te zetten zou ik moeten liegen, dus ik besloot maar gewoon te zwijgen. Toen hoorden we het geluid van brekend aardewerk.

'Alles in orde?' riep Eamonn.

'Er is alleen maar een kopje gebroken,' antwoordde Belinda.

Het kopje breken maakte geen deel uit van het plan. Waarschijnlijk had Rosie het in haar zenuwen laten vallen, of in een poging het voor Belinda verborgen te houden. Ik was boos op mezelf omdat ik geen alternatief plan had bedacht. Ik had dit project niet als serieus veldonderzoek beschouwd. Dat was beschamend onprofessioneel, en het was nu mijn verantwoordelijkheid om een oplossing te bedenken. Daar kwam vast enige misleiding bij kijken, en daar ben ik totaal niet goed in.

De beste oplossing die ik kon bedenken was om het DNA op legitieme wijze te verkrijgen.

'Hebt u wel eens van het Genografie Project gehoord?'

'Nee,' zei Eamonn.

Ik legde uit dat we iemands afstamming konden traceren met behulp van een DNA-monster. Hij was gefascineerd. Ik bood aan zijn DNA te laten analyseren als hij een monster zou afnemen en naar mij zou opsturen.

'Laten we dat nu meteen doen, voor ik het vergeet,' zei hij. 'Is bloed goed?'

'Bloed is uitermate geschikt voor een DNA-test, maar...'

'Ik ben arts,' zei hij. 'Geef me een minuutje.'

Eamonn verliet de kamer. Ondertussen hoorde ik Belinda en Rosie praten in de keuken.

Belinda zei: 'Heb je je vader onlangs nog gezien?'

'Volgende vraag,' zei Rosie.

In plaats daarvan reageerde Belinda met een opmerking. 'Don lijkt me aardig.'

Uitstekend. Ik was goed bezig.

'Hij is gewoon een vriend,' zei Rosie.

Als ze had geweten hoeveel vrienden ik had, dan had ze

zich misschien wel gerealiseerd dat ik dit als een groot compliment beschouwde.

'Juist,' zei Belinda.

Rosie en Belinda keerden terug naar de woonkamer, tegelijk met Eamonn, die zijn dokterstas bij zich had. Belinda leidde hier logischerwijze uit af dat er een medisch probleem was, maar Eamonn legde uit dat hij mee wilde doen met het Genografie Project. Belinda was verpleegkundige en nam op professionele wijze wat bloed bij hem af.

Toen ik het volle buisje aan Rosie gaf om in haar handtas te stoppen, merkte ik dat haar handen trilden. Ik stelde nervositeit vast, vermoedelijk veroorzaakt door het feit dat ze nu snel antwoord zou krijgen op de vraag wie haar biologische vader was. Ik was niet verbaasd toen ze vroeg of we het DNA-monster meteen konden analyseren. Dat zou wel betekenen dat ik op zaterdagavond naar het lab moest, maar dan was het project tenminste afgerond.

Het laboratorium was leeg: binnen de hele universiteit heerst het archaïsche denkbeeld dat een werkweek van maandag tot vrijdag loopt, wat ertoe leidt dat de dure faciliteiten lang niet optimaal worden benut. De universiteit was momenteel analyseapparatuur aan het testen waarmee verwantschap tussen ouder en kind zeer snel kon worden vastgesteld. En we hadden een perfect DNA-monster. DNA kan uit verscheidene soorten monsters worden gehaald, en er zijn maar een paar cellen nodig voor een analyse, maar het voorbereidende werk kan tijdrovend en complex zijn. Bij bloed was het eenvoudig.

Het nieuwe apparaat stond in een kleine ruimte die ooit een koffiekamer was geweest, met een gootsteen en een koelkast. Heel even had ik gewild dat het indrukwekkender was.

Deze gedachte werd ingegeven door mijn ego, wat mij maar zelden gebeurde. Ik trok de koelkast open en pakte een biertje. Rosie kuchte luid. Ik herkende de truc en pakte er ook een voor haar.

Terwijl ik alles klaarmaakte, probeerde ik het proces aan Rosie uit te leggen, maar ze leek niet te kunnen stoppen met praten, zelfs niet toen ze het wattenstaafje langs de binnenkant van haar wang haalde om mij van een monster van haar DNA te voorzien.

'Ik kan niet geloven dat het zo makkelijk gaat. Zo snel. Ik denk dat ik het ergens altijd al wel heb geweten. Hij nam steeds cadeautjes voor me mee toen ik klein was.'

'Het is eigenlijk een veel te geavanceerd apparaat voor zo'n simpele taak.'

'Hij heeft me ooit eens een schaakspel gegeven. Phil gaf me alleen echte meisjesdingen: sieradendoosjes en dat soort zooi. Nogal vreemd voor een personal trainer, nu ik erover nadenk.'

'Kun je schaken?' vroeg ik haar.

'Niet echt. Dat is het punt niet. Het gaat erom dat hij daarmee erkende dat ik ook een stel hersenen heb. Hij en Belinda hebben zelf nooit kinderen gehad. Voor mijn gevoel was hij altijd wel in de buurt. Misschien dat hij zelfs mijn moeders beste vriend was. Maar ik heb hem nooit bewust als mijn vader gezien.'

'Dat is hij ook niet,' zei ik.

Het resultaat was op het beeldscherm verschenen. Taak afgerond. Ik begon op te ruimen.

'Wauw,' zei Rosie. 'Ooit overwogen rouwtherapie te gaan geven?'

'Nee. Ik heb verscheidene beroepen overwogen, maar allemaal binnen de wetenschap. Ik heb niet zulke goede sociale vaardigheden.'

Rosie barstte in lachen uit. 'Zet je dan maar schrap voor een stoomcursus rouwverwerking.'

Het bleek dat Rosie een grapje maakte, aangezien haar idee van rouwverwerking alleen bestond uit het nuttigen van alcohol. We gingen naar Jimmy Watson's aan Lygon Street, een klein stukje lopen. Het zat er meestal vol met academici, zelfs in het weekend. We namen plaats aan de bar. Rosie bleek maar weinig kennis te bezitten van wijn, wat me verbaasde, aangezien ze barjuffrouw van beroep was. Een paar jaar geleden had Gene me gezegd dat wijn een perfect onderwerp was voor een veilig gesprek, dus ik had er wat onderzoek naar gedaan. Ik was bekend met de wijnen die men zoal schonk in deze bar. We dronken behoorlijk veel.

Rosie moest even naar buiten vanwege haar nicotineverslaving. Haar timing was gunstig, want er liep net een koppel van de binnenplaats naar binnen, langs de bar. De man was Gene! De vrouw was niet Claudia, maar ik herkende haar wel. Het was Olivia, de Indiase Vegetariër van Tafel voor Acht. Ze zagen me geen van beiden en liepen te snel voorbij om ze te kunnen aanspreken.

Mijn verwarring om hen samen te zien moet hebben bijgedragen aan mijn daaropvolgende besluit. Er kwam een ober naar me toe.

'Er is net een tafel voor twee vrijgekomen op de binnenplaats. Willen jullie hier een hapje eten?' vroeg hij.

Ik knikte. Dit betekende dat ik mijn marktaankopen van vandaag zou moeten invriezen voor volgende week zaterdag, leidend tot vermindering van de voedingswaarde. Instinct had het wederom gewonnen van logica.

Rosie leek positief te reageren toen ze bij terugkomst zag dat er een tafel voor ons gereed werd gemaakt. Ik had ook wel verwacht dat ze honger zou hebben, maar het was geruststellend om te weten dat ik geen blunder had begaan. Het risico hierop was altijd groter bij interactie met mensen van het andere geslacht.

Het eten was voortreffelijk. We namen verse oesters (duurzaam), tonijnsashimi (uitgekozen door Rosie en waarschijnlijk niet duurzaam), torentjes van aubergine en mozzarella (Rosie), kalfszwezerik (ik), kaas (gedeeld) en een enkele portie passievruchtmousse (in tweeën gedeeld). Ik bestelde een fles Marsanne die er uitstekend bij paste.

Tijdens de maaltijd vertelde Rosie vooral over de redenen waarom ze haar biologische vader wilde opsporen. Ik kon er weinig redenen voor bedenken. In het verleden zou dergelijke kennis wellicht nuttig zijn geweest om het risico op genetisch overdraagbare aandoeningen te bepalen, maar tegenwoordig zou Rosie gewoon haar eigen DNA hierop kunnen laten testen. In praktisch opzicht leek haar stiefvader Phil de rol van vader te hebben vervuld, al had Rosie talloze klachten over zijn prestaties. Hij was een egoïst, hij was inconsequent, hij had last van stemmingswisselingen. Hij was ook sterk tegen alcohol. Dat leek mij een zeer verdedigbaar standpunt, maar het had tot veel frictie tussen hen geleid.

Rosies motivatie leek vooral emotioneel van aard, en hoewel ik de psychologie erachter niet begreep, was het duidelijk erg belangrijk voor haar.

Nadat Rosie haar mousse ophad, verliet ze de tafel om naar het toilet te gaan. Dat gaf me de tijd om te reflecteren. Ik realiseerde me dat ik een probleemloos en zelfs zeer aangenaam etentje had gehad met een vrouw. Dat was een belangrijke prestatie, die ik graag met Gene en Claudia wilde delen.

Ik concludeerde dat het gebrek aan problemen aan drie factoren te danken was.

1. Ik bevond me in een restaurant dat ik kende. Het was nooit in me opgekomen om een vrouw – of wie dan ook – mee te nemen naar Jimmy Watson's, aangezien ik hier normaal gesproken alleen kwam voor de wijn.
2. Rosie was geen date. Ik had haar afgeschreven als potentiële partner, en we waren hier alleen vanwege een gezamenlijk project. Het was meer een soort vergadering.
3. Ik was ietwat aangeschoten, en dus ontspannen. Als gevolg daarvan was ik me mogelijk ook niet bewust van eventuele sociale blunders.

Na de maaltijd bestelde ik twee glazen sambuca en zei: 'Wie gaan we nu testen?'

11

Naast Eamonn Hughes kende Rosie slechts twee andere studiegenoten van haar moeder die 'vrienden van de familie' waren. Het leek me onwaarschijnlijk dat degene met wie haar moeder was vreemdgegaan contact zou blijven houden, gezien de aanwezigheid van Phil. Maar er was een evolutionair argument, namelijk dat deze persoon er zeker van wilde zijn dat de drager van zijn genen goed werd verzorgd. Dat was in feite ook Rosies argument.

De eerste kandidaat was dokter Peter Enticott, die in de buurt woonde. De andere, Alan McPhee, was gestorven aan prostaatkanker, wat goed nieuws was voor Rosie, aangezien zij geen prostaat had en dit dus niet van hem had kunnen erven. Het bleek dat hij oncoloog was geweest, maar dat hij de kanker in zijn eigen lichaam niet had opgemerkt. Dat komt wel meer voor. Mensen zijn vaak blind voor hun eigen problemen, terwijl deze overduidelijk zijn voor hun omgeving.

Gelukkig had hij een dochter, met wie Rosie in haar jeugd bevriend was geweest. Rosie regelde een afspraak met Natalie voor over drie dagen, zogenaamd om Natalies pasgeboren baby te komen bewonderen.

Ik keerde weer terug naar mijn normale routine, maar het Vader Project bleef maar door mijn hoofd spoken. Ik bereidde me voor op het verzamelen van het DNA. Ik wilde geen herhaling van het probleem met het gebroken kopje. Ik had ook weer een discussie met de decaan, als gevolg van het Schol Incident.

Mijn taken als docent bestaan onder meer uit het onderwijzen van genetica aan geneeskundestudenten. In de eerste les van het vorige semester had een student zijn hand opgestoken zonder zijn naam te noemen, kort nadat ik mijn eerste dia had laten zien. Deze dia bevat een briljant en prachtig diagram dat een samenvatting geeft van de evolutie van eencellige organismen tot de hedendaagse enorme verscheidenheid aan levensvormen. Het vertelt zo'n bijzonder verhaal dat alleen mijn collega's van de natuurkundeafdeling dit zouden kunnen evenaren. Ik kan niet begrijpen waarom sommige mensen zich meer interesseren voor de uitslag van een voetbalwedstrijd of het gewicht van een actrice.

Deze student behoorde tot een andere categorie.

'Professor Tillman, u gebruikte het woord "evolueerde".'

'Correct.'

'Ik denk dat u hierbij moet vermelden dat evolutie slechts een theorie is.'

Dit was niet de eerste keer. Ik had al eerder met een dergelijke vraag – of opmerking – te maken gehad. Ik wist uit ervaring dat ik de student niet van zijn standpunt af kon brengen, aangezien dit onvermijdelijk was gebaseerd op religieuze dogma's. Ik kon alleen zorgen dat de student niet serieus werd genomen door de andere artsen in opleiding.

'Correct,' antwoordde ik, 'maar uw gebruik van het woord "slechts" is misleidend. De evolutietheorie wordt ondersteund door overweldigend bewijs. Bijvoorbeeld door de bacterietheorie voor ziekten. Als arts wordt van u verwacht dat u op de wetenschap vertrouwt. Tenzij u gebedsgenezer wilt worden. In welk geval u de verkeerde studie heeft gekozen.'

Er klonk wat gelach. Gebedsgenezer protesteerde.

'Ik heb het niet over religie. Ik heb het over de creationistische wetenschap.'

Er klonk slechts hier en daar wat gekreun. De meeste studenten kwamen ongetwijfeld uit een cultuur waarin kritiek op religie niet wordt getolereerd. Zoals in onze cultuur. Na een eerder incident was het me verboden een opmerking te maken over religie. Maar in dit geval hadden we het over wetenschap. Ik had de discussie kunnen voortzetten, maar ik wist wel beter dan me te laten afleiden door een student. Mijn colleges duurden precies vijftig minuten.

'Evolutie is een theorie,' zei ik. 'Er bestaat geen andere theorie over het ontstaan van het leven die even breed wordt geaccepteerd door de wetenschap of die even bruikbaar is in de geneeskunde. Daarom zullen we in dit college van deze theorie uitgaan.' Ik vond dat ik de situatie goed had aangepakt, maar het irriteerde me dat er niet genoeg tijd was om de argumenten tegen de pseudowetenschap van het creationisme te bespreken.

Enkele weken later, tijdens de lunch in de University Club, werd me een manier aangedragen om dit punt duidelijk te maken. Toen ik naar het buffet liep zag ik een van de leden een schol eten, met de kop er nog aan. Na een enigszins ongemakkelijk gesprek kreeg ik de restanten inclusief de kop mee. Ik pakte ze in en stopte ze in mijn rugzak.

Vier dagen later had ik dezelfde klas weer. Ik spoorde Gebedsgenezer op en stelde hem een inleidende vraag. 'Gelooft u dat vissen in hun huidige vorm door een intelligente schepper zijn gecreëerd?'

Hij leek verrast door de vraag, wellicht omdat het inmiddels zeven weken later was. Maar hij knikte instemmend.

Ik pakte de schol uit. Deze gaf een sterke geur af, maar geneeskundestudenten worden wel vaker met onaangename organische objecten geconfronteerd in het belang van het leerproces. Ik wees naar de kop: 'Ziet u dat de ogen niet symmetrisch zijn?' De ogen waren al vergaan, maar de locatie van de oogkassen was nog duidelijk zichtbaar. 'Dat komt doordat de schol is geëvolueerd uit een normale vis met ogen aan beide kanten van de kop. Een van de ogen is langzaam naar de andere kant verplaatst, net ver genoeg om nog goed te kunnen functioneren. Evolutie nam niet de moeite de boel te verfraaien. Maar een intelligente schepper zou toch zeker geen vis met een dergelijke imperfectie creëren.' Ik gaf de vis aan Gebedsgenezer zodat hij hem nader kon bekijken en ging verder met het college.

Gebedsgenezer wachtte tot het begin van het nieuwe schooljaar voordat hij een klacht indiende.

In mijn discussie met de decaan impliceerde zij dat ik Gebedsgenezer had willen vernederen, terwijl het slechts mijn bedoeling was geweest een argument te verhelderen. Aangezien hij de term 'creationistische wetenschap' had gebruikt, zonder naar religie te verwijzen, vond ik dat ik me niet schuldig had gemaakt aan het bekritiseren van religie. Ik had simpelweg de ene theorie tegen de andere afgezet. Het stond hem vrij om tegenbewijzen mee te nemen naar het college.

'Don,' zei ze, 'zoals gewoonlijk heb je technisch gezien geen regels overtreden. Maar – hoe moet ik dit zeggen – als iemand me zou vertellen dat een docent een dode vis mee naar college had genomen voor een student die een opmerking had gemaakt over religie, dan zou ik gokken dat jij die docent was. Begrijp je wat ik bedoel?'

'Je bedoelt dat ik degene ben binnen de faculteit die het meest geneigd is tot onconventioneel gedrag. En je wilt dat ik me conventioneler gedraag. Dat lijkt me een nogal onredelijk verzoek aan een wetenschapper.'

'Ik wil gewoon niet dat je mensen overstuur maakt.'

'Overstuur zijn en klagen omdat je theorie is weerlegd, is onwetenschappelijk gedrag.'

De discussie eindigde er wederom mee dat de decaan niet blij met me was, ook al had ik geen regels overtreden. Ik werd eraan herinnerd dat ik beter mijn best moest doen om 'me aan te passen'. Toen ik haar kantoor uit liep, werd ik tegengehouden door haar secretaresse, Regina.

'Volgens mij heb ik u nog niet op mijn lijstje staan voor het faculteitsbal, professor Tillman. Ik geloof dat u de enige professor bent die geen kaartjes heeft gekocht.'

Op weg naar huis werd ik me bewust van een benauwd gevoel op mijn borst. Ik realiseerde me dat dit een fysieke reactie was op het advies van de decaan. Als ik niet eens tussen de medewerkers van een natuurwetenschappelijke faculteit paste, dan paste ik nergens.

Nathalie McPhee – dochter van wijlen dokter Alan McPhee, de mogelijke biologische vader van Rosie – woonde achttien kilometer van de stad, op fietsafstand, maar Rosie besloot dat we met de auto zouden gaan. Ik was verbaasd dat ze in een rode Porsche cabriolet reed.

'Hij is van Phil.'

'Van je "vader"?' Ik maakte aanhalingstekens in de lucht.

'Ja, hij zit in Thailand.'

'Ik dacht dat hij je niet mocht. Maar hij heeft je wel zijn auto uitgeleend?'

'Dat is typisch iets voor hem. Hij geeft geen liefde, alleen maar spullen.'

De Porsche was het perfecte voertuig om uit te lenen aan

iemand die je niet mocht. Hij was zeventien jaar oud, zeer vervuilend en totaal niet zuinig, had weinig beenruimte en was erg lawaaiig door de wind. Bovendien werkte de airconditioning niet meer. Rosie bevestigde mijn vermoeden dat de auto onbetrouwbaar was en duur in onderhoud.

Toen we bij Natalie aankwamen, realiseerde ik me dat ik de hele reis bezig was geweest met het opsommen van de tekortkomingen van het voertuig. Zo had ik eventuele kletspraatjes mooi vermeden, maar het betekende ook dat ik Rosie niet had kunnen voorbereiden op het verzamelen van het DNA.

'Het is jouw taak om haar aan de praat te houden terwijl ik het DNA verzamel.' Zo zouden we onze individuele vaardigheden optimaal benutten.

Al snel werd duidelijk dat we ons tot mijn alternatieve plan moesten wenden. Natalie wilde niets drinken: ze dronk geen alcohol zolang ze borstvoeding gaf en het was al te laat voor koffie. Dat waren verantwoorde keuzes, maar nu konden we geen DNA-monster van een kopje of glas halen.

Ik ging over op plan B.

'Mag ik de baby zien?'

'Hij slaapt,' zei ze, 'dus je moet wel stil zijn.'

Ik stond op. Natalie kwam ook overeind.

'Vertel me maar gewoon waar ik heen moet,' zei ik.

'Ik loop wel met je mee.'

Hoe meer ik erop aandrong om in mijn eentje bij de baby te kijken, hoe meer ze protesteerde. Uiteindelijk liepen we samen naar zijn kamer. Hij lag te slapen, zoals ze al had voorspeld. Dit was een vervelende situatie, want ik had meerdere plannen bedacht waarbij ik op een volkomen non-invasieve manier DNA zou verzamelen van de baby (die uiteraard ook verwant was aan Alan McPhee), maar helaas had ik daarbij geen rekening gehouden met de beschermingsdrang van de moeder. Telkens als ik een reden vond om de woonkamer te verlaten, volgde Natalie me. Erg ongemakkelijk.

Uiteindelijk excuseerde Rosie zich om naar het toilet te gaan. Maar zelfs als ze al had geweten wat ze moest doen, dan nog kon ze niet naar de baby gaan, aangezien Natalie zich zo had gepositioneerd dat ze de slaapkamerdeur goed in de gaten kon houden.

'Heb je wel eens van het Genografie Project gehoord?' vroeg ik.

Dat had ze niet, en ze had geen interesse. Ze veranderde van onderwerp.

'Je lijkt erg geïnteresseerd in baby's.'

Hier lag zeker een kans, als ik maar een manier kon vinden om deze te benutten. 'Ik ben geïnteresseerd in hun gedrag. Wanneer ze niet beïnvloed worden door de aanwezigheid van een ouder.'

Natalie keek me vreemd aan. 'Doet u dingen met kinderen? Ik bedoel scouting, zondagsschool...'

'Nee,' zei ik. 'Het lijkt me onwaarschijnlijk dat ik daarvoor geschikt ben.'

Rosie keerde terug en de baby begon te huilen.

'Tijd voor zijn voeding,' zei Natalie.

'We moesten maar eens gaan,' zei Rosie.

Mislukt! Vanwege mijn slechte sociale vaardigheden. Met goede sociale vaardigheden had ik vast wel een manier gevonden om bij de baby te komen.

'Het spijt me,' zei ik toen we terugliepen naar Phils belachelijke auto.

'Dat hoeft niet.' Rosie reikte in haar handtas en haalde er een pluk haar uit tevoorschijn. 'Ik heb haar borstel voor haar schoongemaakt.'

'We hebben een haarwortel nodig,' zei ik. Maar het was een grote pluk haar, dus de kans was groot dat we een haar zouden vinden met de wortel er nog aan.

Ze reikte nogmaals in haar tas en haalde er een tandenborstel uit tevoorschijn. Het duurde even voordat ik me realiseerde wat dit betekende.

'Je hebt haar tandenborstel gestolen!'

'Er lag een reservetandenborstel in de kast. Het was tijd om hem te vervangen.'

Ik was geschokt door de diefstal, maar we wisten nu vrijwel zeker dat we een bruikbaar DNA-monster hadden. Het was moeilijk om niet onder de indruk te zijn van Rosies vindingrijkheid. En als Natalie haar tandenborstel niet regelmatig verving, dan had Rosie haar alleen maar een plezier gedaan.

Rosie wilde het haar en de tandenborstel niet meteen laten analyseren. Ze wilde eerst DNA van de laatste kandidaat verzamelen, om de twee monsters vervolgens tegelijk te testen. Dat vond ik nogal onlogisch. Als Natalies monster een match opleverde, dan hoefden we geen ander DNA te verzamelen. Maar Rosie leek niet te begrijpen dat het achter elkaar uitvoeren van deze taken tot een vermindering van de kosten en de risico's leidde.

Na de problemen om bij de baby te komen, besloten we samen na te denken over de geschiktste methode voor dokter Peter Enticott.

'Ik zal hem zeggen dat ik erover nadenk om geneeskunde te gaan studeren,' zei ze. Dokter Enticott werkte inmiddels op de faculteit geneeskunde van Deakin University.

Ze zou een afspraak met hem maken om koffie te gaan drinken, wat ons de gelegenheid gaf DNA te verzamelen van het koffiekopje, een methode die tot op heden een slagingspercentage van 0 procent had. Het leek me onwaarschijnlijk dat een barjuffrouw een professor ervan kon overtuigen dat ze de juiste papieren had om geneeskunde te gaan studeren. Rosie leek hierdoor beledigd en zei dat het toch niet uitmaakte. We hoefden hem alleen maar over te halen iets met ons te gaan drinken.

Een groter probleem was de vraag hoe ze mij moest voorstellen, aangezien Rosie niet dacht dat ze de klus in haar eentje kon klaren. 'Je bent mijn vriendje,' zei ze. 'Jij gaat mijn studie betalen, dus je bent een belanghebbende.' Ze keek me doordringend aan. 'Maar niet overdrijven.'

Op een woensdagavond nam Gene mijn college van me over in ruil voor de aspergerlezing en reden Rosie en ik in Phils auto naar Deakin University. Ik was daar al vele malen geweest voor gastlezingen en gezamenlijk onderzoek. Ik kende zelfs enkele wetenschappers van de faculteit geneeskunde, maar niet Peter Enticott.

We troffen hem op het terras van een café dat vol zat met geneeskundestudenten die al terug waren van hun zomervakantie. Rosie was geweldig! Ze voerde een intelligent gesprek over geneeskunde, en zelfs over psychiatrie, waarin ze zich zei te willen specialiseren. Ze beweerde een masterstitel te bezitten in gedragswetenschappen en postdoctorale onderzoekservaring te hebben.

Peter leek geobsedeerd door de gelijkenis tussen Rosie en haar moeder, wat irrelevant was voor het doel van ons bezoek. Tot drie keer toe onderbrak hij Rosie om haar aan hun uiterlijke gelijkenis te herinneren. Ik vroeg me af of dit misschien wees op een bepaalde band tussen hem en Rosies moeder – en of dit dus mogelijk een aanwijzing was voor zijn vaderschap. Ik zocht naar eventuele fysieke overeenkomsten tussen Rosie en haar potentiële vader, zoals ik ook had gedaan bij Eamonn Hughes, maar ik kon niets bijzonders ontdekken.

'Dat klinkt allemaal zeer positief, Rosie,' zei Peter. 'Ik ben niet bij de selectieprocedure betrokken, althans, niet officieel.' Zijn woorden leken te verwijzen naar de mogelijkheid tot onofficiële en dus onethische hulp. Was dit een teken van nepotisme en dus een aanwijzing dat hij Rosies vader was?

'Je academische achtergrond is uitstekend, maar je zult de GAMSAT moeten afleggen.' Peter richtte zich tot mij. 'De standaardtoelatingstest voor de studie geneeskunde.'

'Die heb ik vorig jaar al gedaan,' zei Rosie. 'Ik had een score van vierenzeventig.'

Peter leek erg onder de indruk. 'Met zo'n score kun je meteen bij Harvard aankloppen. Maar we houden hier ook rekening met andere factoren, dus laat het me vooral weten als je besluit je aan te melden.'

Ik hoopte maar dat hij nooit bij de Marquess of Queensbury zou langskomen voor een drankje.

Een ober bracht ons de rekening. Toen hij Peters kopje wilde pakken, legde ik automatisch mijn hand erover om hem tegen te houden. De ober wierp me een uitermate onvriendelijke blik toe en griste het kopje weg. Ik zag dat hij het naar een karretje bracht en op een dienblad met vuil serviesgoed zette.

Peter keek op zijn telefoon. 'Ik moet gaan,' zei hij. 'Maar nu je me eenmaal hebt opgezocht: laten we vooral contact houden.'

Peter liep weg. Ik zag dat de ober het karretje met serviesgoed in de gaten hield.

'Je moet hem afleiden,' zei ik.

'Pak jij dat kopje nou maar,' zei Rosie.

Ik liep richting het karretje en de ober keek me na. Maar net toen ik bij het karretje aankwam, keek hij om naar Rosie en beende snel haar kant op. Ik pakte het kopje.

We hadden afgesproken bij de auto, die een stukje verderop stond geparkeerd. De wandeling gaf me tijd om na te denken over het feit dat ik me tot diefstal had moeten verlagen om een bepaald doel te bereiken. Zou ik het café een cheque sturen? Hoeveel was een kopje waard? Kopjes braken regelmatig, maar op onverwachte momenten. Als iedereen kopjes zou stelen, dan zou het café waarschijnlijk al snel failliet zijn.

'Heb je het kopje?'

Ik hield het omhoog.

'Is het het juiste?' vroeg ze.

Ik ben niet goed in non-verbale communicatie, maar volgens mij slaagde ik er wel in om over te brengen dat ik dan misschien een belabberde dief mag zijn, maar dat er aan mijn observatievermogen niets mankeert.

'Heb je de rekening betaald?' vroeg ik.

'Zo heb ik hem afgeleid.'

'Door de rekening te betalen?'

'Nee, je moet aan de bar betalen. Ik ben hem gewoon gesmeerd.'

'We moeten teruggaan.'

'Ze kunnen de schijt krijgen,' zei Rosie terwijl we in de Porsche stapten en ervandoor gingen.

Waar was ik in verzeild geraakt?

12

We reden richting het lab van de universiteit. Het Vader Project zou nu snel afgerond zijn. Het was warm weer, hoewel er donkere wolken aan de horizon dreigden. Rosie deed het vouwdak open. Ik zat te piekeren over de diefstal.

‘Maak je je nog steeds druk om de rekening, Don?’ riep Rosie boven het kabaal van de wind uit. ‘Je bent echt hilarisch. We hebben zojuist iemands DNA gestolen, maar jij maakt je zorgen om een koffiekopje.’

‘Het is niet illegaal om DNA-monsters te verzamelen,’ riep ik terug. Dat was waar, hoewel dit in het Verenigd Koninkrijk wel was verboden onder de Wet op het menselijk weefsel uit 2004. ‘We moeten teruggaan.’

‘Hoogst inefficiënte tijdsbesteding,’ zei Rosie op vreemde toon toen we afremden voor een stoplicht en even in staat waren normaal te communiceren. Ze lachte en ik realiseerde me dat ze mij had geïmiteerd. Haar bewering was correct, maar dit ging om een morele kwestie, en het bewaken van de moraliteit zou toch belangrijker moeten zijn dan andere zaken.

‘Maak je niet zo druk,’ zei ze. ‘Het is een prachtige dag, en we gaan erachter komen wie mijn vader is. Ik zal wel een cheque op de post doen voor de koffie. Dat beloof ik.’ Ze keek me aan. ‘Weet je wel hoe je moet ontspannen? Hoe je plezier moet hebben?’

We reden weg bij het stoplicht. Deze vraag was te complex om boven het kabaal van de wind uit te beantwoorden. En plezier hebben leidt niet tot algehele tevredenheid. Dat hebben verscheidene onderzoeken aangetoond.

'Je hebt de afslag gemist,' zei ik.

'Correct,' antwoordde ze, mij weer imiterend. 'We gaan naar het strand.' Ze overstemde mijn protesten. 'Ik hoor je niet, ik hoor je niet.'

Toen zette ze de muziek aan: zeer luide rockmuziek. Nu kon ze me echt niet meer horen. Ik werd gewoon ontvoerd! De rit duurde maar liefst vierennegentig minuten. Ik kon de snelheidsmeter niet zien en ik was niet gewend aan het rijden in een open voertuig, maar ik schatte dat we consequent te hard reden.

Dissonante geluiden, wind, het risico dood te gaan... ik probeerde me in dezelfde mentale staat te brengen als wanneer ik naar de tandarts moet.

Uiteindelijk stopten we op een parkeerplaats bij het strand, die vrijwel verlaten was op deze doordeweekse middag.

Rosie keek me aan. 'Lach eens. We gaan eerst een stukje wandelen, daarna gaan we naar het lab en daarna breng ik je naar huis. En dan zie je me nooit meer terug.'

'Kunnen we niet meteen naar huis gaan?' vroeg ik, me realiserend dat ik als een klein kind klonk. Ik herinnerde mezelf eraan dat ik een volwassen man was, tien jaar ouder en meer ervaren dan de persoon met wie ik was. Bovendien had ze vast een reden voor haar actie. Ik vroeg haar wat die reden was.

'Ik ga er zo achter komen wie mijn vader is. Ik moet mijn hoofd even leegmaken. Dus kunnen we gewoon een halfuurtje wandelen terwijl jij naar me luistert als een normaal mens?'

Ik wist niet zeker of ik een normaal mens kon imiteren, maar ik stemde in met de wandeling. Het was duidelijk dat Rosie verward was door haar emoties, en ik respecteerde haar poging dit te overwinnen. Uiteindelijk zei ze amper iets. Dat maakte de wandeling best aangenaam. Het was vrijwel hetzelfde als in je eentje wandelen.

Toen we weer richting auto liepen, vroeg Rosie: 'Wat voor muziek vind je wel leuk?'

'Hoezo?'

'Je vond de muziek die ik op de heenweg draaide maar niets, of wel?'

'Correct.'

'Dus op de terugweg mag jij kiezen. Maar ik heb geen Bach.'

'Ik luister niet echt naar muziek,' zei ik. 'Bach was een mislukt experiment.'

'Je kunt niet door het leven gaan zonder naar muziek te luisteren.'

'Ik besteed er gewoon geen aandacht aan. Ik luister liever naar informatieve zaken.'

Er volgde een lange stilte. We kwamen bij de auto aan.

'Luisterden je ouders naar muziek? Of je eventuele broers en zussen?'

'Mijn ouders luisterden naar rockmuziek. Vooral mijn vader. Naar muziek uit zijn jeugd.'

We stapten in de auto en Rosie deed het vouwdak weer open. Ze rommelde met haar iPhone, die ze als bron van de muziek gebruikte.

'Uit de oude doos,' zei ze, en ze zette de muziek aan.

Ik was me net weer in de tandartsstoel aan het installeren toen ik me realiseerde dat Rosie gelijk had. Ik kende deze muziek. Die had op de achtergrond geklonken toen ik klein was.

Ineens werd ik teruggevoerd naar mijn kamer, waar ik met de deur dicht aan het programmeren was op mijn eerstegeneratiecomputer, met dat liedje op de achtergrond.

'Ik ken dit liedje!'

Rosie lachte. 'Als dat niet zo was, zou dat het doorslaggevende bewijs zijn dat je van Mars komt.'

Terugrijdend naar de stad, in een rode Porsche bestuurd door een prachtige vrouw, met dat liedje op de achtergrond, had ik het gevoel dat ik op de grens met een andere wereld stond. Ik herkende dit gevoel, dat alleen maar sterker werd toen het begon te regenen en het vouwdak niet meer dicht wilde. Het was hetzelfde gevoel dat ik had gehad toen ik over de stad uitkeek na de Balkonmaaltijd, en toen Rosie haar telefoonnummer had opgeschreven. Een andere wereld, een ander leven, dichtbij maar onbereikbaar.

De ongrijpbare... 'Sat-is-fac-tion'.

Het was al donker toen we bij de universiteit aankwamen. We waren allebei nat. Met behulp van de handleiding lukte het me om het vouwdak handmatig dicht te krijgen.

Eenmaal in het lab pakte ik twee biertjes (geen kuchsignaal noodzakelijk). Rosie tikte met haar flesje tegen dat van mij.

'Proost,' zei ze. 'Goed gedaan.'

'Beloof je een cheque naar het café te sturen?'

'Wat jij wilt. Beloofd.'

Mooi.

'Je was briljant,' zei ik. Dit had ik al enige tijd willen zeggen. Rosies optreden als aankomend geneeskundestudent was erg indrukwekkend. 'Maar waarom beweerde je zo'n hoge score te hebben voor de toelatingstest?'

'Waarom denk je?'

'Als ik het antwoord had kunnen afleiden, had ik het niet

hoeven te vragen,' zo legde ik haar uit.

'Omdat ik niet dom wilde lijken.'

'In de ogen van je potentiële vader?'

'Ja. In zijn ogen. In ieders ogen. Ik heb er een beetje genoeg van dat bepaalde mensen denken dat ik dom ben.'

'Ik vind je uitermate intelligent...'

'Zeg het niet.'

'Wat?'

'Voor een barjuffrouw. Dat wilde je zeggen, toch?'

Rosies voorspelling was correct.

'Mijn moeder was arts. Mijn vader ook. Over genen gesproken. En je hoeft geen professor te zijn om slim te zijn. Ik zag je gezicht toen ik zei dat ik een score van vierenzeventig had voor de GAMSAT. Jij dacht: "Hij zal niet geloven dat deze vrouw zo slim is." Maar hij geloofde het wel. Dus daar sta je dan met je vooroordelen.'

Dat was gegronde kritiek. Ik had weinig contact met non-academici, en ik had mijn aannames over de rest van de wereld vooral gevormd op basis van films en televisieprogramma's uit mijn jeugd. Ik moest toegeven dat de personages uit *Lost in Space* en *Star Trek* waarschijnlijk niet representatief waren voor de mensheid in het algemeen. Rosie kwam zeker niet overeen met mijn stereotiepe beeld van barjuffrouwen. Het was vrij aannemelijk dat veel van mijn andere aannames over mensen ook niet klopten. Dat was geen verrassing.

Het DNA-analyseapparaat was gereed.

'Heb je een voorkeur?' vroeg ik.

'Maakt me niet uit. Ik wil daar geen keuze over hoeven te maken.'

Ik realiseerde me dat ze doelde op de volgorde van het testen in plaats van de voorkeur voor een vader. Ik verhelderde mijn vraag.

'Ik weet het niet,' zei ze. 'Daar denk ik al de hele middag over na. Alan is dood, wat een flinke teleurstelling zou zijn. En dan zou Natalie mijn zus zijn, wat me toch behoorlijk vreemd lijkt. Maar het zou wel een soort logische afsluiting zijn. Ik mag Peter, maar ik weet eigenlijk niets van hem. Hij heeft vast een gezin.'

Het viel me wederom op dat we het Vader Project niet goed hadden doordacht. Rosie had de hele middag geprobeerd ongewilde emoties te onderdrukken, terwijl de motivatie voor het project juist geheel gebaseerd leek te zijn op emoties.

Ik testte Peter Enticott eerst, aangezien het haar uit Natalies borstel meer voorbereidingstijd vereiste. Geen match.

Er zaten verscheidene haarwortels in de pluk haar, dus Rosie had de tandenborstel niet hoeven stelen. Terwijl ik Natalies monster prepareerde, bedacht ik dat de eerste twee kandidaten die Rosie had aangedragen – inclusief Eamonn Hughes, die volgens haar het waarschijnlijkste was – geen match hadden opgeleverd. Ik voorspelde dat Alans dochter ook geen match zou zijn.

Ik had gelijk. Ik probeerde Rosies reactie te peilen terwijl ik haar de uitslag gaf. Ze leek erg verdrietig. Ik verwachtte dat we ons weer zouden gaan bedrinken.

'Vergeet niet dat het monster niet van hem is,' zei ze. 'Het is van zijn dochter.'

'Die factor had ik al meegenomen in de test.'

'Uiteraard. Dus dat was het dan.'

'Maar we hebben de kwestie nog niet opgelost.' Als wetenschapper ben ik niet gewend om lastige vraagstukken de rug toe te keren.

'We zullen die ook niet oplossen,' zei Rosie. 'We hebben iedereen getest van wie ik ooit heb gehoord.'

'Moeilijkheden zijn onvermijdelijk,' zei ik. 'Grote projecten vereisen doorzettingsvermogen.'

'Bewaar dat maar voor iets wat je echt belangrijk vindt.'

Waarom kiezen we ervoor ons op bepaalde zaken te richten, ten koste van andere? We zouden ons leven riskeren om iemand van de verdrinkingsdood te redden, maar we doen geen donatie waarmee we tientallen kinderen voor verhongering behoeden. We installeren zonnepanelen terwijl hun invloed op de uitstoot van CO_2 minimaal is (en in totaal misschien zelfs negatief is als de productie en installatie worden meegerekend), maar we dragen niet bij aan projecten voor een efficiëntere infrastructuur.

Ik denk dat ik wat dat betreft rationelere besluiten neem dan de meeste andere mensen, maar ook ik maak dit soort fouten. Het zit in onze genen om te reageren op prikkels in onze directe omgeving. Een reactie op complexe kwesties die we niet direct kunnen waarnemen, vereist een bepaalde redenatie. Dat is minder krachtig dan instinct.

Dit leek me de meest logische verklaring voor mijn aanhoudende interesse in het Vader Project. Rationeel gezien waren er belangrijkere zaken waar ik mijn onderzoeksvaardigheden voor kon aanwenden, maar mijn instinct spoorde me aan om Rosie te helpen met haar concretere probleem. Voordat Rosie naar haar werk moest, dronken we nog een glas Muddy Water Pinot Noir bij Jimmy Watson's. Ik probeerde haar ervan te overtuigen het project voort te zetten, maar zij stelde, zeer rationeel, dat alle studiegenoten van haar moeder nu allemaal even waarschijnlijke kandidaten waren. Ze gokte dat het om zeker honderd studenten ging, en wees erop dat de meerderheid van hen in die tijd man zou zijn geweest, gezien de diepgewortelde seksediscriminatie. Het opsporen en testen van meer dan vijftig artsen, van wie vele inmiddels in andere steden of zelfs andere landen zouden wonen, was een haast onmogelijke taak. Rosie zei dat ze het nu ook weer niet zo belangrijk vond.

Ze bood aan me naar huis te brengen, maar ik besloot te blijven en nog een drankje te drinken.

13

Voordat ik het Vader Project helemaal zou opgeven, besloot ik Rosies schatting van het aantal potentiële vaders na te gaan. Ik realiseerde me dat sommige opties gemakkelijk te elimineren waren. In de geneeskundeklassen die ik lesgeef, zitten vaak talloze buitenlandse studenten. Gezien Rosies blanke huid leek het me onwaarschijnlijk dat haar vader Chinees, Vietnamees, negroïde of Indiaas was.

Ik begon met een eenvoudig onderzoek: een zoektocht op internet naar informatie over de geneeskundeklas van haar moeder, gebaseerd op de drie namen die ik kende.

De resultaten overtroffen mijn verwachtingen, maar bij het oplossen van problemen komt dan ook vaak wat geluk om de hoek kijken. Het verbaasde me niet dat Rosies moeder was afgestudeerd aan de universiteit waar ik werk. In die tijd waren er maar twee geneeskundeopleidingen in Melbourne.

Ik vond twee relevante foto's. De ene was een officiële foto van de hele geneeskundeklas, met de namen van de 146 studenten erbij. De andere was genomen op het afstudeerfeest, eveneens met namen erbij. Daarop waren maar 124 gezichten te tellen, vermoedelijk omdat sommige studenten afwezig waren. Aangezien de genenjacht had plaatsgevonden op het feest, of vlak erna, hoefden we ons niet bezig te houden met de afwezigen. Ik bevestigde dat de 124 aanwezigen een subset waren van de groep van 146.

Ik had wel verwacht dat mijn zoektocht een lijst met namen zou opleveren en vermoedelijk ook een foto. Een onverwachte bonus was een 'Hoe gaat het nu met?'-forum. Maar het meeste geluk had ik toen ik informatie vond over een reunie ter ere van het dertigjarig jubileum van hun afstuderen. Deze reünie vond al over drie weken plaats. We moesten snel in actie komen.

Ik at thuis en fietste toen naar de Marquess of Queensbury. Probleem! Rosie had geen dienst. De barman vertelde me dat Rosie maar drie avonden per week werkte, wat mij ontoereikend leek om voldoende inkomsten te genereren. Misschien had ze overdag nog een andere baan. Ik wist erg weinig van haar, behalve van haar werkzaamheden bij de bar, haar verlangen om haar vader te vinden en haar leeftijd (ze moest nu negenentwintig zijn, aangezien het afstudeerfeest van haar moeder dertig jaar geleden had plaatsgevonden). Ik had Gene niet gevraagd waar hij haar van kende. Ik wist niet eens hoe haar moeder heette, dus ik kon haar niet identificeren op de foto.

De barman was vriendelijk, dus ik bestelde een biertje en wat nootjes en bekeek de aantekeningen die ik had meegenomen.

Er stonden drieënzestig mannen op de foto van het afstudeerfeest, slechts twee meer dan het aantal vrouwen, niet genoeg om Rosies bewering over seksediscriminatie te ondersteunen. Sommigen waren duidelijk niet blank, maar dat waren er niet zoveel als ik had verwacht. Het was dertig jaar geleden, en de toestroom van Chinese studenten moest nog beginnen. Er bleef een groot aantal kandidaten over, maar de reünie bood de gelegenheid voor grootschalig onderzoek.

Ik had inmiddels geconcludeerd dat de Marquess of

Queensbury een homobar was. Tijdens mijn eerdere bezoek had ik de sociale interacties niet geobserveerd, aangezien ik te zeer gericht was op het vinden van Rosie en het starten van het Vader Project. Dit keer kon ik mijn omgeving uitvoeriger in me opnemen. Het deed me denken aan de schaakclub waar ik vroeger op school lid van was. Mensen die bij elkaar komen vanwege een gezamenlijke interesse. Dat was de enige club waar ik ooit lid van was geweest, buiten de University Club, maar dat was meer een eetgelegenheid.

Ik had geen homoseksuele vrienden, maar dat kwam door het kleine aantal vrienden dat ik had, niet door enige vooroordelen. Misschien was Rosie homoseksueel? Ze werkte immers in een homobar, al waren de klanten wel allemaal man. Ik vroeg het de barman. Hij begon te lachen.

'Succes daarmee,' zei hij. Dat was geen antwoord op de vraag, maar hij was weggelopen om een andere klant te bedienen.

De volgende dag lunchte ik in de University Club. Toen ik klaar was kwam Gene binnenlopen, vergezeld van een vrouw die ik herkende van het singlesfeest: Fabienne de Wellustige Wetenschapster. Het leek erop dat ze een oplossing voor haar probleem had gevonden. We passeerden elkaar bij de deur naar de eetzaal.

Gene knipoogde naar me en zei: 'Don, dit is Fabienne. Ze is hier op bezoek vanuit België. We gaan wat opties voor een samenwerkingsverband bespreken.' Hij knipoogde weer en liep snel door.

België. Ik had aangenomen dat Fabienne Frans was. Belgisch, dat verklaarde het. Gene had Frankrijk immers al gehad.

Ik stond al voor de Marquess of Queensbury te wachten

toen Rosie om 21.00 uur de deuren opendeed.

'Don.' Rosie leek verrast. 'Is alles in orde?'

'Ik heb wat informatie.'

'Snel dan.'

'Het kan niet snel, het is erg gedetailleerd.'

'Het spijt me, Don, mijn baas is er. Straks kom ik nog in de problemen. Ik kan niet zonder deze baan.'

'Hoe laat ben je klaar?'

'Om drie uur vannacht.'

Niet te geloven! Wat voor baan hadden Rosies klanten? Misschien werkten ze allemaal wel in bars en waren ze vier avonden per week vrij, als een onzichtbare nachtelijke subcultuur die gebruikmaakte van faciliteiten die anders niet benut zouden worden. Ik ademde diep in en nam een belangrijk besluit.

'Oké, tot dan.'

Ik fietste naar huis, ging naar bed en zette de wekker op 02.30 uur. Ik zegde mijn hardloopafspraak met Gene voor de volgende ochtend af, zodat ik een uur tijdwinst had. Ik zou ook mijn karatetraining overslaan.

Om 02.50 uur fietste ik door de stad. Het was geen al te onaangename ervaring. Ik zag zelfs grote voordelen voor mezelf als ik 's nachts zou gaan werken. Lege laboratoria. Geen studenten. Sneller netwerk. Geen contact met de decaan. Als ik een aanstelling kon vinden waarbij ik uitsluitend onderzoek hoefde te doen en geen onderwijs hoefde te verzorgen, dan zou dat volkomen haalbaar zijn. Misschien kon ik lesgeven via een videoverbinding op een universiteit in een andere tijdzone.

Ik arriveerde precies om 03.00 uur bij Rosies werk. De deur was op slot en op het bordje stond dat ze gesloten waren. Ik klopte hard op de deur. Rosie deed open.

‘Ik ben kapot,’ zei ze. Dat was niet zo verwonderlijk. ‘Kom binnen, ik ben bijna klaar.’

Blijkbaar sloot de bar om 02.30 uur, maar moest Rosie nog opruimen.

‘Wil je een biertje?’ vroeg ze.

Een biertje! Om 03.00 uur ’s nachts. Belachelijk.

‘Ja, graag.’

Ik ging zitten aan de bar en keek toe terwijl ze opruimde. Ik dacht terug aan de vraag die ik de vorige avond op precies dezelfde plaats had gesteld.

‘Ben je homoseksueel?’ vroeg ik.

‘Ben je speciaal hiernaartoe gekomen om me dat te vragen?’

‘Nee, de vraag is niet gerelateerd aan de hoofdreden van mijn bezoek.’

‘Fijn dat te horen, zo in mijn eentje in een bar met een vreemde man, om drie uur ’s nachts.’

‘Ik ben geen vreemde man.’

‘Nee, dat valt wel mee,’ zei ze lachend, waarschijnlijk vanwege de woordspeling over twee van de betekenissen van het woord ‘vreemd’. Ik had nog steeds geen antwoord gekregen op de vraag of ze homoseksueel was. Ze pakte een biertje voor zichzelf. Ik haalde mijn map tevoorschijn en pakte de foto van het feest erbij.

‘Is dit het feest waarop je moeder zwanger is geraakt?’

‘Jezus. Hoe kom je hieraan?’

Ik vertelde haar over mijn zoektocht en liet haar mijn overzicht zien. ‘Alle namen op een rij. Drieënzestig mannen, waarvan negentien duidelijk niet blank, vastgesteld op basis van visuele beoordeling bekrachtigd door hun namen, en drie reeds uitgesloten.’

‘Je maakt een grapje. We gaan toch geen... eenendertig mensen testen?’

'Eenenveertig.'

'Ook goed. Ik heb geen geldige reden om met hen af te spreken.'

Ik vertelde haar over de reünie.

'Klein probleem,' zei Rosie. 'We zijn niet uitgenodigd.'

'Correct,' zei ik. 'Dat is maar een klein probleem en bovendien weet ik daar al een oplossing voor. Er zal alcohol worden geschonken.'

'Dus?'

Ik wees naar de bar en naar de verzameling flessen op de planken erachter. 'Ze zullen iemand met jouw vaardigheden nodig hebben.'

'Je maakt een grapje.'

'Kun je zorgen dat je op dit evenement kunt werken?'

'Wacht even, wacht even. Het wordt steeds gekker. Jij denkt dat we naar dit feest kunnen gaan en zomaar monsters van ieders glas kunnen nemen? Jezus, man.'

'Niet wij. Jij. Ik beschik niet over de benodigde vaardigheden. Maar verder: correct.'

'Vergeet het maar.'

'Ik dacht dat je wilde weten wie je vader is.'

'Zoals ik al heb gezegd,' zei ze, 'zo belangrijk is het nu ook weer niet.'

Twee dagen later verscheen Rosie bij mijn appartement. Het was 20.47 uur en ik was de badkamer aan het schoonmaken, aangezien Eva, de schoonmaakster met de korte rok, had afgezegd wegens ziekte. Ik drukte op de knop van de intercom om Rosie binnen te laten. Ik was gekleed in mijn badkamerschoonmaakoutfit, bestaande uit een korte broek, orthopedische schoenen en handschoenen. Ik droeg geen shirt.

'Wauw.' Rosie staarde me enige tijd aan. 'Dus dit krijg je

als je aan oosterse vechtsporten doet?' Ze leek naar mijn borstspieren te verwijzen. Toen begon ze ineens op en neer te springen als een klein kind.

'We hebben de klus! Ik heb het uitzendbureau opgespoord en hun belachelijk lage tarieven aangeboden, en ze zeiden zo van "ja, ja, oké, maar tegen niemand zeggen". Als dit achter de rug is, ga ik hen aangeven bij de vakbond.'

'Ik dacht dat je niet wilde.'

'Van gedachten veranderd.' Ze gaf me een boek dat onder de vlekken zat. 'Leer dit uit je hoofd. Ik moet naar mijn werk.' Ze draaide zich om en vertrok.

Ik keek naar het boek: *Handboek voor de barman: een complete gids voor het maken en serveren van cocktails*. Het leek een omschrijving te geven van de taken die ik in mijn nieuwe rol als barman zou moeten vervullen. Nog voordat ik klaar was met het schoonmaken van de badkamer, had ik de eerste paar recepten al uit mijn hoofd geleerd. Ik sloeg mijn aikidotraining over om meer tijd te hebben voor het bestuderen van het boek. Toen ik me klaarmaakte om naar bed te gaan, realiseerde ik me dat het inderdaad steeds gekker werd. Gelukkig was dit niet de eerste keer dat mijn leven in chaos was vervallen, dus ik had al een protocol ingesteld om met dit probleem en de daaruit voortvloeiende verstoring van mijn rationele denken om te gaan. Ik belde Claudia.

Ze kon de volgende dag met me afspreken. Omdat ik officieel geen cliënt van haar ben, kunnen we onze gesprekken niet in haar kantoor voeren, maar moet het tijdens haar koffiepauze. En dan ben ik degene die ervan beschuldigd wordt niet flexibel te zijn!

Ik zette de situatie uiteen, maar liet het Vader Project buiten beschouwing, aangezien ik niet wilde toegeven dat ik heimelijk DNA had verzameld, want dat zou Claudia vast onethisch vinden. In plaats daarvan zei ik dat Rosie en ik allebei een passie hadden voor film.

'Heb je het hier met Gene over gehad?' vroeg Claudia.

Ik vertelde haar dat Gene Rosie had voorgesteld als kandidaat voor het Echtgenote Project, en dat hij me alleen maar zou aanmoedigen om seks met haar te hebben. Ik legde uit dat Rosie totaal ongeschikt was als partner, maar dat ze waarschijnlijk het idee had dat ik wel op die manier in haar geïnteresseerd was. Misschien dacht ze dat onze gedeelde interesse een excuus was om haar te kunnen versieren. Ik had een grote sociale blunder begaan door naar haar seksuele geaardheid te vragen. Dat zou alleen nog maar sterker de indruk wekken dat ik interesse in haar had.

Maar Rosie was nooit over het Echtgenote Project begonnen. We waren bijna meteen op een zijspoor gezet door het Jas Incident, en daarna had alles een totaal ongeplande wending genomen. Ik wist echter dat ik het risico liep om haar op een bepaald moment te kwetsen door haar te vertellen dat ze al na de eerste date was afgevallen als mogelijke kandidaat voor het Echtgenote Project.

'Dus daar maak je je zorgen over?' zei Claudia. 'Dat je haar zult kwetsen?'

'Correct.'

'Dat is geweldig, Don.'

'Incorrect. Het is een groot probleem.'

'Ik bedoel het feit dat je bezorgd bent over haar gevoelens. En je geniet van jullie tijd samen?'

'Enorm,' zei ik. Dat realiseerde ik me zelf nu ook pas.

'En heeft zij het ook naar haar zin?'

'Vermoedelijk. Maar ze heeft zich kandidaat gesteld voor het Echtgenote Project.'

'Maak je daar maar niet druk over,' zei Claudia. 'Zo te horen kan ze wel tegen een stootje. Geniet er maar gewoon van.'

De volgende dag gebeurde er iets vreemds. Voor het eerst had Gene een afspraak met mij gepland in zijn kantoor. Normaal gesproken was ik degene die onze gesprekken inplande, maar het was ongebruikelijk stil geweest van mijn kant, vanwege het Vader Project.

Gene's kantoor is groter dan dat van mij, niet omdat hij die ruimte daadwerkelijk nodig heeft, maar vanwege zijn hogere status. Ik werd binnengelaten door De Beeldschone Helena, aangezien Gene nog niet terug was van een vergadering. Ik maakte van de gelegenheid gebruik om op zijn wereldkaart te zoeken naar punaises bij India en België. Ik wist vrij zeker dat die bij India er al had gezeten. Het was natuurlijk ook goed mogelijk dat Olivia niet uit India kwam. Ze had gezegd dat ze hindoe was, dus ze kon ook van Bali of Fiji komen of uit elk ander land met een hindoegemeenschap. Gene richtte zich niet op etniciteit maar op nationaliteit, net zoals reizigers tellen hoeveel landen ze al hebben bezocht. Er zat nog geen punaise bij Noord-Korea, zoals te verwachten viel.

Gene arriveerde en verzocht De Beeldschone Helena koffie voor ons te halen. We namen plaats aan zijn tafel, alsof we een vergadering hadden.

'Dus,' zei Gene, 'je hebt met Claudia gepraat.' Dit was een van de nadelen van het feit dat ik officieel geen cliënt van Claudia was: er gold geen beroepsgeheim. 'Ik heb begrepen dat je weer met Rosie hebt afgesproken. Zoals de expert al had voorspeld.'

'Ja,' zei ik, 'maar niet voor het Echtgenote Project.' Gene is mijn beste vriend, maar ik voelde me er nog steeds niet prettig bij om informatie over het Vader Project te delen. Gelukkig hoefde ik daar niet over uit te weiden, waarschijnlijk omdat hij aannam dat mijn bedoelingen met Rosie van seksuele aard waren. Het verbaasde me zelfs dat hij daar niet meteen over begon.

'Wat weet je over Rosie?' vroeg hij.

'Niet zoveel,' zei ik eerlijk. 'We hebben maar weinig over haar gepraat. Onze gesprekken waren vooral op externe zaken gericht.'

'Kom op,' zei hij. 'Je weet vast wel wat ze doet, waar ze haar tijd doorbrengt.'

'Ze is barjuffrouw.'

'Oké,' zei Gene. 'Dat is alles wat je weet?'

'En ze heeft een hekel aan haar vader.'

Gene begon te lachen, zonder duidelijke reden. 'Dan is hij geen Robinson Crusoe.'

Dat leek me een nogal belachelijke opmerking over Rosie en haar vader, tot ik me herinnerde dat de naam van de fictieve schipbreukeling ook in figuurlijke zin kon worden gebruikt, in de betekenis van 'niet alleen', of in deze context 'niet de enige aan wie Rosie een hekel heeft'. Gene had mijn aanvankelijke verwarring blijkbaar opgemerkt, want hij voegde eraan toe: 'Rosie heeft een hekel aan de meeste mannen.'

'Is ze homoseksueel?'

'Dat zou ze net zo goed kunnen zijn,' zei Gene. 'Kijk maar naar wat ze aanheeft.'

Gene's opmerking leek te verwijzen naar het soort kleding dat ze had gedragen toen ze voor het eerst mijn kantoor was binnengestapt. Maar voor haar werk in de bar kleedde ze zich conventioneel, en tijdens onze uitstapjes om DNA te verzamelen had ze onopvallende spijkerbroeken en shirts gedragen. Op de avond van het Jas Incident had ze er wel onconventioneel uitgezien, maar zeer aantrekkelijk.

Misschien wilde ze geen seksuele signalen uitzenden in de omgeving waar Gene haar had ontmoet, vermoedelijk in een bar of restaurant. Veel vrouwenkleding is erop gericht hun seksuele aantrekkingskracht te vergroten om een partner te kunnen vinden. Als Rosie niet op zoek was naar een partner, dan leek het volkomen logisch dat ze zich anders kleedde. Er waren nog veel meer dingen die ik Gene wilde vragen over Rosie, maar ik vermoedde dat deze vragen een mate van interesse zouden impliceren die Gene verkeerd zou interpreteren. Ik had echter nog wel één cruciale vraag.

'Waarom wilde ze aan het Echtgenote Project meedoen?'

Gene aarzelde even. 'Wie weet?' zei hij. 'Ik denk niet dat ze een hopeloos geval is, maar verwacht er gewoon niet te veel van. Ze heeft nogal wat problemen. Verlies ook de andere dingen in je leven niet uit het oog.'

Gene's advies was verbazingwekkend scherpzinnig. Wist hij soms hoeveel tijd ik al had besteed aan het doornemen van het cocktailboek?

14

Mijn naam is Don Tillman en ik ben alcoholist. Ik formuleerde deze woorden in mijn hoofd, maar ik sprak ze niet hardop uit. Niet omdat ik dronken was (wat wel het geval was), maar omdat ik bang was dat ze dan ook waar zouden blijken te zijn. En dan zou ik geen andere keuze hebben dan het rationele pad te volgen, wat betekende dat ik permanent zou stoppen met drinken.

Mijn dronkenschap was een gevolg van het Vader Project, in het bijzonder van de noodzaak me als barman te bekwamen. Ik had een cocktailshaker, glazen, olijven, citroenen, een zesteur en een flinke voorraad drank gekocht, zoals aangeraden werd in het *Handboek voor de barman*, om de ambachtelijke component van het cocktails maken onder de knie te krijgen. Het was verrassend complex, en ik ben van nature niet erg motorisch begaafd. Ik ben zelfs erg onhandig en slecht in de meeste vormen van sport, met uitzondering van oosterse vechtsporten en bergbeklimmen, wat ik al sinds mijn studententijd niet meer heb gedaan. Mijn bekwaamheid in karate en aikido is het resultaat van veel trainen gedurende een lange periode.

Ik oefende eerst op samenstelling en daarna op snelheid. Om 23.07 uur was ik uitgeput en besloot ik dat het wel interessant zou zijn om de kwaliteit van mijn cocktails te testen. Ik maakte een klassieke martini, een wodka-martini, een margarita en een Slippery nipple, cocktails die volgens het boek het populairst waren. Ze smaakten allemaal uitstekend, en er zat meer verschil tussen dan tussen verschillende ijssoorten. Ik had meer limoensap uitgeperst dan nodig was voor de margarita, dus ik maakte nog een tweede om niets te hoeven verspillen.

Onderzoek heeft eenduidig aangetoond dat de gezondheidsrisico's van het drinken van alcohol zwaarder wegen dan de voordelen. Mijn tegenargument is dat de voordelen voor mijn mentale gezondheid de risico's rechtvaardigen. Alcohol lijkt me zowel te kalmeren als op te peppen, een paradoxale maar aangename combinatie. En het vermindert mijn ongemakkelijkheid in sociale situaties.

Over het algemeen houd ik mijn alcoholconsumptie zorgvuldig in de gaten en plan ik twee dagen onthouding per week, hoewel ik deze regel door het Vader Project al meerdere keren had overtreden. De hoeveelheid alcohol die ik nuttig zou me niet direct als alcoholist kwalificeren. Maar mijn sterke afkeer van het idee alcohol te moeten opgeven, zou mij mogelijk wel als alcoholist kunnen aanmerken.

Subproject Massale DNA-verzameling verliep naar tevredenheid, en ook het doornemen van het cocktailboek ging volgens planning. In tegenstelling tot wat men algemeen aanneemt, leidt alcoholconsumptie niet tot het afsterven van hersencellen.

Toen ik me klaarmaakte om naar bed te gaan, voelde ik sterk de behoefte om Rosie te bellen en haar te vertellen over mijn voortgang. Rationeel gezien was dit niet nodig en was het tijdverspilling om te melden dat een project volgens plan verloopt, aangezien dat het standaarduitgangspunt is. Mijn rationaliteit won. Nipt.

Rosie en ik hadden achtentwintig minuten voor de reünie afgesproken voor een kop koffie. Ik kon inmiddels ook een Verklaring Sociale Hygiëne toevoegen aan mijn cum laude masters- en doctorstitel. Het examen was niet moeilijk geweest.

Rosie had haar serveerstersuniform al aan en had een mannelijk equivalent voor mij meegenomen.

'Ik heb het eerder opgehaald en gewassen,' zei ze. 'Ik had geen zin in een karatedemonstratie.'

Dat was een duidelijke verwijzing naar het Jas Incident, ook al had ik daar aikido toegepast.

Ik had me zorgvuldig voorbereid op het verzamelen van het DNA: afsluitbare zakjes, tissues en voorgedrukte etiketten met de namen van de afstudeerfoto erop. Rosie benadrukte dat we geen monsters hoefden te verzamelen van degenen die niet op het afstudeerfeest waren geweest, dus ik streepte hun namen door. Ze leek verbaasd dat ik die had onthouden, maar ik was vastbesloten geen fouten te maken door gebrek aan kennis.

De reünie werd in een golfclub gehouden. Aanvankelijk leek me dat nogal vreemd, maar ik kwam erachter dat de faciliteiten van de club niet zozeer met golf te maken hadden, maar meer gericht waren op eten en drinken. Ik kwam er ook achter dat we sterk overgekwalificeerd waren. Het vaste barpersoneel was aanwezig om de drankjes te bereiden. Onze taak bestond slechts uit het opnemen van bestellingen, het serveren van de drankjes, en het belangrijkste, het ophalen van de lege glazen. Blijkbaar was het tijdverspilling geweest om mijn vaardigheden als cocktailbereider te ontwikkelen.

Toen de gasten langzaam binnen begonnen te druppelen, kreeg ik een dienblad met drankjes om uit te delen. Ik ontdekte meteen een probleem. Geen naamkaartjes! Hoe moesten we de bron van het DNA-monster dan identificeren? Ik wist Rosie op te sporen, die zich het probleem ook had gerealiseerd maar al een oplossing had bedacht, gebaseerd op haar kennis van sociaal gedrag.

'Zeg gewoon: "Hallo, mijn naam is Don en ik ben vanavond uw ober, dokter..."' Ze demonstreerde hoe ik de indruk moest wekken dat de zin nog niet af was, om de mensen aan te moedigen hun naam te geven. Verbazingwekkend genoeg bleek dit in 72,5 procent van de gevallen te werken. Ik realiseerde me dat ik hetzelfde bij de vrouwen moest doen, om niet seksistisch over te komen.

Even later zag ik Eamonn Hughes en Peter Enticott arriveren, de kandidaten die al waren afgevallen. Als vriend van de familie moest Eamonn hebben geweten van Rosies baan. Ze legde hem uit dat ik in de avond bijkluste om mijn inkomen als academicus aan te vullen. Tegen Peter Enticott zei ze dat ze parttime als barjuffrouw werkte om haar promotieopleiding te kunnen bekostigen. Misschien dat ze beiden aannamen dat Rosie en ik elkaar van het werk kenden.

Het discreet verzamelen van DNA van de glazen bleek het meest lastige te zijn. Van elk dienblad dat ik terugbracht naar de bar wist ik maar hooguit één monster te verkrijgen. Rosie had nog meer problemen.

'Ik kan de namen niet allemaal onthouden,' zei ze verhit terwijl we elkaar passeerden met dienbladen vol drankjes. Het begon druk te worden en ze leek wat geëmotioneerd. Ik vergeet soms dat de meeste mensen niet bekend zijn met enkele basistechnieken om informatie te onthouden. Het slagen van het subproject zou op mij aankomen.

'We hebben nog voldoende gelegenheid wanneer ze gaan zitten,' zei ik. 'Er is geen reden tot paniek.'

Ik bekeek de tafelindeling voor het diner – tien plaatsen

per tafel, plus twee tafels met elf plaatsen – en rekende uit dat er tweeënnegentig aanwezigen waren. Dat was uiteraard inclusief vrouwelijke artsen. Partners waren niet uitgenodigd. Er was een kleine kans dat Rosies vader een transseksueel was, dus ik nam me voor de vrouwen te controleren op mannelijke kenmerken en degenen over wie ik twijfelde ook te testen. Maar over het algemeen zagen de cijfers er veelbelovend uit.

Toen de gasten plaatsnamen, schakelde de bediening over op het opnemen van bestellingen in plaats van het uitdelen van een beperkte selectie drankjes. Blijkbaar was dit ongebruikelijk. Normaal gesproken zouden we alleen flessen wijn, bier en water naar de tafels brengen, maar aangezien dit een chique aangelegenheid was, nam de club bestellingen op en werd ons gezegd 'het dure spul aan de man te brengen', schijnbaar om de winst van de club te verhogen. Als ik dit goed deed, dan zouden eventuele andere fouten mij wellicht vergeven worden, zo realiseerde ik me.

Ik liep naar een van de tafels van elf. Ik had me al aan zeven van de gasten voorgesteld en had zo zes namen weten te ontfutselen.

Ik begon bij een vrouw van wie ik de naam al kende.

'Gegroet, dokter Collie. Wat wilt u drinken?'

Ze keek me vreemd aan. Even dacht ik dat ik een fout had gemaakt met de woordassociatiemethode die ik had toegepast en dat haar naam wellicht Dobermann of Poedel was. Maar ze verbeterde me niet.

'Gewoon een witte wijn, dank u.'

'Ik kan u een margarita aanraden. De populairste cocktail ter wereld.'

'Serveren jullie cocktails?'

'Correct.'

'In dat geval wil ik graag een martini,' zei ze.

'Klassiek?'

'Ja, alstublieft.' Makkelijk.

Ik richtte me tot de nog niet geïdentificeerde man naast haar en paste Rosies truc toe in een poging zijn naam los te krijgen. 'Gegroet, mijn naam is Don en ik zal u vanavond bedienen, dokter...'

'U zei dat u cocktails serveert?'

'Correct.'

'Hebt u wel eens van een Rob Roy gehoord?'

'Uiteraard.'

'Nou, doe mij er dan maar een.'

'Zoet, droog of perfect?' vroeg ik.

Een van de mannen tegenover mijn klant begon te lachen. 'Doe hem dat maar eens na, Brian.'

'Perfect,' zei de man die ik nu kon identificeren als dokter Brian Joyce. Er waren twee Brians, maar de andere had ik al geïdentificeerd.

Dokter Walsh (vrouw, geen transseksuele kenmerken) bestelde een margarita.

'Klassiek, premium, aardbei, mango, meloen of salie en ananas?' vroeg ik.

'Salie en ananas? Ach, waarom ook niet.'

Mijn volgende klant was de enige nog niet geïdentificeerde man aan deze tafel, de man die had moeten lachen om Brians bestelling. Hij had eerder niet gereageerd op de truc om zijn naam te ontfutselen. Ik besloot die niet te herhalen.

'Wat wilt u drinken?' vroeg ik.

'Ik wil een gepocheerde Koerdische zeilmaker met een omgekeerde twist,' zei hij. '*Shaken, not stirred.*'

Ik was niet bekend met dit drankje, maar ik nam aan dat de professionals achter de bar het wel zouden kennen.

'Uw naam, alstublieft?'

'Pardon?'

'Ik heb uw naam nodig. Om fouten te voorkomen.'

Er viel een stilte. 'Hij heet Rod,' zei dokter Jenny Broadhurst, die naast hem zat.

'Dokter Roderick Broadhurst, correct?' zei ik bij wijze van bevestiging. De regel over het thuislaten van partners gold uiteraard niet voor mensen die een relatie hadden met een studiegenoot. Er waren zeven van dit soort koppels en Jenny zat naast haar man, zoals te verwachten viel.

'Wat...' begon Rod, maar Jenny onderbrak hem.

'Dat is inderdaad correct. Ik ben Jenny en ik wil ook graag een salie-en-ananasmargarita, alstublieft.' Ze draaide zich naar Rod toe. 'Waarom doe je zo vervelend? Met je zeilmaker? Bewaar die grapjes maar voor iemand met hetzelfde aantal synapsen als jij.'

Rod keek naar haar en toen naar mij. 'Sorry, maat, het was maar een geintje. Ik wil graag een martini. Klassiek.'

De rest van de namen en bestellingen wist ik zonder problemen te verzamelen. Ik begreep dat Jenny discreet aan Rod had willen uitleggen dat ik niet zo intelligent was, vermoedelijk vanwege mijn rol als ober. Ze had een handig sociaal trucje toegepast, dat ik onthield voor toekomstig gebruik, maar ze had een feitelijke fout gemaakt die Rod niet had gecorrigeerd. Misschien dat ze op een dag een medische fout zou maken of een fout in een onderzoek als gevolg van dit misverstand.

Voordat ik naar de bar terugkeerde, sprak ik hen nogmaals aan.

'Er bestaat geen experimenteel bewijs voor een verband tussen het aantal synapsen en het intelligentieniveau bij primaten. Ik raad u aan om *Annual Review of Neuroscience* van

Williams en Herrup eens te lezen.' Ik hoopte dat dit zou helpen.

Toen ik bij de bar aankwam, bleken de cocktailbestellingen voor enige verwarring te zorgen. Slechts een van de drie barmedewerkers wist hoe je een Rob Roy moest maken, en alleen de klassieke. Ik gaf haar de instructies voor de perfecte variant. Toen was er een probleem met de ingrediënten voor de salie-en-ananasmargarita. De bar had wel ananas (uit blik; in het boek stond 'vers indien mogelijk', dus ik besloot dat dit wel acceptabel was), maar geen salie. Ik liep naar de keuken, waar ze me zelfs geen gedroogde salie konden geven. Dit was duidelijk geen 'goed bevoorrade bar, voorbereid op elke gelegenheid', zoals het *Handboek voor de barman* het noemde. Het keukenpersoneel had het ook druk, dus gebruikten we maar korianderblaadjes. Ik maakte een snelle inventarisatie van de ingrediënten van de bar om dit soort problemen in het vervolg te voorkomen.

Rosie was ook bestellingen aan het opnemen. We hadden nog niet het stadium bereikt waarin we glazen konden gaan ophalen, en sommige mensen leken nogal langzaam te drinken. Ik realiseerde me dat onze kansen zouden verbeteren bij een hoge omzet van drankjes. Helaas kon ik de gasten niet aanmoedigen sneller te drinken, aangezien ik dan niet zou voldoen aan mijn plicht als houder van een Verklaring Sociale Hygiëne. Ik besloot een middenweg te kiezen door hen te wijzen op enkele heerlijke cocktails die we serveerden.

Terwijl ik bestellingen opnam, merkte ik een verandering op in de dynamiek van het ecosysteem, bevestigd door de geïrriteerde uitdrukking op Rosies gezicht toen ze langs me liep.

'Tafel vijf wil me hun bestellingen niet laten opnemen. Ze willen op jou wachten.' Het bleek dat bijna iedereen liever cocktails wilde dan wijn. De eigenaren zouden ongetwijfeld erg blij zijn met de resulterende winst. Helaas leek het erop dat men bij de berekening van het benodigde aantal medewerkers voornamelijk was uitgegaan van bestellingen voor bier of wijn, dus het barpersoneel had moeite om alles bij te houden. Ze hadden verrassend weinig kennis van cocktails, dus ik moest bij de bestellingen ook de recepten opnoemen.

De oplossing voor beide problemen was simpel. Rosie ging achter de bar helpen terwijl ik in mijn eentje alle bestellingen opnam. Een goed geheugen was een groot voordeel, aangezien ik niets hoefde op te schrijven en meerdere tafels tegelijk kon helpen. Ik nam door de hele zaal bestellingen op en gaf deze met regelmatige tussenpozen door aan de bar. Als mensen 'er nog even over wilden nadenken', kwam ik later bij hen terug in plaats van op hen te wachten. Ik leek eerder te rennen dan te lopen, en ik sprak op de maximale nog te volgen snelheid. Het proces was erg efficiënt en leek te worden gewaardeerd door de gasten, die af en toe applaudisseerden wanneer ik erin slaagde een drankje voor te stellen dat voldeed aan bepaalde eisen, of wanneer ik de bestellingen van een tafel probleemloos kon herhalen als ze bang waren dat ik hen wellicht verkeerd had verstaan.

Langzamerhand kon ik de eerste lege glazen gaan ophalen. Ik merkte dat ik drie monsters kon nemen op weg van de eetzaal naar de bar. De rest plaatste ik bij elkaar en wees ik aan voor Rosie terwijl ik het dienblad op de bar zette en haar in rap tempo op de hoogte stelde van de namen die bij de glazen hoorden.

Ze leek wat gestrest. Ik genoot echter met volle teugen. Ik had de tegenwoordigheid van geest om de voorraad room te controleren voordat het dessert werd geserveerd. Zoals verwacht was de hoeveelheid ontoereikend voor het aantal cocktails dat ik dacht te verkopen bij de mangomousse en de dadelpudding. Rosie ging voor me naar de keuken om meer room te zoeken. Toen ik terugkwam bij de bar riep een van de barmannen: 'Ik heb de baas aan de telefoon. Hij neemt room mee. Heb je nog iets anders nodig?' Ik bekeek de planken en maakte een inschatting gebaseerd op de tien populairste dessertcocktails.

'Cognac, Galliano, crème de menthe, Cointreau, advocaat, bruine rum, witte rum.'

'Rustig aan, rustig aan,' zei hij.

Ik was niet van plan rustig aan te doen. Ik was, zoals ze zeggen, goed op dreef.

15

De baas, een man van middelbare leeftijd (geschatte BMI zevenentwintig), arriveerde met de aanvullende spullen, net op tijd voor het dessert. Hij reorganiseerde het proces achter de bar. Ik had het erg naar mijn zin tijdens het dessert, hoewel het lastig was de bestellingen boven het gespreksvolume uit te horen. Ik verkocht vooral cocktails met room, waar de meeste gasten niet mee bekend waren maar enthousiast op reageerden.

Toen de obers die het eten hadden geserveerd de dessertborden ophaalden, maakte ik een ruwe schatting van ons bereik. Dit hing vooral van Rosie af, maar volgens mij hadden we DNA-monsters van minstens vijfentachtig procent van de mannen. Dat was goed, maar het was geen optimale benutting van deze kans. Nadat ik de namen van de gasten had gehoord, had ik vastgesteld dat slechts twaalf van de blanke mannen van het afstudeerfeest afwezig waren bij de reünie. Dat was inclusief Alan McPhee, die niet kon komen omdat hij dood was, maar die al was uitgesloten met behulp van de haarborstel van zijn dochter.

Ik liep richting de bar. Dokter Ralph Browning volgde me. 'Mag ik u om nog een Cadillac vragen? Dat was misschien wel het beste drankje dat ik ooit heb gehad.'

Het barpersoneel was aan het opruimen, maar de baas zei tegen Rosie: 'Maak eens een Cadillac voor deze heer.'

Jenny en Rod Broadhurst verschenen vanuit de eetzaal. 'Maak er maar drie van,' zei Rod.

Het overige barpersoneel liep naar de eigenaar en er volgde een gesprek.

'Deze jongens moeten gaan,' zei de baas schouderophalend tegen me. Hij draaide zich naar Rosie toe. 'Overuren?'

Ondertussen hadden de gasten zich rond de bar verzameld en staken ze hun hand op om de aandacht te trekken.

Rosie gaf een Cadillac aan dokter Browning en draaide zich toen om naar de baas. 'Sorry, maar er moeten er minstens twee blijven. Ik kan geen honderd mensen in mijn eentje bedienen.'

'Ik en hij,' zei de baas, wijzend naar mij.

Eindelijk kreeg ik de kans om mijn vaardigheden te tonen. Rosie tilde het scharnierende deel van de bar op en liet me erdoor.

Dokter Miranda Ball stak haar hand op. 'Hetzelfde als daarstraks, alstublieft.'

Aangezien het nu erg rumoerig was rond de bar, riep ik op luide toon naar Rosie: 'Miranda Ball. Alabama Slammer. Gelijke delen sloe gin, whisky, Galliano, triple sec en sinaasappelsap, met een sinaasappelschijfje en een kers.'

'De triple sec is op,' riep Rosie.

'Vervangen door Cointreau en de hoeveelheid met twintig procent verminderen.'

Dokter Lucas zette zijn lege glas op de bar en stak zijn vinger op. Nog eentje.

'Gerry Lucas. Leeg glas,' riep ik.

Rosie pakte het glas. Ik hoopte dat ze begreep dat we nog geen monster van hem hadden.

'Nog een Anal Probe voor dokter Lucas.'

'Komt eraan,' riep ze vanuit de keuken. Uitstekend, ze had eraan gedacht een monster te nemen.

Dokter Martin van Krieger riep luid: 'Bestaat er een cocktail met Galliano en tequila?'

De menigte werd stil. Ik had dit soort vragen steeds vaker gekregen tijdens het eten, en de gasten leken onder de indruk van mijn antwoorden. Ik nam even de tijd om na te denken.

Martin voegde eraan toe: 'Het geeft niet als die niet bestaat, hoor.'

'Ik ben mijn interne database aan het herindexeren,' zei ik om de vertraging te verklaren. Dat duurde nu eenmaal even. 'Mexican Gold of Freddy Fudpucker.' De menigte applaudisseerde.

'Van allebei een,' zei hij.

Rosie wist hoe ze een Freddy Fudpucker moest maken. Ik gaf de baas het recept voor de Mexican Gold.

Op deze wijze gingen we verder, met groot succes. Ik besloot van de gelegenheid gebruik te maken om alle aanwezige mannelijke dokters te testen, inclusief degenen die ik eerder had uitgesloten vanwege een afwijkende etnische verschijning. Om 01.22 uur was ik er zeker van dat we iedereen hadden getest op één persoon na. Tijd om actie te ondernemen.

'Dokter Anwar Khan. Wilt u naar voren komen, alstublieft.' Dat was een uitdrukking die ik van de televisie kende. Ik hoopte dat ze de vereiste autoriteit uitstraalde.

Dokter Khan had alleen water gedronken en nam zijn glas mee naar de bar.

'U hebt de hele avond nog geen drankje besteld,' zei ik.

'Is dat een probleem? Ik drink geen alcohol.'

'Zeer verstandig,' zei ik, al gaf ik het slechte voorbeeld met een geopend biertje naast me. 'Ik kan u een Virgin Colada aanraden. Of een Virgin Mary. Een Virgin...'

Op dat moment sloeg dokter Eva Gold haar arm om dokter Khan. Ze was duidelijk aangeschoten. 'Ontspan je eens, Anwar.'

Dokter Khan keek naar haar en toen naar de menigte, van wie, zo te oordelen, ook iedereen last had van de effecten van alcoholconsumptie.

'Wat maakt het ook uit,' zei hij. 'Zet de Virgins maar klaar.'

Hij zette zijn lege glas op de bar.

Ik verliet de golfclub pas erg laat. De laatste gasten vertrokken om 02.32 uur, twee uur en twee minuten na de geplande eindtijd. Rosie, de baas en ik hadden 143 cocktails gemaakt. Rosie en de baas hadden ook wat bier verkocht, wat ik niet had bijgehouden.

'Jullie kunnen gaan,' zei de baas. 'Wij ruimen morgen wel op.' Hij stak zijn hand uit en ik schudde hem volgens de gewoonte, hoewel het wat vreemd leek om ons nu nog aan elkaar voor te stellen. 'Amghad,' zei hij. 'Goed gedaan, jongens.'

Hij gaf Rosie geen hand maar keek haar glimlachend aan. Ik merkte op dat ze er een beetje vermoeid uitzag. Zelf bruiste ik nog van de energie.

'Hebben jullie tijd voor een drankje?' vroeg Amghad.

'Uitstekend idee.'

'Je maakt een grapje,' zei Rosie. 'Ik ga. Alle spullen zitten in je tas. Heb je geen lift nodig, Don?'

Ik had mijn fiets bij me en ik had op deze lange avond slechts drie biertjes gedronken. Ik schatte dat mijn alcoholpromillage ver onder de toegestane limiet lag, zelfs na een drankje met Amghad. Rosie vertrok.

'Wat is jouw zonde?' vroeg Amghad.

'Zonde?'

'Wat wil je drinken?'

Juist. Waarom kunnen mensen niet gewoon zeggen wat ze bedoelen?

'Een biertje, alstublieft.'

Amghad pakte twee witbiertjes en we proostten met onze flesjes.

'Hoe lang doe je dit al?' vroeg hij.

Hoewel enige misleiding noodzakelijk was geweest vanwege het Vader Project, voelde ik me hier niet prettig bij.

'Dit is mijn eerste klus in de praktijk,' zei ik. 'Heb ik iets verkeerd gedaan?'

Amghad begon te lachen. 'Grapjas. Luister,' zei hij. 'Deze tent is best aardig, maar het draait hier vooral om steak, bier en middelmatige wijn. Vanavond was een eenmalig succes, vooral dankzij jou.' Hij dronk wat van zijn bier en keek me een tijdje zwijgend aan. 'Ik denk erover iets op te zetten in het middenwesten, een kleine cocktailbar met een beetje klasse. Een New York-achtige sfeer, maar met wat meer kennis achter de bar, als je begrijpt wat ik bedoel. Als je interesse hebt...'

Hij bood me een baan aan! Dat was vleiend, gezien mijn beperkte ervaring. Mijn eerste irrationele gedachte was dat ik zou willen dat Rosie erbij was om dit te horen.

'Ik heb al een baan. Maar dank u wel.'

'Ik heb het niet over een baan. Ik heb het over een aandeel in het bedrijf.'

'Nee, dank u,' zei ik. 'Het spijt me. Maar ik denk niet dat ik daar geschikt voor ben.'

'Misschien niet, maar ik heb aardig goede mensenkennis. Bel me maar als je van gedachten verandert. Ik heb geen haast.'

De volgende dag was het zondag.

Rosie en ik hadden om 15.00 uur bij het lab afgesproken. Ze was uiteraard te laat, dus ik was al aan de slag gegaan. Ik bevestigde dat we monsters hadden van alle aanwezigen bij de reünie, wat betekende dat we straks bijna alle blanke mannen van de klas zouden hebben getest, op elf na.

Rosie droeg een strakke spijkerbroek en een wit shirt en liep meteen richting de koelkast.

'Geen bier totdat alle monsters zijn getest,' zei ik.

De voorbereidingen kostten wat tijd, en ik moest enkele aanvullende chemicaliën uit het hoofdlaboratorium halen.

Om 19.06 uur ging Rosie pizza halen, een ongezonde keuze, maar aangezien ik de vorige avond niets had gegeten, kon mijn lichaam de extra calorieën wel verwerken. Toen ze terugkeerde, was ik de vier-na-laatste kandidaat aan het testen. We wilden net de pizzadoos openmaken toen mijn mobiele telefoon ging. Ik wist meteen wie het was.

'Je nam thuis niet op,' zei mijn moeder. 'Ik maakte me zorgen.' Dit was een logische reactie van haar, aangezien haar telefoontje op zondag een vast onderdeel is van mijn weekschema. 'Waar ben je?'

'Op het werk.'

'Is alles in orde?'

'Alles is prima.'

Ik schaamde me dat Rosie mee kon luisteren met een persoonlijk telefoontje. Ik deed er alles aan om het gesprek snel te beëindigen en hield mijn antwoorden zo kort mogelijk. Rosie moest lachen – gelukkig niet zo hard dat mijn moeder het kon horen – en begon gekke bekken te trekken.

'Je moeder?' vroeg ze toen ik eindelijk kon ophangen.

'Correct. Hoe raadde je het zo?'

'Je klinkt als een zestienjarige jongen die met zijn moeder

praat in het bijzijn van...' Ze zweeg even. Mijn ergernis was blijkbaar van mijn gezicht af te lezen. 'Of zoals ik klink wanneer ik met Phil praat.'

Het was interessant dat Rosie het praten met een ouder ook lastig vond. Mijn moeder is een goed mens, maar ze is dol op het delen van persoonlijke informatie. Rosie pakte een pizzapunt en keek naar het beeldscherm.

'Laat me raden, geen nieuws.'

'Genoeg nieuws. Weer vijf uitgesloten, nog maar vier te gaan. Inclusief deze.' Het resultaat was op het scherm verschenen terwijl ik aan de telefoon was. 'Anwar Khan kan worden verwijderd.'

Rosie werkte de spreadsheet bij. 'Allah zij dank.'

''s Werelds meest lastige barklant,' bracht ik haar in herinnering. Dokter Khan had vijf verschillende drankjes besteld, om te compenseren voor zijn onthouding eerder die avond. Na afloop was hij met Dokter Gold vertrokken, met zijn arm om haar heen.

'Ja, en ik heb het nog verprutst ook. Ik heb rum in zijn Virgin Colada gedaan.'

'Je hebt hem alcohol geserveerd?' Ik nam aan dat dit tegen zijn persoonlijke of religieuze overtuiging inging.

'Misschien dat hij zijn tweeënzeventig maagden nu misloopt.'

Ik was bekend met deze religieuze theorie. Mijn officiële standpunt, zoals overlegd met de decaan, is dat ik alle overtuigingen zonder wetenschappelijke basis evenveel waarde toeken. Maar deze vond ik wel wat vreemd.

'Lijkt nogal irrationeel,' zei ik. 'Om maagden te willen. Een vrouw met seksuele ervaring zou toch de voorkeur genieten boven een beginneling.'

Rosie begon te lachen en pakte twee biertjes. Toen staarde

ze me op een bepaalde manier aan, zoals ik niet naar anderen mag staren. 'Verbazingwekkend. Jij. Je bent de verbazingwekkendste persoon die ik ooit heb ontmoet. Ik weet niet waarom je dit doet, maar bedankt.' Ze tikte met haar flesje tegen het mijne en nam een slok.

Het was fijn om gewaardeerd te worden, maar dit was precies waar ik me zorgen over had gemaakt in mijn gesprek met Claudia. Rosie had me naar mijn motieven gevraagd. Ze had zich aangemeld voor het Echtgenote Project en had vermoedelijk verwachtingen op dat gebied. Het was tijd om eerlijk te zijn.

'Waarschijnlijk denk je dat het wel gepast zou zijn een liefdesrelatie te starten.'

'Die gedachte is wel bij me opgekomen,' zei Rosie.

Aanname bevestigd.

'Het spijt me zeer als ik de verkeerde indruk heb gewekt.'

'Hoe bedoel je?' vroeg Rosie.

'Ik ben niet in je geïnteresseerd als partner. Ik had het je eerder moeten zeggen, maar je bent totaal ongeschikt.' Ik probeerde Rosies reactie te peilen, maar het interpreteren van gezichtsuitdrukkingen is niet mijn sterkste punt.

'Nou, je zult blij zijn te horen dat ik daar al op had gerekend. Ik vind jou ook nogal ongeschikt,' zei ze.

Dat was een opluchting. Ik had haar niet gekwetst. Maar dat liet nog wel een vraag onbeantwoord.

'Waarom heb je je dan aangemeld voor het Echtgenote Project?' Ik gebruikte de term 'aangemeld' losjes, aangezien Gene Rosie niet had verzocht de vragenlijst in te vullen. Maar haar antwoord wees op een veel ernstigere miscommunicatie.

'Het Echtgenote Project?' zei ze, alsof ze er nog nooit van had gehoord.

'Gene heeft jou naar mij gestuurd als kandidaat voor het Echtgenote Project. Een wildcard.'

'Wat heeft hij gedaan?'

'Ben je niet bekend met het Echtgenote Project?' vroeg ik, in een poging het juiste beginpunt te achterhalen.

'Nee,' zei ze, op een toon die normaal gesproken vooral wordt gebruikt om een kind te instrueren. 'Ik ben niet bekend met het Echtgenote Project. Maar daar ga jij me nu meer over vertellen. Tot in detail.'

'Uiteraard,' zei ik. 'Maar dat kunnen we combineren met het consumeren van de pizza en het bier.'

'Uiteraard,' zei Rosie.

Ik vertelde haar vrij gedetailleerd over het Echtgenote Project, inclusief het overleg met Gene en de praktijkbezoeken aan datingetablissementen. Ik rondde af toen we de laatste pizzapunt opaten. Rosie had eigenlijk geen vragen gesteld, maar alleen dingen geroepen als 'Jezus' en 'Shit'.

'En,' zei Rosie. 'Ben je er nog steeds mee bezig? Met het Echtgenote Project?'

Ik legde uit dat het project technisch gezien nog liep, maar dat er geen vooruitgang was gezien het ontbreken van geschikte kandidaten.

'Wat jammer,' zei Rosie. 'De perfecte vrouw heeft zich nog niet gemeld.'

'Ik neem aan dat er meer dan één kandidaat zal zijn die aan de criteria voldoet,' zei ik, 'maar het is als het vinden van een beenmergdonor. Te weinig aanmeldingen.'

'Ik kan alleen maar hopen dat er genoeg vrouwen zijn die beseffen dat dit hun burgerplicht is en de test zullen invullen.'

Dat was een interessante opmerking. Ik zag het niet echt als een plicht. De afgelopen weken had ik regelmatig nagedacht over het Echtgenote Project en het gebrek aan succes. Het bedroefde me dat er schijnbaar zoveel vrouwen waren die op zoek waren naar een partner en die wanhopig genoeg waren om zich aan te melden, zelfs wanneer de kans dat ze aan de criteria voldeden zeer klein was.

'Het is geheel optioneel,' zei ik.

'Wat fijn voor ze. Denk hier dan maar eens over na. Elke vrouw die jouw test invult, vindt het niet erg om als object behandeld te worden. Je zou kunnen zeggen dat dit hun eigen keuze is. Maar als je even twee minuten de tijd neemt om te kijken hoezeer vrouwen door de maatschappij gedwongen worden zichzelf als object te zien, dan denk je daar misschien anders over. Wat ik me afvraag is: wil je een vrouw die zo denkt? Is dat het soort echtgenote dat je zoekt?' Rosie klonk boos. 'Weet je waarom ik me zo kleed? Waarom ik deze bril draag? Omdat ik niet als object behandeld wil worden. Als je eens wist hoe beledigd ik ben dat je dacht dat ik me had aangemeld, dat ik een kandidáát was...'

'Maar waarom kwam je dan naar mijn kantoor?' vroeg ik. 'Op de dag van het Jas Incident?'

Ze schudde haar hoofd. 'Weet je nog in jouw appartement, op het balkon, toen ik je die vraag stelde over de grootte van testikels?'

Ik knikte.

'Vond je het niet vreemd dat ik op de eerste date zomaar vanuit het niets een vraag stelde over testikels?'

'Niet echt. Tijdens een date ben ik er vooral op gericht om zelf geen rare dingen te zeggen.'

'Oké, laat maar.' Ze leek een beetje te kalmeren. 'Ik stelde je die vraag vanwege een weddenschap met Gene. Gene, het seksistische varken, durfde te wedden dat mensen van nature niet monogaam zijn, en dat dit bewezen wordt door de grootte van hun testikels. Hij stuurde me naar een geneticus om de weddenschap te beslissen.'

Het duurde even voor ik de implicaties van Rosies verhaal volledig had verwerkt. Gene had haar niet voorbereid op mijn uitnodiging om samen iets te gaan eten. Dat betekende dat een vrouw – Rosie – ermee had ingestemd met mij uit te gaan zonder van tevoren te zijn gewaarschuwd of ingelicht. Ik werd vervuld van een irrationeel gevoel van voldoening. Maar Gene had me misleid. En het leek erop dat hij Rosie financieel had uitgekleed.

'Heb je veel geld verloren?' vroeg ik. 'Het lijkt me nogal oneerlijk om als professor in de psychologie een weddenschap aan te gaan met een barjuffrouw.'

'Ik ben verdomme geen barjuffrouw.'

Aan het gebruik van het scheldwoord kon ik merken dat Rosie weer boos werd. Maar ze kon het bewijs toch moeilijk tegenspreken. Ik besefte wat ik fout had gedaan, en ik wist dat ik flink in de problemen zou komen als ik dat voor de klas zou doen.

'Barpersoon.'

'"Barkeeper" is de officiële neutrale term,' zei ze. 'Maar daar gaat het niet om. Mijn werk als barjuffrouw is maar een bijbaantje. Ik ben aan het promoveren in de psychologie, oké? Op Gene's afdeling. Snap je het nu?'

Maar natuurlijk! Ineens herinnerde ik me weer waar ik haar eerder had gezien: ruziënd met Gene na zijn publieke lezing. Ik herinnerde me dat Gene haar had uitgenodigd voor een kop koffie – wat hij gewoontegetrouw deed bij aantrekkelijke vrouwen –, maar dat ze had geweigerd. Om de een of andere reden was ik daar blij om. Maar als ik haar meteen had herkend, die eerste keer dat ze mijn kantoor was binnengekomen, dan had dit hele misverstand voorkomen kunnen worden. Alles was nu duidelijk, inclusief haar geslaagde optreden als aankomend geneeskundestudent toen we met Peter Enticott hadden afgesproken. Maar er waren nog twee dingen.

'Waarom heb je het me niet verteld?'

'Omdat ik ook een barjuffrouw ben, en daar schaam ik me niet voor. Je moet me maar nemen zoals ik ben.' Ik nam aan dat ze dat figuurlijk bedoelde.

'Uitstekend,' zei ik. 'Dat verklaart bijna alles.'

'O, fijn. Hoezo "bijna"? Als je nog vragen hebt, stel ze gerust.'

'Het verklaart niet waarom Gene het me niet heeft verteld.'

'Omdat hij een klootzak is.'

'Gene is mijn beste vriend.'

'Moge God je bijstaan,' zei ze.

Nu alles was opgehelderd werd het tijd om het project af te ronden, hoewel de kans dat we haar vader vanavond zouden opsporen klein leek. Er waren nog veertien kandidaten, maar we hadden nog maar drie monsters te gaan. Ik stond op en liep naar het apparaat.

'Luister,' zei Rosie. 'Ik zal het je nog eens vragen. Waarom doe je dit?'

Ik dacht terug aan mijn eigen overpeinzingen over deze vraag en aan het antwoord waarop ik was uitgekomen. Dat had onder meer te maken met de wetenschappelijke uitdaging en de behoefte iets onzelfzuchtigs te doen voor een medemens. Maar toen ik dit wilde uitleggen, realiseerde ik me dat het niet waar was. We hadden vanavond al talloze onjuiste aannames en communicatiefouten gecorrigeerd. Ik moest nu geen nieuwe gaan creëren.

'Ik weet het niet,' zei ik.

Ik keerde me weer naar het apparaat en begon het volgende monster in te voeren. Mijn werk werd onderbroken door het plotselinge gerinkel van brekend glas. Rosie had een bekerglas tegen de muur gegooid, gelukkig eentje met een reeds getest monster.

'Ik ben hier echt helemaal klaar mee.' Ze stormde naar buiten.

De volgende ochtend werd er op de deur van mijn kantoor geklopt. Rosie.

'Kom binnen,' zei ik. 'Ik neem aan dat je de laatste drie uitslagen wilt weten.'

Rosie liep ongewoon langzaam naar mijn bureau, waar ik wat potentieel levensveranderende informatie aan het bekijken was. 'Nee,' zei ze. 'Ik neem aan dat ze negatief waren. Zelfs jij zou wel hebben gebeld als je een match had gevonden.'

'Correct.'

Ze bleef staan en keek me zwijgend aan. Ik ben me ervan bewust dat zulke stiltes bedoeld zijn om mij de gelegenheid te geven verder te praten, maar ik wist niets nuttigs te zeggen. Uiteindelijk verbrak zij de stilte.

'Zeg, sorry dat ik gisteravond zo tegen je uitviel.'

'Volkomen begrijpelijk. Het is enorm frustrerend om zo hard te werken zonder enig resultaat. Maar dat is normaal in de wetenschap.' Ik herinnerde me weer dat ze naast barjuffrouw ook promovendus was. 'Zoals je weet.'

'Ik had het over je Echtgenote Project. Ik vind het verkeerd, maar je bent niet anders dan de andere mannen die ik ken, want die behandelen vrouwen ook allemaal als objecten. Jij bent er alleen eerlijker over. Hoe dan ook, je hebt zoveel voor me gedaan...'

'Een miscommunicatie. Gelukkig is dat nu rechtgezet. We kunnen het Vader Project voortzetten zonder het persoonlijke aspect.'

'Niet voordat ik weet waarom je dit doet.'

Weer die lastige vraag. Ze had het geen probleem gevonden om door te gaan met het project toen ze nog dacht dat ik haar hielp omdat ik een liefdesrelatie met haar wilde. En dat terwijl zij die gevoelens niet beantwoordde.

'Mijn motivatie is niet veranderd,' zei ik naar waarheid. 'Het was jouw motivatie waar ik me zorgen over maakte. Ik dacht dat je mij wel zag zitten als partner. Gelukkig was die aanname op foutieve informatie gebaseerd.'

'Hoor je deze tijd eigenlijk niet aan je vrouwenproject te besteden?'

Rosies vraag was perfect getimed. De informatie die ik op mijn beeldscherm bekeek, wees op een grote doorbraak op dat gebied.

'Goed nieuws daarover. Ik heb een kandidaat gevonden die aan alle criteria voldoet.'

'Nou,' zei Rosie, 'dan heb je mij niet meer nodig.'

Wat een vreemde opmerking. Ik had Rosie helemaal nergens voor nodig gehad, behalve voor haar eigen project.

16

De naam van de kandidaat was Bianca Rivera, en ze voldeed aan alle criteria. Er was één obstakel, waar ik wat tijd aan zou moeten besteden. Ze had geschreven dat ze twee keer het staatskampioenschap ballroomdansen had gewonnen en een partner zocht die ook een volleerd danser was. Het leek me volkomen redelijk dat zij zelf ook enkele criteria stelde, en aan dit criterium was gemakkelijk te voldoen. Bovendien wist ik de perfecte plek om haar mee naartoe te nemen.

Ik belde Regina, de secretaresse van de decaan, en vroeg of ze nog steeds kaartjes voor het faculteitsbal verkocht. Toen e-mailde ik Bianca en nodigde haar uit als mijn date. Ze accepteerde de uitnodiging! Ik had een date, de perfecte date. Nu had ik tien dagen de tijd om te leren dansen.

Gene kwam mijn kantoor binnen terwijl ik mijn danspassen aan het oefenen was.

'Volgens mij waren de statistieken over de levensduur van mannen gebaseerd op huwelijken met levende vrouwen, Don.'

Hij verwees naar het skelet dat ik gebruikte om mee te oefenen. Ik had het geleend van de afdeling Anatomie, en niemand had me gevraagd waar ik het voor nodig had. Te oordelen naar de grootte van het bekken was het vrijwel zeker een mannelijk skelet, maar dat was irrelevant voor het oefenen. Ik legde Gene uit waar het skelet voor was bedoeld, wijzend naar een scène uit de film *Grease* die op de muur van mijn kantoor werd geprojecteerd.

'Dus,' zei Gene, 'Mevrouw De Ware, pardon, Dr. De Ware, kwam zomaar uit de bus rollen.'

'Ze heet niet De Ware,' zei ik, 'ze heet Rivera.'

'Foto?'

'Niet nodig. We hebben duidelijke afspraken gemaakt. Ze vergezelt me naar het faculteitsbal.'

'O, shit.' Gene zweeg enige tijd en ik hervatte mijn dansles. 'Don, het faculteitsbal is volgende week vrijdag.'

'Correct.'

'Je kunt niet in negen dagen leren dansen.'

'Tien. Ik ben gisteren begonnen. De passen zijn gemakkelijk te onthouden. Ik hoef alleen de bewegingen te oefenen. Die zijn een stuk minder ingewikkeld dan bij oosterse vechtsporten.'

Ik demonstreerde een reeks pasjes.

'Heel indrukwekkend,' zei Gene. 'Ga zitten, Don.'

Ik ging zitten.

'Ik hoop dat je niet al te boos op me bent vanwege Rosie,' zei hij.

Dat was ik alweer bijna vergeten. 'Waarom heb je me niet verteld dat ze promovendus psychologie is? En dat jullie een weddenschap hadden?'

'Claudia zei dat jullie het samen wel leuk leken te hebben. Als Rosie het je niet zelf vertelde, dan zou ze daar vast een reden voor hebben, leek me. Ze is misschien een beetje getikt, maar ze is niet dom.'

'Dat klinkt logisch,' zei ik. Waarom in discussie gaan met een professor in de psychologie wanneer je het over menselijke interacties had?

'Ik ben blij dat ten minste een van jullie er zo luchtig over doet,' zei Gene. 'Ik moet je zeggen dat Rosie niet zo blij met me was. Niet zo blij met het leven. Luister, Don, ik heb haar overgehaald om naar het bal te gaan. In haar eentje. Als je wist hoe vaak Rosie mijn advies heeft opgevolgd, dan zou je weten hoe bijzonder dat is. Ik wilde voorstellen dat jij hetzelfde zou doen.'

'Jouw advies opvolgen?'

'Nee, naar het bal gaan. Alleen. Of met Rosie als je date.'

Nu snapte ik waar Gene heen wilde. Gene is zo gericht op aantrekkingskracht en seks dat hij dit overal denkt te zien. Maar dit keer zat hij er helemaal naast.

'Rosie en ik hebben expliciet over de mogelijkheid van een relatie gepraat. Geen van ons beiden heeft interesse.'

'Sinds wanneer zijn vrouwen ook maar ergens expliciet over?' zei Gene.

Ik ging bij Claudia langs voor wat advies over mijn cruciale date met Bianca. Ik nam aan dat zij ook aanwezig zou zijn als Gene's vrouw, en ik vertelde haar dat ik die avond misschien hulp nodig zou hebben. Het bleek dat ze niet eens op de hoogte was van het bal.

'Wees gewoon jezelf, Don. Als ze je niet wil zoals je bent, dan is ze niet de ware voor je.'

'Het lijkt me onwaarschijnlijk dat ook maar enige vrouw me zal accepteren zoals ik ben.'

'En Jasmine dan?' vroeg Claudia.

Dat was waar. Jasmine was anders dan de vrouwen met wie ik uit was geweest. Dit was uitstekende therapie: weerlegging door tegenbewijs. Misschien was Bianca wel een jongere, dansende versie van Jasmine.

'En hoe zit het met Rosie?' vroeg Claudia.

'Rosie is totaal ongeschikt.'

'Dat vroeg ik niet,' zei Claudia. 'Ik vroeg alleen of zij je accepteert zoals je bent.'

Daar dacht ik even over na. Het was een moeilijke vraag.

'Ik denk het wel. Omdat ze me niet ziet als een mogelijke partner.'

'Het is waarschijnlijk maar goed dat jullie geen verdere gevoelens voor elkaar hebben,' zei Claudia.

Gevoelens, gevoelens, gevoelens! Gevoelens verstoorden mijn welzijn. Naast een knagend verlangen om aan het Vader Project te werken in plaats van aan het Echtgenote Project, voelde ik nu ook nog een grote mate van ongerustheid betreffende Bianca.

Mijn hele leven ben ik al bekritiseerd om een vermeend gebrek aan emoties, alsof dit een ernstige tekortkoming is. Interactie met psychiaters en psychologen – zelfs met Claudia – begint altijd met de veronderstelling dat ik meer 'in contact' moet staan met mijn emoties. Wat ze eigenlijk bedoelen, is dat ik me eraan moet overgeven. Ik vind het prima om emoties te bespeuren, herkennen en analyseren. Dat is een nuttige vaardigheid en daar zou ik graag beter in worden. Van tijd tot tijd kan er zelfs van een emotie worden genoten – de dankbaarheid die ik voelde voor mijn zus omdat ze me zelfs in slechte tijden bleef bezoeken, het primitieve gevoel van welbehagen na het drinken van een glas wijn –, maar we moeten uitkijken dat emoties ons niet verlammen.

Ik concludeerde dat mijn brein was overbelast en maakte een spreadsheet om de situatie te analyseren.

Ik begon met het opsommen van de recente verstoringen van mijn rooster. Twee daarvan waren onbetwistbaar positief. Eva, de schoonmaakster met de korte rok, leverde uitstekend werk en scheelde me een aanzienlijke hoeveelheid tijd. Zonder haar zouden de meeste extra activiteiten van de afgelopen weken niet mogelijk zijn geweest. En ondanks mijn ongerustheid had ik wel mijn eerste volledig gekwalificeerde kandidaat voor het Echtgenote Project gevonden. Ik had besloten dat ik een partner wilde en voor het eerst was er nu een geschikte kandidaat. Logisch gezien zou het Echtgenote Project, waar ik het grootste gedeelte van mijn vrije tijd aan had willen besteden, nu de meeste aandacht moeten krijgen. Daar constateerde ik Probleem Nummer Een. Mijn emoties stonden niet op één lijn met mijn verstand. Ik aarzelde om deze kans op het vinden van een partner te benutten.

Ik wist niet of ik het Vader Project als een positief of een negatief punt moest noteren, maar het had enorm veel tijd gekost zonder enig resultaat. Mijn argumenten om me hiermee bezig te houden waren van begin af aan zwak geweest, en ik had al veel meer gedaan dan redelijkerwijs van mij verwacht kon worden. Als Rosie DNA van de overige kandidaten wilde verzamelen, dan kon ze dat zelf doen. Ze had nu voldoende praktijkervaring met het verzamelen van monsters. Dan wilde ik best de testen voor haar uitvoeren. Maar wederom stonden mijn emoties niet op één lijn met mijn verstand. Ik wilde doorgaan met het Vader Project. Waarom?

Het is vrijwel onmogelijk om verschillende vormen van geluk met elkaar te vergelijken, vooral over langere perioden. Maar als iemand mij zou vragen wat de gelukkigste dag van mijn leven was, dan zou ik zonder aarzelen kiezen voor de dag van mijn eerste bezoek aan het American Museum of Natural History in New York, tijdens een congres in het kader van mijn promotietraject. De op een na beste dag was mijn tweede dag in het museum, en de op twee na beste dag mijn derde dag daar. Maar na de recente gebeurtenissen was het niet meer zo eenvoudig. Het was lastig kiezen tussen het Natural History Museum en het avondje cocktails maken op de golfclub. Zou ik dan mijn baan moeten opzeggen en moeten ingaan op Amghads aanbod om aandeelhouder te worden in een cocktailbar? Zou ik dan permanent gelukkiger zijn? Dat leek een belachelijk idee.

Ik wist nog steeds niet wat ik met het Vader Project aan moest. Dat kwam omdat de bijbehorende vergelijking zowel grote negatieve waarden bevatte – met als ergste de verstoring van mijn rooster – als grote positieve waarden – de resulterende plezierige ervaringen. Mijn onvermogen om deze factoren te kwantificeren leidde ertoe dat ik niet kon bepalen wat nu de uitkomst was, positief of negatief. En de foutmarge was enorm. Uiteindelijk besloot ik dat het Vader Project van onbepaalde waarde was en ik classificeerde het als de meest ernstige verstoring van mijn rooster.

Het laatste punt op mijn spreadsheet was het reële risico dat mijn sociale interactie met Bianca zou worden verstoord door mijn nervositeit en mijn gemengde gevoelens over het Echtgenote Project. Over het dansen maakte ik me geen zorgen. Ik was ervan overtuigd dat ik kon profiteren van mijn ervaring met wedstrijden in oosterse vechtsporten, met als bijkomend voordeel een optimale alcoholconsumptie, wat bij vechtsporten niet is toegestaan. Ik maakte me meer zorgen over sociale blunders. Het zou vreselijk zijn om de perfecte relatie te verspelen doordat ik niet in staat was sarcasme te bespeuren of doordat ik haar langer of juist korter aankeek dan sociaal geaccepteerd was. Ik stelde mezelf gerust en zei dat Claudia gelijk had: als Bianca zich buitensporig druk maakte over dit soort zaken, dan was ze niet de perfecte match, en dan zou ik deze ervaring in ieder geval kunnen gebruiken om de vragenlijst bij te stellen voor toekomstig gebruik.

Op aanraden van Gene ging ik langs een kledingverhuurbedrijf. Ik specificeerde dat de gelegenheid maximale formaliteit vereiste, want ik wilde geen herhaling van het Jas Incident.

17

Het bal was op een vrijdagavond in een partycentrum aan de rivier. Het leek me het meest efficiënt om mijn kostuum mee te nemen naar het werk. Ik oefende de chachacha en de rumba met het skelet terwijl ik wachtte tot het tijd was om te gaan. Toen ik naar het lab liep om een biertje te pakken, werd ik overvallen door een vlaag van emoties. Ik miste de stimulans van het Vader Project.

Het jacquetkostuum, met zijn zwaluwstaart en hoge hoed, was ongeschikt om in te fietsen, dus ik nam een taxi en arriveerde precies om 19.55 uur, zoals gepland. Achter me stopte een andere taxi, waar een lange, donkerharige vrouw uit stapte. Ze droeg de verbazingwekkendste jurk die ik ooit had gezien: meerdere felle kleuren – rood, blauw, geel, groen – en een complex ontwerp met een split aan één kant. Ik had nog nooit zo'n spectaculaire vrouw gezien. Ik schatte haar leeftijd op vijfendertig en haar BMI op tweeëntwintig, in overeenstemming met haar antwoorden op de vragenlijst. Niet te vroeg, niet te laat. Stond ik hier naar mijn toekomstige echtgenote te kijken? Het was bijna niet te geloven.

Toen ze uit de taxi stapte, keek ze me even aan, waarna ze zich omdraaide en richting de deur liep. Ik haalde diep adem en volgde haar. Ze liep naar binnen en keek om zich heen. Ze zag me weer en bekeek me nu wat nauwkeuriger. Ik ging naar haar toe om haar aan te spreken, maar ik zorgde er wel voor dat ik niet te dichtbij ging staan. Ik keek haar in de ogen. Ik telde: een, twee. Toen wendde ik mijn blik iets af naar beneden, slechts een klein stukje.

'Hallo,' zei ik. 'Ik ben Don.'

Ze keek me even aan, waarna ze haar hand uitstak en mij zachtjes de hand schudde.

'Ik ben Bianca. Je hebt je... flink opgedoft.'

'Uiteraard, op de uitnodiging stond dat men zich formeel diende te kleden.'

Na ongeveer twee seconden barstte ze in lachen uit. 'Daar had je me even te pakken. Zo droog. Weet je, je zet "gevoel voor humor" wel op je lijstje met dingen die je zoekt in een man, maar je verwacht niet een echte komiek te treffen. Volgens mij gaan jij en ik een hoop plezier beleven.'

Tot nu toe ging het buitengewoon goed.

De balzaal was gigantisch: tientallen tafels met formeel geklede academici. Iedereen keek om toen we binnenkwamen. Het was wel duidelijk dat we indruk maakten. Eerst dacht ik dat het kwam door Bianca's spectaculaire jurk, maar er waren talloze andere interessant geklede vrouwen aanwezig. Toen zag ik dat de mannen vrijwel allemaal gekleed gingen in een zwart pak met wit overhemd en een vlinderdas. Geen van hen droeg een jacquet of een hoed. Dat verklaarde Bianca's aanvankelijke reactie. Het was vervelend, maar dit soort dingen overkwam me wel vaker. Ik nam mijn hoed af voor de toeschouwers en werd van alle kanten vriendelijk teruggegroet. Bianca leek van de aandacht te genieten.

Ze hadden ons aan tafel twaalf ingedeeld, aan de rand van de dansvloer. Er stond een band te stemmen. Te oordelen naar hun instrumenten was het niet nodig geweest om de chachacha, samba, rumba, foxtrot, Engelse wals, tango en lambada te oefenen. Ik zou me moeten richten op de dansstijl van dag twee van mijn dansproject: rock-'n-roll.

Op advies van Gene arriveerden we dertig minuten na de officiële aanvangstijd, wat betekende dat er nog maar drie stoelen vrij waren aan de tafel. Een daarvan was van Gene, die rond de tafel liep om champagne in te schenken. Claudia was niet aanwezig.

Ik herkende Laszlo Hevesi van natuurkunde, die totaal ongepast gekleed ging in een legerbroek en een hardloopshirt. Hij zat naast een vrouw die ik tot mijn verbazing herkende als Frances van het speeddaten. Aan de andere kant van Laszlo zat De Beeldschone Helena. Er zat ook een donkerharige man van ongeveer dertig (geschatte BMI twintig) die zich al enkele dagen niet leek te hebben geschoren, en naast hem zat de mooiste vrouw die ik ooit had gezien. In tegenstelling tot Bianca's extravagante outfit droeg zij een groene jurk zonder versieringen, zo minimaal dat hij zelfs geen bandjes bleek te hebben om hem omhoog te houden. Het duurde even voordat ik me realiseerde dat het Rosie was.

Bianca en ik namen plaats op de twee lege stoelen tussen Stoppelmans en Frances in, volgens het alternerende manvrouwpatroon dat was aangehouden. Rosie begon met de voorstelronde, en ik herkende het protocol dat ik had geleerd voor congressen maar nooit daadwerkelijk had toegepast.

'Don, dit is Stefan.' Ze doelde op Stoppelmans. Ik stak mijn hand uit en schudde de zijne, met evenveel kracht als hij, wat ik buitensporig veel vond. Ik had meteen een negatieve indruk van hem. Ik ben meestal niet erg bedreven in het beoordelen van andere mensen, behalve op basis van hun gespreksonderwerpen of hun geschreven communicatie. Maar ik ben redelijk goed in het aanwijzen van studenten die hoogstwaarschijnlijk de les zullen verstoren.

'Ik heb veel over je gehoord,' zei Stefan.

Wellicht was mijn oordeel te overhaast.

'Je bent bekend met mijn werk?'

'Zo zou je het kunnen zeggen.' Hij lachte.

Ik realiseerde me dat ik het gesprek niet kon voortzetten totdat ik Bianca had voorgesteld.

'Rosie, Stefan, sta me toe jullie voor te stellen aan Bianca Rivera.'

Rosie stak haar hand uit en zei: 'Aangenaam kennis te maken.'

Ze glimlachten breed naar elkaar, waarna Stefan Bianca ook de hand schudde.

Mijn taak zat erop. Ik keerde me naar Laszlo, die al enige tijd niets had gezegd. Laszlo is de enige persoon die ik ken met slechtere sociale vaardigheden dan ik. Het was een geruststelling om hem ter contrast in de buurt te hebben.

'Gegroet, Laszlo,' zei ik, inschattend dat een formele begroeting in dit geval niet gepast zou zijn. 'Gegroet, Frances. Ik zie dat je een partner hebt gevonden. Hoeveel ontmoetingen waren daarvoor nodig?'

'Gene heeft ons aan elkaar voorgesteld,' zei Laszlo. Hij zat ongepast naar Rosie te staren. Gene stak zijn duim op naar Laszlo en kwam toen tussen Bianca en mij in staan met de champagnefles in zijn hand. Bianca zette meteen haar glas op zijn kop. 'Don en ik drinken niet,' zei ze terwijl ze mijn glas ook omdraaide. Gene wierp me een brede glimlach toe. Dat was een vreemde reactie op een vervelende slordigheid wat betreft versiecontrole. Bianca had blijkbaar de oorspronkelijke versie van de vragenlijst ingevuld.

Rosie vroeg Bianca: 'Waar kennen jij en Don elkaar van?'

‘We delen een passie voor dansen,’ zei Bianca.

Dat vond ik een uitstekend antwoord, zonder verwijzing naar het Echtgenote Project, maar Rosie wierp me een vreemde blik toe.

‘Wat leuk,’ zei ze. ‘Ik heb het een beetje te druk met promoveren om daar tijd voor te hebben.’

‘Je moet alles ook goed organiseren,’ zei Bianca. ‘Ik heb alles zeer goed georganiseerd.’

‘Ja,’ zei Rosie, ‘ik...’

‘De eerste keer dat ik de landelijke finale haalde, was tijdens mijn promotietraject. Ik overwoog te stoppen met trainen voor de triatlon of met de Japanse kookcursus die ik volgde, maar...’

Rosie glimlachte, maar niet op haar gebruikelijke manier. ‘Nee, dat zou dom zijn. Mannen zijn gek op vrouwen die kunnen koken.’

‘Ik mag graag denken dat we dat soort clichés achter ons hebben gelaten,’ zei Bianca. ‘Don kan zelf ook uitstekend koken.’

Claudia’s advies om mijn kookkunsten in de vragenlijst te vermelden was kennelijk effectief. Rosie staafde mijn vaardigheden met bewijs.

‘Hij is een fantastische kok. We hebben de voortreffelijkste kreeft gegeten op zijn balkon.’

‘O ja?’

Het was zeer behulpzaam van Rosie om me aan te prijzen bij Bianca, maar Stefan keek weer als een lastige student. Ik paste een didactische techniek toe waarbij ik hem een vraag stelde.

‘Ben je Rosies vriendje?’

Stefan had niet direct een antwoord paraat. In de les zou dat mijn signaal zijn om verder te gaan, als de student eenmaal op zijn hoede was voor mij. Maar Rosie beantwoordde de vraag voor hem.

'Stefan is mijn studiegenoot.'

'Ik geloof dat "date" de juiste term is,' zei Stefan.

'Voor vanavond,' zei Rosie.

Stefan glimlachte. 'Eerste date.'

Het was vreemd dat ze blijkbaar geen overeenstemming hadden bereikt over de aard van hun relatie. Rosie richtte zich weer tot Bianca.

'En is dit ook de eerste date van jou en Don?'

'Dat klopt, Rosie.'

'Wat vond je van de vragenlijst?'

Bianca keek even snel naar mij en toen weer naar Rosie. 'Fantastisch. De meeste mannen willen alleen maar over zichzelf praten. Ik vond het erg prettig dat iemand zich nu eens op mij richtte.'

'Ik begrijp wel waarom jij dat prettig zou vinden,' zei Rosie.

'En een danser nog wel,' zei Bianca. 'Ik kon mijn geluk niet op. Maar je weet wat ze zeggen: hoe meer je je best doet, hoe meer kans van slagen.'

Rosie nam een slok van haar champagne, en Stefan zei: 'Hoe lang dans jij al, Don? Heb je ook prijzen gewonnen?'

Ik werd gered van deze vraag doordat de decaan binnenkwam.

Ze droeg een ingewikkelde roze jurk, waarvan de onderkant wijd uitliep, en ze werd vergezeld door een vrouw van ongeveer dezelfde leeftijd, die gekleed ging in een standaardmannenkostuum bestaande uit een zwart pak met vlinderdas. De reactie van de gasten was vergelijkbaar met hun reactie toen ik binnenkwam, maar zonder de vriendelijke begroetingen aan het einde.

'O, hemel,' zei Bianca. Ik had geen hoge dunk van de decaan, maar ik voelde me ongemakkelijk onder Bianca's opmerking.

'Heb je een probleem met lesbische vrouwen?' vroeg Rosie ietwat agressief.

'Helemaal niet,' zei Bianca. 'Maar ik heb wel een probleem met haar kledingkeuze.'

'Dan kun je met Don helemaal je lol op,' zei Rosie.

'Ik vind dat Don er fantastisch uitziet,' zei Bianca. 'Iedereen kan een smoking of een eenvoudige jurk aantrekken. Je moet flair hebben om iets te kunnen dragen wat een beetje anders is. Vind je niet, Don?'

Ik knikte instemmend. Bianca vertoonde precies de eigenschappen waar ik naar op zoek was. Ze leek perfect. Maar om de een of andere reden kwam mijn instinct in opstand. Misschien kwam het vanwege het niet mogen drinken. Mijn onderliggende alcoholverslaving zorgde ervoor dat ik mij onbewust distantieerde van mensen die mij van de drank afhielden. Maar ik moest me daar gewoon tegen verzetten.

Toen we het voorgerecht hadden genuttigd, speelde de band enkele luide noten. Stefan liep naar hen toe en pakte de microfoon van de zanger.

'Goedenavond, allemaal,' zei hij. 'Ik wilde u erop wijzen dat we vanavond een voormalig finaliste van de landelijke danswedstrijd in de zaal hebben. U hebt haar misschien op televisie gezien: Bianca Rivera. Laten we Bianca en haar partner Don vragen ons een paar minuten te vermaken.'

Ik had niet verwacht dat mijn eerste optreden zo openbaar zou zijn, maar het voordeel was dat de dansvloer verder leeg was. Ik had lezingen gegeven voor wel grotere groepen en meegedaan met wedstrijden in oosterse vechtsporten voor publiek. Er was geen reden om zenuwachtig te zijn. Bianca en ik stapten de dansvloer op.

Ik pakte haar vast in de klassieke jivehouding die ik had geoefend met het skelet. Meteen voelde ik de aan walging grenzende ongemakkelijkheid die ik altijd voel wanneer ik gedwongen word tot lichamelijk contact met andere mensen. Ik had me hier mentaal op voorbereid, maar niet op een veel ernstiger probleem. Ik had niet geoefend op muziek. Ik weet zeker dat ik de passen nauwkeurig uitvoerde, maar niet in precies het goede tempo, en niet op de maat. We struikelden meteen over elkaars voeten en het ging van kwaad tot erger. Bianca probeerde te leiden, maar ik had geen ervaring met een levende partner, laat staan met iemand die de leiding probeerde te nemen.

De mensen begonnen te lachen, maar ik ben het wel gewend om uitgelachen worden. Terwijl Bianca zich van me losmaakte, bekeek ik het publiek om te zien wie niet lachte, een uitstekende manier om te bepalen wie je vrienden waren. Gene en Rosie waren vanavond mijn vrienden, en verrassend genoeg ook de decaan en haar partner. Stefan duidelijk niet.

Er was iets ingrijpends nodig om de situatie te redden. Tijdens mijn onderzoek naar verschillende dansstijlen had ik enkele specialistische bewegingen gevonden die ik niet nodig dacht te hebben maar die ik wel had onthouden omdat ze zo interessant waren. Het voordeel van deze bewegingen was dat ze niet zo sterk afhingen van op elkaar afgestemde timing of lichamelijk contact. Dit was het moment om ze in te zetten.

Ik deed de rennende man, de koeienmelker en de visser die zijn hengel uitwierp om Bianca binnen te halen, al deed ze niet echt mee. Ze stond zelfs volkomen stil. Tot slot probeerde ik een manoeuvre met lichamelijk contact, traditioneel gebruikt voor een spectaculaire finale, waarbij de man de vrouw van de ene naar de andere kant zwaait, over zijn rug, en dan tussen zijn benen door. Helaas vereist dit medewerking van de partner, zeker wanneer ze zwaarder is dan een skelet. Bianca werkte echter totaal niet mee, met als resultaat dat het net leek alsof ik haar aanviel. Blijkbaar leer je op dansles niet hoe je veilig moet vallen.

Ik bood aan haar overeind te helpen, maar ze negeerde mijn hand en liep richting het toilet, ogenschijnlijk zonder verwondingen.

Ik liep terug naar onze tafel en ging zitten. Stefan was nog steeds aan het lachen.

'Eikel,' zei Rosie tegen hem.

Gene zei iets tegen Rosie, vermoedelijk om een ongepaste woede-uitbarsting in het openbaar te voorkomen, en ze leek te kalmeren.

Bianca keerde terug naar haar plaats, maar alleen om haar tas te pakken.

'Het probleem was synchroniciteit,' probeerde ik haar te vertellen. 'De metronoom in mijn hoofd liep niet gelijk met het tempo van de muziek.'

Bianca draaide zich om, maar Rosie leek mijn verklaring wel te willen horen.

'Ik heb zonder muziek geoefend zodat ik me kon concentreren op het leren van de passen.'

Rosie zei niets en ik hoorde Bianca met Stefan praten.

'Het is niet de eerste keer dat dit me overkomt, maar wel de ergste. Mannen zeggen dat ze kunnen dansen...' Ze liep richting de uitgang zonder me gedag te zeggen, maar Gene volgde haar en hield haar tegen.

Dat gaf me een kans. Ik draaide mijn glas om en vulde het met wijn. Het was een slecht geproduceerde gordo blanco met excessieve hoeveelheden restsuikers. Ik dronk mijn glas leeg en schonk nog eens in. Rosie stond op van haar plaats en liep naar de band. Ze praatte met de zanger en de drummer.

Toen draaide ze zich om en wees naar mij, op een overdreven manier. Ik herkende het gebaar. Ik had het al twaalf keer eerder gezien. Het was het signaal van Olivia Newton-John aan John Travolta in *Grease*, om aan te geven dat de dansscène begon, de scène die ik aan het oefenen was geweest toen Gene me negen dagen daarvoor had onderbroken. Rosie trok me de dansvloer op.

'Dansen,' zei ze. 'Gewoon dansen.'

Ik begon te dansen zonder muziek. Dit was zoals ik het had geoefend. Rosie paste zich aan mijn tempo aan. Toen stak ze haar arm op en begon te zwaaien op de maat van onze bewegingen. Ik hoorde de drummer inzetten en ik voelde dat hij in de maat speelde met ons dansen. Ik merkte amper dat de rest van de band ook begon te spelen.

Rosie kon goed dansen en was aanzienlijk makkelijker te manoeuvreren dan het skelet. Ik leidde haar door de moeilijkere passen en was volkomen gericht op de bewegingen en het foutloos uitvoeren hiervan. Toen het *Grease*-liedje was afgelopen, begon iedereen te applaudisseren. Maar voordat we konden terugkeren naar de tafel, begon de band weer te spelen en klapte het publiek mee op de maat: 'Satisfaction'. Misschien kwam het door het effect van de gordo blanco op mijn cognitieve functies, maar ineens werd ik overweldigd door een bijzonder gevoel: geen voldoening maar complete blijdschap. Het was hetzelfde gevoel als ik had ervaren in het Museum of Natural History en tijdens het cocktails maken. Rosie en ik begonnen weer te dansen, en dit keer probeerde ik echt te voelen hoe mijn lichaam meebewoog op het ritme van het liedje uit mijn jeugd, en hoe Rosie op dezelfde maat danste.

Toen de muziek was afgelopen, klapte iedereen nogmaals.

Ik zocht naar Bianca, mijn date. Ze stond vlak bij de uitgang, naast Gene. Ik dacht dat ze blij zou zijn dat het probleem was opgelost, maar zelfs van deze afstand en met mijn slechte vaardigheden in het interpreteren van gezichtsuitdrukkingen, kon ik zien dat ze woedend was. Ze draaide zich om en vertrok.

De rest van de avond was ongelooflijk. De hele sfeer was veranderd, door die ene dans. Iedereen kwam naar Rosie en mij toe om ons te complimenteren. De fotograaf gaf ons ieder een gratis foto. Stefan vertrok al vroeg. Gene bestelde dure champagne aan de bar, en we dronken een paar glazen met hem en Klara, een Hongaarse promovendus natuurkunde. Rosie en ik dansten nog een keer, en daarna danste ik met bijna alle vrouwen op het bal. Ik vroeg Gene of ik de decaan of haar partner ook moest uitnodigen, maar die vraag ging zelfs zijn sociale expertise te boven. Uiteindelijk deed ik het maar niet, aangezien de decaan zichtbaar in een slecht humeur was. Het publiek had te kennen gegeven dat ze liever wilden dansen dan naar haar geplande toespraak te luisteren.

Aan het eind van de avond speelde de band een wals. Toen deze was afgelopen, keek ik om me heen en zag dat alleen Rosie en ik nog op de dansvloer stonden. Weer werd er geapplaudisseerd. Pas later realiseerde ik me dat ik langdurig lichamelijk contact had gehad met een ander mens zonder me ongemakkelijk te voelen. Dat schreef ik toe aan het feit dat ik me vooral had geconcentreerd op het correct uitvoeren van de danspassen.

‘Zullen we een taxi delen?’ vroeg Rosie.

Dat leek me een verstandige besparing van fossiele brandstoffen.

In de taxi zei Rosie tegen me: 'Je had op verschillende ritmes moeten oefenen. Je bent toch niet zo slim als ik dacht.'

Ik staarde slechts uit het raam van de taxi.

Toen zei ze: 'Nee. Dat kan toch niet waar zijn. Je hebt op verschillende ritmes geoefend, of niet? Dat is nog veel erger. Je zet jezelf dus nog liever voor de hele zaal voor schut dan dat je haar zou moeten vertellen dat je geen interesse in haar hebt.'

'Dat zou extreem ongemakkelijk zijn geweest. Ik had geen reden om haar af te wijzen.'

'Behalve dan dat je niet met een parkiet wilt trouwen,' zei Rosie.

Dat vond ik enorm grappig, ongetwijfeld vanwege de alcohol en de ontlading na alle stress. We moesten allebei enige minuten lachen, en Rosie raakte zelfs een paar keer mijn schouder aan. Dat vond ik niet erg, maar toen we stopten met lachen, voelde ik me weer ongemakkelijk. Ik wendde mijn blik af.

'Jij bent echt ongelooflijk,' zei Rosie. 'Kijk me eens aan als ik tegen je praat.'

Ik bleef uit het raam staren. Ik was al overprikkeld. 'Ik weet hoe je eruitziet.'

'Wat voor kleur ogen heb ik dan?'

'Bruin.'

'Bij mijn geboorte waren ze blauw,' zei ze. 'Babyblauw. Zoals mijn moeders ogen. Ze was Iers, maar ze had blauwe ogen. Later werden ze bruin.'

Ik keek naar Rosie. Dit was onvoorstelbaar.

'Zijn je moeders ogen van kleur veranderd?'

'M*íj*n ogen. Dat gebeurt wel vaker bij baby's. Dat was het

moment waarop mijn moeder zich realiseerde dat Phil niet mijn vader was. Zij had blauwe ogen en Phil ook. Ze besloot het tegen hem te zeggen. Ik mag blij zijn dat hij geen leeuw was.'

Ik had moeite Rosies opmerkingen te begrijpen, ongetwijfeld vanwege de effecten van de alcohol en haar bedwelmende parfum. Maar ze had me de gelegenheid gegeven om het gesprek op een veilig onderwerp te houden. De erfelijkheid van genetisch bepaalde kenmerken zoals de kleur ogen is complexer dan men over het algemeen denkt, en ik wist zeker dat ik lang genoeg over dit onderwerp kon praten om ons de rest van de autorit bezig te houden. Maar ik realiseerde me dat dit een defensieve actie was en dat het nogal onbeleefd zou zijn, aangezien Rosie het risico had genomen zichzelf voor schut te zetten en haar relatie met Stefan te schaden, alleen om mij te helpen.

Ik herhaalde Rosies opmerking nog eens in mijn hoofd: ik mag blij zijn dat hij geen leeuw was. Ik nam aan dat dit verwees naar ons gesprek op de avond van de Balkonmaaltijd, toen ik haar had verteld dat leeuwen de welpen van eerdere rivalen doden. Misschien wilde ze over Phil praten. Dat kon voor mij ook wel interessant zijn. De motivatie voor het Vader Project kwam immers geheel voort uit Phils falen in zijn rol als vader. Maar Rosie had daar nog geen concreet bewijs voor gegeven, buiten het feit dat hij een onpraktisch voertuig bezat, een afkeer had van alcohol, en dat hij haar ooit eens een sieradendoosje had gegeven.

'Was hij gewelddadig?' vroeg ik.

'Nee.' Ze zweeg even. 'Hij was gewoon... niet te peilen. Het ene moment was ik het meest bijzondere kind ter wereld, het volgende moment wilde hij me niet in de buurt hebben.'

Dat klonk nogal algemeen en leek nauwelijks reden voor

een grootschalig DNA-onderzoek. 'Kun je een voorbeeld geven?'

'Waar zal ik eens beginnen? Oké, de eerste keer was toen ik tien was. Hij beloofde me mee te nemen naar Disneyland. Ik had het de hele school verteld. En ik maar wachten en wachten, maar we zijn nooit geweest.'

De taxi stopte voor een rij flatgebouwen. Rosie bleef praten, starend naar de achterkant van de bestuurdersstoel. 'Dus ik heb nogal moeite met afwijzing.' Ze draaide zich naar mij toe. 'Hoe ga jij daarmee om?'

'Ik heb daar nooit mee te maken gehad,' zei ik. Dit was niet het moment om een nieuw onderwerp aan te snijden.

'Onzin,' zei Rosie. Het leek erop dat ik eerlijk zou moeten antwoorden. Ik zat immers naast iemand met een masterstitel in psychologie.

'Ik had wel wat problemen op school,' zei ik. 'Vandaar de oosterse vechtsporten. Maar ik heb inmiddels enkele nietgewelddadige technieken ontwikkeld om met lastige sociale situaties om te gaan.'

'Zoals vanavond.'

'Ik benadruk de dingen waar mensen om moeten lachen.'

Rosie zei niets. Ik wist dat dit een therapeutische techniek was om me verder te laten uitweiden, maar ik wist niet hoe ik hier onderuit moest komen.

'Ik had niet veel vrienden. Nul, eigenlijk, buiten mijn zus. Helaas is ze twee jaar geleden overleden door medische nalatigheid.'

'Wat is er gebeurd?' vroeg Rosie zachtjes.

'Een niet vastgestelde buitenbaarmoederlijke zwangerschap.'

'O, Don,' zei Rosie meelevend. Ik merkte dat ik de juiste

persoon had uitgekozen om in vertrouwen te nemen.

'Had ze... een relatie?'

'Nee.' Ik anticipeerde al op haar volgende vraag. 'We hebben de verwekker nooit achterhaald.'

'Hoe heette ze?'

Dat leek op het eerste gezicht een onschuldige vraag, hoewel ik niet inzag waarom Rosie de naam van mijn zus zou moeten weten. De indirecte verwijzing in Rosies vraag was ondubbelzinnig, aangezien ik maar één zus had. Maar ik voelde me erg ongemakkelijk. Het duurde even voordat ik me realiseerde waarom. Hoewel het geen bewust besluit was, had ik de naam van mijn zus niet meer genoemd sinds haar dood.

'Michelle,' zei ik tegen Rosie. Daarna zwegen we allebei een tijdje.

De taxichauffeur kuchte overdreven. Ik nam aan dat hij niet om een biertje vroeg.

'Wil je mee naar binnen komen?' vroeg Rosie.

Ik voelde me overweldigd. De ontmoeting met Bianca, het dansen, de afwijzing van Bianca, sociale overbelasting, het bespreken van persoonlijke zaken... en net nu ik dacht dat deze beproeving voorbij was, leek Rosie voor te stellen om nog verder te praten. Ik wist niet of ik dat wel aankon.

'Het is al erg laat,' zei ik. Ik wist zeker dat dit een sociaal geaccepteerde manier was om te zeggen dat ik naar huis wilde.

'De taxitarieven gaan in de ochtend weer omlaag.'

Als ik haar opmerking correct interpreteerde, dan bevond ik mij nu op onbekend terrein. Ik moest er zeker van zijn dat ik haar niet verkeerd begreep.

'Nodig je me uit om vannacht bij je te blijven slapen?'

'Misschien. Maar eerst moet je mijn levensverhaal aanhoren.'

Warning! Danger, Will Robinson. Unidentified alien approaching! Ik voelde mezelf wegzakken in een emotionele afgrond. Ik wist maar net kalm genoeg te blijven om te kunnen antwoorden.

'Helaas heb ik een reeks activiteiten gepland staan in de ochtend.' Mijn routine, mijn normale schema.

Rosie deed het taxiportier open. Ik hoopte dat ze zou uitstappen. Maar ze had nog meer te zeggen.

'Don, mag ik je iets vragen?'

'Eén vraag.'

'Vind je me aantrekkelijk?'

Gene zei me zondags dat ik verkeerd had geantwoord. Maar hij was niet degene die een taxi deelde met de mooiste vrouw ter wereld, na een avond van totale zintuiglijke overprikkeling. Ik dacht dat ik het er wel aardig van af had gebracht. Ik signaleerde de strikvraag. Ik wilde dat Rosie me leuk zou vinden, en ik herinnerde me haar gepassioneerde betoog over mannen die vrouwen als objecten behandelden. Ze was me aan het testen, om te zien of ik haar als object zag, of als persoon. Dat laatste was uiteraard het juiste antwoord.

'Daar heb ik niet echt op gelet,' zei ik tegen de mooiste vrouw ter wereld.

18

Ik sms'te Gene vanuit de taxi. Het was 01.08 uur, maar hij was tegelijk met mij van het bal vertrokken en woonde verder weg. 'Dringend. Morgenochtend om 06.00 uur hardlopen.' Gene sms'te terug: 'Zondagochtend om 8 uur. Neem Bianca's contactinfo mee.' Ik wilde al aandringen op een eerdere afspraak, maar realiseerde me toen dat ik de tijd goed kon benutten om mijn gedachten op orde te krijgen.

Het leek wel duidelijk dat Rosie me bij haar thuis had uitgenodigd om seks te hebben. Het was de juiste beslissing geweest om die situatie te vermijden. We hadden allebei een substantiële hoeveelheid champagne gedronken, en het is algemeen bekend dat overmatige alcoholconsumptie kan leiden tot onverstandige besluiten omtrent seks. Daar wist Rosie alles van. Haar moeders besluit tot overspel, ongetwijfeld gestimuleerd door alcohol, bezorgde Rosie nog steeds veel leed.

Mijn eigen seksuele ervaring was beperkt. Gene had gezegd dat het gebruikelijk was om te wachten tot de derde date, maar ik was nooit verder gekomen dan de eerste. Rosie en ik hadden technisch gezien ook maar één date gehad: de avond van het Jas Incident en de Balkonmaaltijd.

Ik maakte geen gebruik van de diensten van bordelen; niet omdat ik morele bezwaren had, maar omdat ik het een onsmakelijk idee vond. Dit was geen rationeel argument, maar aangezien het genot dat ik zocht slechts primitief was, was een primitief argument voldoende.

Maar nu leek ik kans te hebben op 'ongebonden seks', zoals Gene het zou noemen. De vereiste voorwaarden waren aanwezig: Rosie en ik hadden duidelijk vastgesteld dat we beiden niet geïnteresseerd waren in een liefdesrelatie, waarna Rosie had aangegeven dat ze seks met me wilde. Wilde ik seks met Rosie? Er leek geen logische reden te zijn om dit niet te doen, dus ik was vrij om me over te geven aan mijn primitieve verlangens. Het antwoord was overduidelijk 'ja'. Nu ik een volkomen rationeel besluit had genomen, kon ik aan niets anders meer denken.

Op zondagochtend wachtte ik Gene op voor zijn huis. Ik had Bianca's contactgegevens meegenomen en had haar nationaliteit nagekeken: Panamees. Gene was erg blij met dit laatste.

Hij wilde alles weten over mij en Rosie, maar ik had besloten dat het verspilde moeite zou zijn om het twee keer te moeten uitleggen: ik zou het hem en Claudia tegelijk vertellen. Aangezien ik niets anders te bespreken had en aangezien Gene moeite had om te praten en hard te lopen tegelijk, brachten we de volgende zevenenveertig minuten in stilte door.

Toen we terugkeerden naar Gene's huis, waren Claudia en Eugenie aan het ontbijten.

Ik ging zitten en zei: 'Ik heb wat advies nodig.'

'Kan het niet wachten?' vroeg Claudia. 'We moeten Eugenie naar paardrijden brengen en daarna hebben we een brunchafspraak.'

'Nee. Ik heb misschien een sociale blunder begaan. Ik heb een van Gene's regels overtreden.'

Gene zei: 'Don, ik denk dat de Panamese vogel is gevlogen. Dat zeg ik uit ervaring.'

'De regel heeft betrekking op Rosie, niet op Bianca. "Verspeel geen enkele kans om seks te hebben met een vrouw van onder de dertig."'

'Heeft Gene dat tegen je gezegd?' vroeg Claudia.

Carl was de kamer binnengekomen. Ik zette me schrap voor zijn gebruikelijke aanval, maar hij bleef staan en keek naar zijn vader.

'Het leek me verstandig om jou te raadplegen omdat jij een psycholoog bent, en Gene omdat hij uitgebreide praktijkervaring heeft opgedaan,' zei ik.

Gene keek naar Claudia, en toen naar Carl.

'In mijn jongere jaren, die ik heb vergooid,' zei hij. 'Maar niet in mijn tienertijd.' Hij draaide zich weer naar mij toe. 'Ik denk dat dit wel kan wachten tot morgen tijdens de lunch.'

'Maar Claudia dan?' vroeg ik.

Claudia stond op van tafel. 'Gene heeft vast een goed antwoord op al je vragen.'

Dat was bemoedigend om te horen, zeker van zijn vrouw.

'Wat heb je gezegd?' vroeg Gene. We zaten te lunchen in de University Club, zoals gepland.

'Ik zei dat ik niet op haar uiterlijk had gelet. Ik wilde haar niet het idee geven dat ik haar als object zag.'

'Jezus,' zei Gene. 'Die ene keer dat jij eens nadenkt voordat je iets zegt, is precies de enige keer dat je dat niet had moeten doen.'

'Dus ik had moeten zeggen dat ze mooi was?' vroeg ik ongelovig.

'Juist, in één keer goed,' zei Gene. Dat was niet waar, want het probleem was juist dat ik niet meteen goed had geantwoord. 'Dat verklaart de taart.'

Blijkbaar keek ik hem niet-begrijpend aan. Met goede reden.

'Ze zat chocoladetaart te eten. Aan haar bureau. Als ontbijt.'

Dat leek me een ongezonde keuze, aansluitend bij het roken, maar niet direct een teken van neerslachtigheid. Gene verzekerde me echter dat ze dit deed om zichzelf op te vrolijken.

Nadat ik Gene de benodigde achtergrondinformatie had gegeven, legde ik hem mijn probleem voor.

'Je zegt dat ze niet De Ware is,' zei Gene. 'Geen levenspartner.'

'Totaal ongeschikt. Maar ze is extreem aantrekkelijk. Als ik ongebonden seks met iemand zou willen hebben, dan is zij de perfecte kandidaat. Zij heeft ook geen gevoelens voor mij.'

'Waarom dan al die stress?' vroeg Gene. 'Je hebt toch al eerder seks gehad?'

'Uiteraard,' zei ik. 'Mijn huisarts zegt ook dat dat goed voor je is.'

'De onontgonnen gebieden der geneeskunde.'

Waarschijnlijk maakte hij een grapje. Volgens mij zijn de voordelen van regelmatige seks al enige tijd bekend.

Ik verklaarde me nader. 'Ik denk alleen dat het toch wat ingewikkelder wordt wanneer je een tweede persoon toevoegt.'

'Uiteraard,' zei Gene. 'Dat had ik kunnen bedenken. Waarom zoek je daar geen boek over op?'

De informatie was ook beschikbaar op internet, maar na het bekijken van enkele resultaten met de zoekterm 'seksuele posities' was ik ervan overtuigd dat een boek relevanter lesmateriaal zou bieden, met minder overbodige informatie.

Het kostte me geen moeite een geschikt boek te vinden. Eenmaal terug in mijn kantoor koos ik een willekeurige positie uit. Deze heette de Omgekeerde Cowgirlpositie (variant 2). Ik probeerde het uit. Simpel. Maar zoals ik ook tegen Gene had gezegd: het probleem was de betrokkenheid van een tweede persoon. Ik haalde het skelet uit de kast en positioneerde het boven op me, volgens de tekening in het boek.

Binnen de universiteit geldt de regel dat mensen altijd eerst aankloppen voordat ze de deur opendoen. In mijn geval overtreedt Gene deze regel wel eens, maar we zijn dan ook goede vrienden. De decaan beschouw ik echter niet als een goede vriendin. Het was een ongemakkelijk moment, vooral omdat de decaan vergezeld werd door een andere persoon, maar het was volledig haar schuld. Gelukkig had ik mijn kleren aangehouden.

'Don,' zei ze, 'als ik je even mag storen bij het repareren van dat skelet, zou ik je graag voorstellen aan dokter Peter Enticott van de Medische Onderzoeksraad. Ik heb hem verteld over je onderzoek naar cirrose en hij wilde je graag ontmoeten. Hij overweegt kapitaal in te brengen.' Ze benadrukte die laatste woorden alsof ik zo onbekend was met de universitaire politiek dat ik zou vergeten dat alles voor haar om financiering draaide. Dat zou ik ook haast vergeten.

Ik herkende Peter meteen. Hij was de voormalige kandidaat-vader die bij Deakin University werkte en die aanleiding was geweest voor de diefstal van het kopje. Hij herkende mij ook.

'Don en ik hebben elkaar al eens ontmoet,' zei hij. 'Zijn partner overweegt zich aan te melden voor de studie geneeskunde. En we hebben elkaar recentelijk bij een sociale gelegenheid gezien.' Hij knipoogde naar me. 'Volgens mij betaalt u uw academisch personeel te weinig.'

We hadden een goed gesprek over mijn werk met alcoholistische muizen. Peter leek zeer geïnteresseerd en ik moest hem er herhaaldelijk van verzekeren dat ik het onderzoek zo had opgezet dat externe financiering niet nodig was. De decaan maakte handgebaren en trok allerlei gezichten. Vermoedelijk wilde ze me aansporen om te doen alsof mijn onderzoek wel fondsen nodig had, zodat zij het geld kon doorsluizen naar enkele projecten die op eigen kracht geen financiering konden krijgen. Ik besloot te doen alsof ik haar niet begreep, maar het enige resultaat was dat ze nog driftiger begon te gebaren. Pas na afloop realiseerde ik me dat ik het boek met seksuele posities niet opengeslagen op de grond had moeten laten liggen.

Ik besloot dat tien posities wel voldoende zouden zijn om te beginnen. Ik kon er altijd nog meer leren als het eerste samenzijn succesvol was. Het kostte niet veel tijd, minder dan het leren van de chachacha. Als men de kosten tegen de baten opwoog, leek seks sterk de voorkeur te genieten boven dansen. Ik keek er erg naar uit.

Ik ging bij Rosie langs op haar werkplek. De werkruimte voor promovendi was een raamloos vertrek met bureaus langs de muren. Ik telde acht promovendi, inclusief Rosie en Stefan, wiens bureau naast dat van Rosie stond.

Stefan wierp me een vreemde glimlach toe. Ik vertrouwde hem nog steeds niet.

'Je staat overal op Facebook, Don.' Hij draaide zich naar Rosie toe. 'Je moet je relatiestatus updaten.'

Op zijn scherm zag ik een spectaculaire foto van Rosie en mij terwijl we aan het dansen waren, vergelijkbaar met de foto die de fotograaf me had gegeven en die nu thuis naast mijn computer stond. Je zag hoe ik Rosie ronddraaide, en haar gezichtsuitdrukking wees op extreme blijdschap. Ik was niet officieel getagd aangezien ik geen Facebookaccount had (ik heb geen interesse in sociale media), maar onze namen stonden in het bijschrift: PROF. DON TILLMAN VAN GENETICA EN ROSIE JARMAN, PROMOVENDUS PSYCHOLOGIE.

'Ik wil er niet over praten,' zei Rosie.

'Vind je het geen mooie foto?' Dat leek me een slecht teken.

'Het gaat om Phil. Ik wil niet dat hij dit ziet.'

Stefan zei: 'Denk je dat je vader de hele dag alleen maar op Facebook zit te kijken?'

'Wacht maar tot hij belt,' zei Rosie. '"Hoeveel verdient hij?", "Doe je het met hem?", "Hoeveel kan hij bankdrukken?"'

'Niet zo vreemd dat een vader zulke vragen stelt over een man die iets met zijn dochter heeft,' zei Stefan.

'Ik heb niets met Don. We hebben een taxi gedeeld. Meer niet. Toch, Don?'

'Correct.'

Rosie draaide zich weer naar Stefan toe. 'Dus steek die theorie van je maar daar waar die thuishoort. Permanent.'

'Ik moet je onder vier ogen spreken,' zei ik tegen Rosie.

Ze keek me recht aan. 'Ik zou niet weten wat we per se onder vier ogen zouden moeten bespreken.'

Dat leek me vreemd. Maar misschien dat zij en Stefan informatie deelden op dezelfde manier als Gene en ik. Stefan had haar immers naar het bal begeleid.

'Ik heb nog eens nagedacht over je aanbod tot seks,' zei ik.

Stefan sloeg zijn hand voor zijn mond. Er viel een behoorlijk lange stilte van zo'n zes seconden, schatte ik.

Toen zei Rosie: 'Don, dat was een grapje. Een grapje.'

Ik snapte er niets van. Ik kon me voorstellen dat ze misschien van gedachten was veranderd. Wellicht dat mijn antwoord op de vraag over haar uiterlijk fataal was geweest. Maar een grapje? Ik was toch zeker niet zo ongevoelig voor sociale signalen dat ik helemaal had gemist dat ze een grapje maakte? Nee, wacht, dat zou best kunnen. Ik was er in het verleden ook niet altijd in geslaagd grapjes op te merken. Dat gebeurde me zelfs regelmatig. Een grapje. Ik had me zorgen gemaakt over een grapje.

'O. Wanneer zullen we afspreken voor dat andere project?'

Rosie keek omlaag naar haar bureau. 'Er is geen ander project.'

19

Een week lang deed ik mijn best mijn normale ritme weer op te pakken. Ik besteedde de tijd die vrijkwam door Eva de schoonmaakster en door de stopzetting van het Vader Project aan het inhalen van mijn gemiste karate- en aikidotrainingen.

De sensei, vijfde dan, een man van weinig woorden die al helemaal weinig zei tegen leerlingen met een zwarte band, nam me apart toen ik me in de dojo uitleefde op de stootzak.

'Iets heeft je heel kwaad gemaakt,' zei hij. Meer niet.

Hij kende me goed genoeg om te weten dat ik me niet door een emotie zou laten verslaan wanneer ik deze eenmaal had geïdentificeerd. Maar het was goed van hem om me erop aan te spreken, want ik had me niet gerealiseerd dat ik kwaad was.

Ik was wel even boos geweest op Rosie, omdat ze me onverwacht iets had geweigerd wat ik wilde. Maar toen werd ik boos op mezelf vanwege mijn sociale incompetentie, waarmee ik Rosie ongetwijfeld in verlegenheid had gebracht.

Ik deed verscheidene pogingen om contact op te nemen met haar, maar ik kreeg telkens haar voicemail. Uiteindelijk liet ik een bericht achter: 'Stel dat je leukemie krijgt en geen geschikte beenmergdonor kunt vinden? Je biologische vader zou een uitstekende kandidaat zijn en zou sterk gemotiveerd zijn te helpen. Het stopzetten van het project kan de dood tot gevolg hebben. Er zijn nog maar elf kandidaten over.'

Ze belde me niet terug.

'Zulke dingen gebeuren,' zei Claudia tijdens onze derde koffieafspraak in vier weken tijd. 'Je begint iets met een vrouw, het pakt niet goed uit...'

Dus dat was het. Ik was iets 'begonnen' met Rosie, op mijn eigen manier.

'Wat kan ik eraan doen?'

'Het is niet makkelijk,' zei Claudia, 'maar iedereen zal je hetzelfde advies geven. Je moet verdergaan. Er komt wel weer iets nieuws op je pad.'

Claudia's redenering, gebaseerd op gedegen theoretische grondbeginselen en ruime professionele ervaring, was duidelijk superieur aan mijn eigen irrationele gevoelens. Maar toen ik erover nadacht, realiseerde ik me dat haar advies, en in feite het gehele vakgebied van de psychologie, gebaseerd was op onderzoeksresultaten van normale mensen. Ik ben me er terdege van bewust dat ik enkele ongewone karaktereigenschappen bezit. Was het mogelijk dat Claudia's advies niet geschikt was voor mij?

Ik kwam tot een compromis. Ik zou het Echtgenote Project voortzetten. Als (en alleen als) ik daarnaast nog tijd overhad, dan zou ik dat aan het Vader Project besteden en hier in mijn eentje mee verdergaan. Als ik Rosie kon vertellen wie haar vader was, dan zouden we misschien weer vrienden worden.

Naar aanleiding van het Bianca Fiasco paste ik mijn vragenlijst aan en voegde striktere criteria toe. Ik nam vragen op over dansen, racketsporten en bridge, ter eliminatie van kandidaten voor wie ik me zou moeten bekwamen in nutteloze activiteiten. Daarnaast verhoogde ik de moeilijkheidsgraad van de wiskundige, natuurkundige en genetische vragen. En antwoord 'C. Met mate' werd het enige acceptabele antwoord op de vraag over alcohol. Ik regelde dat de ingevulde vragenlijsten rechtstreeks naar Gene gingen, die zich ondertussen schuldig maakte aan de aloude praktijk van het hergebruiken van data. Hij zou me inlichten als iemand aan mijn criteria voldeed. Aan alle criteria.

Bij gebrek aan kandidaten voor het Echtgenote Project dacht ik diep na over de beste manier om DNA-monsters te verzamelen voor het Vader Project.

Het antwoord schoot me te binnen toen ik een kwartel stond te fileren. De kandidaten waren allemaal artsen, die vermoedelijk wel bereid zouden zijn om deel te nemen aan een genetisch onderzoek. Ik hoefde alleen maar een plausibel excuus te bedenken om ze om hun DNA te vragen. Dankzij mijn voorbereidingen voor de lezing over asperger had ik een goed excuus.

Ik pakte de lijst met de elf namen erbij. Van twee van hen was bevestigd dat ze waren overleden. Dus bleven er nog negen over, van wie er zeven in het buitenland woonden, wat hun afwezigheid op de reünie verklaarde. De overige twee hadden echter een telefoonnummer uit de regio. Een van hen was het hoofd van het Medisch Onderzoeksinstituut van mijn eigen universiteit. Hem belde ik eerst.

'Met de secretaresse van professor Lefebvre,' zei een vrouwenstem.

'U spreekt met professor Tillman van de afdeling Genetica. Ik wil professor Lefebvre graag uitnodigen om deel te nemen aan een onderzoeksproject.'

'Professor Lefebvre is op sabbatical in de Verenigde Staten. Hij komt over twee weken terug.'

'Uitstekend. Het project heet: "Genetische aanleg voor

autisme onder hoog presterende individuen". Hij moet een vragenlijst invullen en een DNA-monster geven.'

Twee dagen later was ik erin geslaagd alle negen nog levende kandidaten op te sporen en had ik hun een wangschraper opgestuurd plus een vragenlijst, gebaseerd op de onderzoeksverslagen over asperger. De vragen waren irrelevant, maar noodzakelijk om het onderzoek geloofwaardig te laten lijken. In mijn bijgesloten brief introduceerde ik mezelf als professor in de genetica aan een prestigieuze universiteit. Terwijl ik wachtte op de resultaten, ging ik op zoek naar verwanten van de twee overleden artsen.

Op internet vond ik een overlijdensbericht van dokter Gerhard von Deyn, gestorven aan een hartaanval. Zijn dochter werd erin genoemd. Ze was geneeskundestudent op het moment van zijn overlijden. Het kostte me geen moeite dokter Brigitte von Deyn op te sporen en ze wilde graag meedoen aan het onderzoek. Simpel.

Geoffrey Case vormde een veel grotere uitdaging. Hij was een jaar na zijn afstuderen overleden. Ik had zijn persoonlijke informatie al overgenomen van de reüniewebsite. Hij was niet getrouwd en had (voor zover bekend) geen kinderen.

Ondertussen begonnen de DNA-monsters binnen te druppelen. Twee artsen, beiden uit New York, wilden niet deelnemen. Waarom zouden medici niet meedoen aan een belangrijk onderzoek? Hadden ze iets te verbergen? Zoals een buitenechtelijke dochter uit dezelfde stad als waar het verzoek vandaan kwam? Maar als ze een vermoeden hadden over mijn onderliggende motieven, dan hadden ze me ook het DNA van een vriend kunnen sturen. Weigering was in ieder geval beter dan oplichting.

Zeven kandidaten, inclusief de dochter van dokter Von

Deyn, stuurden DNA-monsters terug. Geen van hen was Rosies vader of halfzus. Toen professor Simon Lefebvre terugkeerde van zijn sabbatical, wilde hij me persoonlijk ontmoeten.

'Ik ben hier om een pakketje op te halen van professor Lefebvre,' zei ik tegen de receptioniste van het stadsziekenhuis waar hij werkte. Ik hoopte zo een daadwerkelijke ontmoeting en ondervraging te vermijden. Ik had geen succes. Ze drukte op de intercom en noemde mijn naam. Even later verscheen professor Lefebvre. Ik nam aan dat hij ongeveer vierenvijftig was; ik had de afgelopen dertien weken al veel vierenvijftigjarigen ontmoet. Hij had een grote envelop bij zich, vermoedelijk met de vragenlijst, die meteen in de prullenbak kon, en met zijn DNA-monster.

Toen hij tegenover me stond, probeerde ik de envelop aan te pakken, maar hij stak zijn andere hand uit om mij te groeten. Het was wat ongemakkelijk, maar het eindresultaat was dat we elkaar de hand schudden en dat hij de envelop nog steeds vasthield.

'Simon Lefebvre,' zei hij. 'En, wat wilt u nu echt?'

Dit was een volkomen onverwachte vraag. Waarom zou hij aan mijn motieven twijfelen?

'Uw DNA,' zei ik. 'En de vragenlijst. Voor een groot onderzoek. Uiterst belangrijk.' Ik voelde me gestrest en dat klonk ongetwijfeld door in mijn stem.

'Dat zal best.' Simon begon te lachen. 'En dan kiest u toevallig het hoofd van het Medisch Onderzoeksinstituut uit als willekeurige proefpersoon?'

'We waren op zoek naar mensen die veel hebben bereikt.'

'Waar is Charlie dit keer op uit?'

'Charlie?' Ik kende geen Charlie.

'Goed,' zei hij. 'Domme vraag. Hoeveel moet ik investeren?'

'Er hoeft niets te worden geïnvesteerd. Er is geen Charlie bij betrokken. Ik heb alleen uw DNA nodig... en de vragenlijst.'

Simon begon weer te lachen. 'U hebt mijn interesse gewekt. Zeg dat maar tegen Charlie. Stuur me de projectomschrijving maar door. En de goedkeuring van de ethische commissie. De hele rataplan.'

'Krijg ik dan mijn DNA-monster?' vroeg ik. 'Een hoge respons is cruciaal voor de statistische analyse.'

'Stuur me de papieren maar.'

Het verzoek van Simon Lefebvre was volkomen redelijk. Helaas beschikte ik niet over het benodigde papierwerk, aangezien het om een fictief project ging. Het opstellen van een geloofwaardig onderzoeksvoorstel zou mogelijk wel honderden uren werk kosten.

Ik probeerde een inschatting te maken van de kans dat Simon Lefebvre de vader van Rosie was. Er waren nog vier niet-geteste kandidaten: Lefebvre, Geoffrey Case (overleden) en de twee New Yorkers, Isaac Esler en Solomon Freyberg. Op basis van Rosies informatie had elk van hen vijfentwintig procent kans om haar vader te zijn. Maar nu we al zo ver waren gekomen zonder positieve uitslag, moest ik andere mogelijkheden in overweging nemen. Twee van onze resultaten waren gebaseerd op verwanten in plaats van directe tests. Het was mogelijk dat een van hen, of beiden, het resultaat waren van buitenechtelijke seks, net als Rosie. Gene zegt altijd dat dit vaker voorkomt dan men denkt. En dan bestond er ook nog de mogelijkheid dat een of meer van de respondenten van mijn fictieve onderzoek opzettelijk een vals monster had opgestuurd.

Ik moest ook in aanmerking nemen dat Rosies moeder wellicht had gelogen. Het duurde even voordat ik dit had bedacht, aangezien ik er standaard van uitga dat mensen eerlijk zijn. Maar misschien was Rosies echte vader niet zo gerenommeerd en wilde haar moeder liever dat Rosie dacht dat haar echte vader ook een arts was, net als haar moeder. Alles bij elkaar schatte ik de kans dat Simon Lefebvre haar vader was op zestien procent. Als ik documentatie zou opstellen voor het aspergeronderzoek, zou ik een enorme hoeveelheid werk moeten verrichten. De kans dat dit ook resultaat zou opleveren was erg klein.

Ik besloot het toch te doen. Het besluit was nauwelijks rationeel te noemen.

Terwijl ik hiermee bezig was, ontving ik een telefoontje van een notaris die me vertelde dat Jasmine was overleden. Ondanks het feit dat ze al een tijdje dood was, merkte ik dat ik me toch onverwacht eenzaam voelde. Onze vriendschap was eenvoudig geweest. Inmiddels was mijn leven een stuk ingewikkelder.

De reden van het telefoontje was dat Jasmine in haar testament een 'kleine geldsom' aan mij had nagelaten, zoals de notaris het noemde. Tienduizend dollar. En er zat ook een brief bij, handgeschreven voordat ze in het verpleegtehuis was gaan wonen, op decoratief briefpapier.

Beste Don,

Bedankt dat je de laatste jaren van mijn leven zo interessant hebt gemaakt. Toen Edward in het verpleegtehuis werd opgenomen, dacht ik niet dat mij nog veel restte. Je zult vast wel weten hoeveel je me hebt geleerd, en hoe interessant onze gesprekken waren, maar wat je misschien niet weet, is dat je ook een geweldige metgezel en steun voor me bent geweest.

Ik heb je ooit eens gezegd dat je een fantastische echtgenoot zou zijn, en dat herhaal ik nu nog maar eens, voor het geval je dat was vergeten. Ik weet zeker dat je de juiste persoon zult vinden, als je maar goed genoeg zoekt. Geef niet op, Don.

Ik weet dat je mijn geld niet nodig hebt, en mijn kinderen wel, maar ik heb je toch een klein bedrag nagelaten. Ik zou het fijn vinden als je dat zou gebruiken voor iets volkomen irrationeels.

Veel liefs,
Je vriendin
Jasmine Speldewind

Het kostte me nog geen tien seconden om een irrationele bestemming voor het geld te bedenken. Meer tijd stond ik mezelf ook niet toe om me ervan te verzekeren dat dit besluit niet werd beïnvloed door enige rationele gedachte.

Het aspergeronderzoeksproject was fascinerend maar zeer tijdrovend. Het uiteindelijke voorstel was indrukwekkend en ik was ervan overtuigd dat ik door het beoordelingsproces zou komen als ik een verzoek om subsidie zou indienen. Ik impliceerde dat ik dit ook had gedaan, al ging ik niet zover dat ik ook een goedkeuringsbrief vervalste. Ik belde Lefebvres secretaresse en legde uit dat ik was vergeten hem de documenten toe te sturen, maar dat ik ze nu persoonlijk zou komen brengen. Ik werd steeds bedrevener in misleiding.

Ik arriveerde bij de receptie, en het proces van het oproepen van Lefebvre werd herhaald. Dit keer had hij geen envelop in zijn hand. Ik probeerde hem de documenten te geven en hij probeerde mij de hand te schudden, wat leidde tot een herhaling van de verwarring van de vorige keer. Lefebvre leek dit wel amusant te vinden. Ik was me ervan bewust dat ik gespannen was. Na zoveel werk wilde ik nu het DNA bemachtigen.

'Gegroet,' zei ik. 'De documentatie, zoals verzocht. Er is aan alle voorwaarden voldaan. Dan heb ik nu uw DNA-monster en de vragenlijst nodig.'

Lefebvre begon weer te lachen en bekeek me van top tot teen. Was er iets vreemds aan mijn verschijning? Ik droeg het T-shirt dat ik om de andere dag aanhad, met een afbeelding van het periodiek systeem erop, een verjaardagscadeautje uit mijn afstudeerjaar. Ik droeg een multifunctionele broek die net zo geschikt was voor wandelen als voor lesgeven, onderzoek doen en het uitvoeren van lichamelijke activiteiten. Plus hardloopschoenen van hoge kwaliteit. De enige fout was dat mijn sokken, die zichtbaar waren onder mijn broek, iets verschilden van kleur, een veelvoorkomende fout wanneer men zich aankleedt bij weinig licht. Maar Simon Lefebvre leek alles amusant te vinden.

'Prachtig,' zei hij. Toen herhaalde hij mijn woorden terwijl hij schijnbaar mijn intonatie probeerde te imiteren: 'Er is aan alle voorwaarden voldaan.' Toen voegde hij er op normale toon aan toe: 'Zeg maar tegen Charlie dat ik beloof het voorstel te lezen.'

Weer die Charlie! Dit was belachelijk.

'Uw DNA,' zei ik dwingend. 'Ik heb het monster nodig.'

Lefebvre begon te lachen alsof ik de beste grap ooit had verteld. De tranen stroomden over zijn wangen. Echte tranen.

'Je hebt mijn dag goedgemaakt.'

Hij pakte een tissue uit een doos op de receptiebalie, veegde zijn tranen weg, snoot zijn neus en gooide de tissue in de prullenbak, waarna hij wegliep met mijn voorstel in zijn hand.

Ik liep naar de prullenbak en viste de tissue eruit.

20

Voor de derde achtereenvolgende dag zat ik met een krant in de leeszaal van de University Club. Het was de bedoeling dat dit toevallig leek. Vanaf mijn plek had ik zicht op de rij bij het buffet waar Rosie soms haar lunch kocht, ook al had ze niet de juiste bevoegdheden om lid te zijn van de University Club. Gene had me deze informatie met tegenzin gegeven.

'Don, ik denk dat het tijd wordt om haar met rust te laten. Straks word je nog gekwetst.'

Ik was het niet met hem eens. Ik kan heel goed met emoties omgaan. Ik was voorbereid op een afwijzing.

Rosie liep naar binnen en sloot aan in de rij. Ik stond op en ging achter haar staan.

'Don,' zei ze. 'Wat toevallig.'

'Ik heb nieuws over het project.'

'Er is geen project. Het spijt me van... de vorige keer dat we elkaar zagen. Shit, zeg! Jij zet mij voor schut en ik bied mijn excuses aan.'

'Excuses aanvaard,' zei ik. 'Je moet met me mee naar New York.'

'Wat? Nee. Nee, Don. Absoluut niet.'

We waren bij de kassa aangekomen zonder iets te eten te hebben gepakt, dus we moesten weer achteraan in de rij aansluiten. Tegen de tijd dat we gingen zitten, had ik het aspergeronderzoeksproject uitgelegd. 'Ik moest een heel voorstel van 371 pagina's schrijven voor een van de professors. Ik ben nu een deskundige op het gebied van idiots savants.'

Het was lastig om Rosies reactie te interpreteren, maar ze leek eerder verbijsterd dan onder de indruk.

'Een deskundige zonder baan als je betrapt wordt,' zei ze. 'Ik neem aan dat hij niet mijn vader bleek te zijn.'

'Correct.' Ik was opgelucht toen Lefebvres monster geen match bleek te zijn, zelfs na alle moeite die ik had gedaan om het te verkrijgen. Ik had al andere plannen gemaakt, en een positief testresultaat zou die in de war hebben gestuurd.

'Er zijn nu nog maar drie kandidaten over. Twee wonen in New York, en beiden hebben geweigerd deel te nemen aan het onderzoek. Daarom heb ik hen gecategoriseerd als lastig, en daarom moet je met me mee naar New York.'

'New York! Don, nee. Nee, nee, nee, nee. Jij gaat niet naar New York en ik ook niet.'

Ik had rekening gehouden met de mogelijkheid dat Rosie zou weigeren. Maar Jasmines erfenis was voldoende om twee tickets te kunnen kopen.

'Indien nodig ga ik alleen. Maar ik weet niet zeker of de sociale kant van het DNA verzamelen me goed af zal gaan.'

Rosie schudde haar hoofd. 'Dit is echt gestoord.'

'Wil je niet weten wie het zijn?' vroeg ik. 'Twee van de drie mannen die mogelijk je vader kunnen zijn?'

'Vertel op.'

'Isaac Esler. Psychiater.'

Ik kon zien dat Rosie diep in haar geheugen groef.

'Misschien. Isaac. Ik denk het wel. Misschien een vriend van iemand. Shit, het is ook zo lang geleden.' Ze zweeg even. 'En?'

'Solomon Freyberg. Chirurg.'

'Toch geen familie van Max Freyberg?'

'Maxwell is zijn tweede voornaam.'

'Shit. Max Freyberg. Woont hij nu in New York? Dat meen je niet. Je zegt dat de kans dat ik zijn dochter ben één op drie is. En de kans dat ik joods ben is twee op drie.'

'Aangenomen dat je moeder de waarheid heeft verteld.'

'Mijn moeder zou hier niet over liegen.'

'Hoe oud was je toen ze stierf?'

'Tien. Ik weet wat je denkt. Maar ik weet dat ik gelijk heb.'

Het was duidelijk niet mogelijk om hier een rationele discussie over te voeren. Ik richtte me op haar andere opmerking.

'Is het erg als je joods zou zijn?'

'Joods is prima. Freyberg is niet prima. Maar als het Freyberg is, dan verklaart dat wel waarom mijn moeder haar mond heeft gehouden. Heb je nooit van hem gehoord?'

'Alleen naar aanleiding van dit project.'

'Als je football volgde, dan zou je hem wel kennen.'

'Was hij een footballer?'

'Een clubvoorzitter. En een vermaarde eikel. Wie is de derde persoon?'

'Geoffrey Case.'

'Mijn god.' Rosie trok wit weg. 'Die is overleden.'

'Correct.'

'Mam had het vaak over hem. Hij had een ongeluk gehad. Of een of andere ziekte, kanker misschien. Iets ergs, uiteraard. Maar ik wist niet dat hij in hetzelfde jaar had gezeten.'

Ik realiseerde me nu hoe onzorgvuldig we dit project hadden aangepakt, vooral gezien de vele misverstanden die tot tijdelijke stopzettingen hadden geleid, waarna we de boel weer hadden hervat. Als we aan het begin alle namen hadden doorgenomen, dan zouden we zulke logische mogelijkheden niet over het hoofd hebben gezien.

'Weet je nog meer over hem?'

'Nee. Mam was erg verdrietig om wat er met hem was gebeurd. Shit. Het lijkt nu volkomen logisch, of niet? Waarom ze het me niet wilde vertellen.'

Ik vond het helemaal niet logisch.

'Hij kwam van het platteland,' zei Rosie. 'Volgens mij had zijn vader een praktijk in de rimboe.'

Op de website had gestaan dat Geoffrey Case uit Moree kwam, in het noorden van New South Wales, maar dat was vast geen reden voor Rosies moeder om zijn identiteit te willen verbergen als hij de vader was. Het enige andere opvallende kenmerk aan hem was dat hij dood was, dus misschien was dat waar Rosie op doelde: dat haar moeder haar niet wilde vertellen dat haar vader was overleden. Maar dan had haar moeder deze informatie toch met Phil kunnen delen, om door te geven aan Rosie wanneer zij oud genoeg was om dit te kunnen verwerken.

Terwijl we zaten te praten, kwam Gene binnenlopen. Met Bianca! Ze zwaaiden naar ons en liepen toen naar boven naar de besloten eetzaal. Ongelooflijk.

'Walgelijk,' zei Rosie.

'Hij doet onderzoek naar seksuele aantrekkingskracht tussen verscheidene nationaliteiten.'

'Tuurlijk. Ik heb medelijden met zijn vrouw.'

Ik vertelde Rosie dat Gene en Claudia een open huwelijk hadden.

'Die boft,' zei Rosie. 'Ben jij van plan dezelfde deal aan te bieden aan de winnares van het Echtgenote Project?'

'Uiteraard,' zei ik.

'Uiteraard,' zei Rosie.

'Als ze dat zou willen,' voegde ik eraan toe, voor het geval dat Rosie het verkeerd had begrepen.

'Lijkt je dat waarschijnlijk?'

'Als ik een partner zou vinden, wat steeds onwaarschijnlijker lijkt, dan zou ik zelf geen seksuele relatie met een ander willen. Maar ik kan me niet zo goed inleven in andermans behoeften.'

'Vertel mij wat,' zei Rosie, zonder duidelijke reden.

Ik probeerde snel een interessant feitje te bedenken. 'Eh... wist je dat de testikels van darren en wespspinnen exploderen tijdens de seks?'

Het was vervelend dat het eerste wat in me opkwam met seks te maken had. Als promovendus psychologie zou Rosie hier misschien een freudiaanse interpretatie aan verbinden. Maar ze keek me slechts aan en schudde haar hoofd. Toen begon ze te lachen. 'Ik kan een reis naar New York niet betalen. Maar het lijkt me niet veilig om jou in je eentje te laten gaan.'

Er stond een telefoonnummer van ene M. Case geregistreerd in Moree. De vrouw die opnam, vertelde me dat dokter Case senior, wiens naam verwarrend genoeg ook Geoffrey was, enige jaren geleden was overleden. Zijn weduwe Margaret woonde sinds twee jaar in een plaatselijk verpleegtehuis omdat ze alzheimer had. Dat was goed nieuws. Het was beter dat de moeder nog leefde dan de vader. Er is maar zelden onduidelijkheid over de identiteit van de biologische moeder.

Ik had Rosie kunnen meevragen, maar ze had al beloofd mee te gaan naar New York en ik wilde niet het risico lopen een blunder te begaan die dat uitstapje in gevaar zou kunnen brengen. Door mijn ervaring met Jasmine wist ik dat het weinig moeite zou kosten om een DNA-monster te verzamelen van iemand met alzheimer. Ik huurde een auto en pakte wattenstaafjes, een wangschraper, afsluitbare zakjes en een pincet in. Ik nam ook een visitekaartje van de universiteit mee van voordat ik tot professor was gepromoveerd. Dr. Don Tillman krijgt altijd een voorkeursbehandeling in medische instellingen.

Moree ligt op 1230 kilometer van Melbourne. Om 15.43 uur haalde ik de huurauto op, na mijn laatste college op vrijdag. De internetrouteplanner schatte de reistijd op veertien uur en vierendertig minuten, enkele reis.

Toen ik nog studeerde, was ik regelmatig op en neer gereden naar het huis van mijn ouders in Shepparton. Ik had ontdekt dat het lange reizen eenzelfde effect op me had als mijn hardlooprondje over de markt. Onderzoek heeft aangetoond dat de creativiteit toeneemt wanneer iemand eenvoudige, geautomatiseerde taken uitvoert als hardlopen, koken en autorijden. En het is altijd fijn om even ongestoord te kunnen nadenken.

Ik nam de Hume Highway richting het noorden en gebruikte de precieze snelheidsindicator van het navigatiesysteem om de cruisecontrol in te stellen op de exacte snelheidslimiet, in plaats van af te gaan op het kunstmatig verhoogde getal dat de kilometerteller aangaf. Dat zou me enkele minuten schelen, zonder het risico te lopen de wet te overtreden. Eenmaal alleen in de auto had ik het gevoel dat mijn hele leven in een avontuur was veranderd, met als hoogtepunt de reis naar New York.

Ik had besloten geen podcasts af te spelen tijdens de rit, om de cognitieve belasting te verminderen en mijn onderbewustzijn aan te moedigen alle recente input te verwerken. Maar na drie uur merkte ik dat ik me begon te vervelen. Ik besteed vaak maar weinig aandacht aan mijn omgeving, buiten het noodzakelijke om ongelukken te voorkomen, en er was sowieso weinig interessants te zien op de snelweg. De radio zou net zo afleiden als een podcast, dus ik besloot mijn eerste cd te kopen sinds het Bach-experiment. Het benzinestation vlak voor de grens met New South Wales had een beperkte selectie, maar ik herkende een paar albums uit mijn vaders collectie. Ik koos voor *Running on Empty* van Jackson Browne. Ik zette hem op repeat, en het werd de soundtrack voor mijn reis en mijn overpeinzingen van de volgende drie dagen. In tegenstelling tot de meeste mensen voel ik me erg prettig bij herhaling. Het was waarschijnlijk maar goed dat ik alleen reisde.

Aangezien mijn onderbewustzijn nergens mee op de proppen kwam, probeerde ik een objectieve analyse te maken van de status van het Vader Project.

Wat wist ik?

1. Ik had eenenveertig van de vierenveertig kandidaten getest. (Plus een aantal met een afwijkende etnische verschijning.) Ik had geen match gevonden. Het zou kunnen dat een van de zeven respondenten van het aspergeronderzoek een wangschraapsel van iemand anders had opgestuurd, maar dat leek me onwaarschijnlijk. Het zou eenvoudiger zijn om gewoon niet deel te nemen, zoals Isaac Esler en Max Freyberg hadden gedaan.
2. Rosie had vier kandidaten aangewezen die haar moeder had gekend: Eamonn Hughes, Peter Enticott, Alan McPhee en, recentelijk, Geoffrey Case. Ze beschouwde de eerste drie als grote kanshebbers, en dat gold ook voor Geoffrey Case. Hij was nu duidelijk de waarschijnlijkste kandidaat.
3. Het hele project was gebaseerd op de verklaring van Rosies moeder dat de cruciale seksuele handeling op het afstudeerfeest had plaatsgevonden. Het was moge-

lijk dat ze had gelogen omdat de biologische vader een minder gerenommeerde persoon was. Dat zou verklaren waarom ze zijn identiteit niet had onthuld.

4. Rosies moeder had ervoor gekozen bij Phil te blijven. Dit was mijn eerste nieuwe gedachte. Het ondersteunde het idee dat de biologische vader minder aantrekkelijk was, of wellicht al bezet. Het zou interessant zijn om te achterhalen of Esler en Freyberg in die tijd al getrouwd waren geweest of een partner hadden gehad.

5. Geoffrey Case was binnen enkele maanden na de geboorte van Rosie gestorven, vermoedelijk pas kort na het besef dat Phil niet Rosies vader was. Het zou Rosies moeder wellicht wat tijd hebben gekost om een bevestigende DNA-test te regelen, en tegen die tijd was Geoffrey Case mogelijk al dood en dus niet beschikbaar als alternatieve partner.

Dit was een nuttige oefening. Ik had een duidelijker beeld van de status van het project, ik had enkele nieuwe inzichten gekregen en ik was er nu zeker van dat mijn reis gerechtvaardigd was gezien de mogelijkheid dat Geoffrey Case Rosies vader was.

Ik besloot door te rijden tot ik moe was. Dat was een radicaal besluit, aangezien ik normaal gesproken mijn rijtijden indeelde volgens de aanbevelingen uit gepubliceerde onderzoeken naar vermoeidheid. En indien nodig boekte ik op basis daarvan ook altijd accommodatie. Maar ik had het te druk gehad om deze rit te plannen. Niettemin stopte ik elke twee uur voor een rustpauze, en ik merkte dat ik mijn concentratie wist te behouden. Om 23.43 uur bespeurde ik enige vermoeidheid, maar in plaats van te gaan slapen stopte ik bij een benzinestation om te tanken en bestelde ik vier dubbele espresso's. Ik opende het schuifdak en zette het volume van de cd-speler hoger om de vermoeidheid tegen te gaan; en om 07.19 uur zaterdagochtend, met de cafeïne nog rondpompend door mijn lijf, kwamen Jackson Browne en ik in Moree aan.

21

Ik had het adres van het verpleegtehuis in het navigatiesysteem ingevoerd. Eenmaal aangekomen stelde ik me voor als een vriend van de familie.

'Ik vrees dat ze u niet zal herkennen,' zei de verpleegkundige. Daar was ik al van uitgegaan, hoewel ik een plausibel verhaal had voorbereid voor het geval dat nodig zou zijn. De verpleegkundige nam me mee naar een eenpersoonskamer met een eigen badkamer. Mevrouw Case lag te slapen.

'Zal ik haar wakker maken?' vroeg de verpleegkundige.

'Nee. Ik blijf hier wel gewoon even zitten.'

'Dan laat ik u alleen. Roep maar als u iets nodig hebt.'

Ik was bang dat het vreemd zou overkomen als ik al snel weer zou vertrekken, dus ik bleef een tijdje naast het bed zitten. Ik schatte dat Margaret Case zo rond de tachtig was, ongeveer dezelfde leeftijd als Jasmine toen zij naar het verpleegtehuis ging. Gezien het verhaal dat Rosie me had verteld, was het goed mogelijk dat ik hier naar haar grootmoeder zat te kijken.

Margaret Case bleef stil en bewegingloos in haar bed liggen. Ik dacht ondertussen aan het Vader Project. Dit project was alleen mogelijk door de recente technologische ontwikkelingen. Een paar jaar geleden zou Rosies moeder een dergelijk geheim nog voor altijd met zich mee het graf in hebben genomen.

Ik vind het een taak van de wetenschap, van de mensheid, om zo veel mogelijk te ontdekken. Maar ik ben een natuurkundig wetenschapper, geen psycholoog.

Ik zat hier niet te kijken naar een vierenvijftig jaar oude mannelijke medicus die zijn ouderlijke plichten wellicht was ontlopen. Deze vrouw was volkomen hulpeloos. Het zou gemakkelijk zijn om een haarmonster te verkrijgen, of om een wattenstaafje langs haar tandenborstel te halen, maar het voelde verkeerd.

Om deze redenen, en om andere die ik op dat moment niet helemaal begreep, besloot ik geen monster te verzamelen.

Toen werd Margaret Case wakker. Ze deed haar ogen open en keek me recht aan.

'Geoffrey?' zei ze, zachtjes maar duidelijk hoorbaar. Vroeg ze naar haar echtgenoot of naar haar al veel eerder overleden zoon? Nog niet zo lang geleden zou ik zonder nadenken hebben gezegd: 'Die zijn dood'; niet uit boze opzet, maar omdat ik gewend ben te reageren op de feiten en niet op andermans gevoelens. Maar ik was veranderd, en het lukte me deze opmerking te onderdrukken.

Ze moest zich hebben gerealiseerd dat ik niet de persoon was die ze hoopte te zien, want ze begon te huilen. Ze maakte geen geluid, maar ik zag de tranen over haar wangen rollen. Ik pakte automatisch mijn zakdoek en veegde de tranen weg, omdat ik deze situatie al eerder had meegemaakt met Jasmine. Ze deed haar ogen weer dicht. Maar het lot had me mijn DNA-monster bezorgd.

Ik was uitgeput, en tegen de tijd dat ik het verpleegtehuis verliet had ik zelf tranen in mijn ogen van vermoeidheid. Het was pas net herfst, maar het was al aardig warm in de zon, zo ver naar het noorden. Ik ging onder een boom liggen en viel in slaap.

Toen ik wakker werd, zag ik een mannelijke arts in een witte jas over me heen gebogen staan. Even werd ik teruggevoerd naar die nare periode van twintig jaar geleden. Het duurde maar kort. Ik herinnerde me al snel weer waar ik was, en de dokter was alleen maar aan het controleren of ik niet ziek was, of dood. Ik had geen regels overtreden. Het was vier uur en acht minuten geleden dat ik de kamer van Margaret Case had verlaten.

Dit incident herinnerde me op tijd aan de gevaren van vermoeidheid, dus ik plande mijn terugreis een stuk zorgvuldiger. Elk uur nam ik een pauze van vijf minuten, en om 19.06 uur stopte ik bij een motel, at een iets te doorbakken biefstuk en ging naar bed. Doordat ik vroeg ging slapen, kon ik zondag al om 05.00 uur weer verdergaan.

De snelweg voert langs Shepparton. Ik nam de afslag en reed naar het centrum. Ik besloot niet bij mijn ouders op bezoek te gaan. De extra zestien kilometer van de snelweg naar hun huis en weer terug zouden deze toch al vermoeiende reis nog langer maken, met alle risico's van dien. Ik wilde echter wel de stad even zien.

Ik reed langs Tillman Hardware. De winkel was zondags gesloten, dus mijn vader en broer zouden nu thuis zijn bij mijn moeder. Mijn vader was waarschijnlijk foto's recht aan het hangen, en mijn moeder zou mijn broer vragen om zijn klusproject van de eettafel te ruimen zodat ze de tafel kon dekken voor het zondagsdiner. Ik was niet meer langs geweest sinds de begrafenis van mijn zus.

Het benzinestation was open, en ik vulde de tank. Er stond een man van ongeveer vierenvijftig achter de toonbank, BMI ongeveer dertig. Toen ik dichterbij kwam, herkende ik hem en stelde ik zijn leeftijd bij naar negenendertig. Hij had minder haar, had een baard laten staan en was aangekomen, maar het was onmiskenbaar Gary Parkinson, die bij mij op de middelbare school had gezeten. Hij had altijd gezegd dat hij het leger in wilde en wilde reizen. Blijkbaar had hij deze dromen niet verwezenlijkt. Ik werd eraan herinnerd hoeveel geluk ik had gehad dat ik had kunnen vertrekken om mijn leven een nieuwe wending te geven.

'Hé, Don,' zei hij, mij duidelijk ook herkennend.

'Gegroet, GP.'

Hij begon te lachen. 'Je bent niets veranderd.'

Het begon al donker te worden toen ik zondagavond terugkeerde in Melbourne en de huurauto retourneerde. Ik liet de cd van Jackson Browne in de speler zitten.

2472 kilometer volgens het navigatiesysteem. De zakdoek zat veilig in een afsluitbaar zakje opgeborgen, maar dit feit had geen invloed op mijn besluit om Margaret Case niet te testen.

We zouden toch nog naar New York moeten.

Ik had met Rosie op het vliegveld afgesproken. Ze voelde zich nog steeds ongemakkelijk over het feit dat ik haar ticket had betaald, dus ik zei haar dat ze het me kon vergoeden door wat aanmelders voor het Echtgenote Project voor me te selecteren om mee uit te gaan.

'Flikker op,' zei ze.

Het leek erop dat we weer vrienden waren.

Ik kon niet geloven dat Rosie zoveel bagage had meegenomen. Ik had haar gezegd zo weinig mogelijk in te pakken, maar ze overschreed het maximumgewicht van zeven kilo handbagage. Gelukkig kon ik wat van haar overtollige spullen overhevelen naar mijn tas. Ik had mijn ultralichte laptop meegenomen, mijn tandenborstel, mijn scheerapparaat, een extra shirt, een sportbroekje, schoon ondergoed en (irritant genoeg) twee omvangrijke afscheidscadeautjes van Gene en Claudia. Ik had maar één week vrij kunnen krijgen, en zelfs daar had de decaan al moeilijk over gedaan. Het werd steeds duidelijker dat ze op zoek was naar een reden om me te ontslaan.

Rosie was nog nooit in de Verenigde Staten geweest, maar was wel bekend met de procedures van een internationaal vliegveld. Ze was zeer onder de indruk van de speciale behandeling die ik kreeg. We checkten in bij de servicebalie, waar geen rij stond, en werden door de douane naar de businessclasslounge begeleid, hoewel we economyclass vlogen.

Terwijl we champagne dronken in de lounge, legde ik uit dat ik deze speciale behandeling had verdiend door tijdens eerdere vluchten buitengewoon alert te zijn en de regels en procedures streng na te leven, en door een substantiële hoeveelheid nuttige suggesties te doen betreffende check-in-procedures, vluchtschema's, pilotentraining en manieren waarop de beveiligingssystemen konden worden verbeterd. Ik werd niet langer geacht advies te geven, aangezien ik al genoeg had bijgedragen voor 'een leven lang vliegen'.

'Proost, op bijzonder zijn,' zei Rosie. 'En, wat is het plan?'

Planning is uiteraard van cruciaal belang wanneer je op reis gaat. Ik had een rooster van uur tot uur gemaakt (met de uren nog verder onderverdeeld indien nodig) ter vervanging van mijn standaardweekschema. Het bevatte de afspraken die Rosie had gepland met de twee kandidaat-vaders, Esler de psychiater en Freyberg de cosmetisch chirurg. Verbazingwekkend genoeg bleek Rosie geen verdere plannen te hebben gemaakt naast de afspraak om mij op het vliegveld te treffen. Dat betekende dat er in ieder geval geen sprake was van conflicterende roosters die moesten worden verenigd.

Ik opende het rooster op mijn laptop en begon het voor Rosie samen te vatten. Ik was nog niet eens klaar met mijn lijst activiteiten voor tijdens de vlucht toen ze me onderbrak.

'Even doorspoelen, Don. Wat gaan we doen in New York? Tussen het avondeten zaterdag bij de Eslers en de afspraak met Freyberg op woensdag – dat was ook in de avond, toch? Daartussen hebben we vier hele dagen in New York.'

'Zaterdag na het avondeten: te voet naar het Marcy Avenue-metrostation en daar met de J-, M- of Z-lijn naar Delancey Street, overstappen op een F-lijn...'

'Samenvatting, samenvatting. Zondag tot woensdag. Eén zin per dag. Sla het eten, slapen en reizen maar over.'

Dat maakte het makkelijk. 'Zondag: Museum of Natural History; maandag: Museum of Natural History; dinsdag: Museum of Natural History; woensdag...'

'Wacht! Niets zeggen over woensdag. Bewaar dat maar als verrassing.'

'Je kunt het vast al raden.'

'Waarschijnlijk wel,' zei Rosie. 'Hoe vaak ben je al in New York geweest?'

'Dit is mijn derde keer.'

'En ik gok dat dit niet je eerste bezoek is aan het museum?'

'Nee.'

'Wat dacht je dat ik in de tussentijd zou gaan doen?'

'Daar had ik niet over nagedacht. Ik nam aan dat je zelf plannen had gemaakt.'

'Dat is een verkeerde aanname,' zei Rosie. 'Wij gaan New York samen bekijken. Zondag en maandag ben ik de baas. Dinsdag en woensdag ben jij aan de beurt. Als je twee dagen naar het museum wilt, ga ik twee dagen naar het museum.

Met jou. Maar zondag en maandag ben ik de gids.'

'Maar je bent niet bekend in New York.'

'Jij ook niet.' Rosie bracht onze champagneglazen naar de bar om ze opnieuw te laten vullen. Het was pas 09.42 uur in Melbourne, maar ik leefde al op New York-tijd. Toen ze weg was, klapte ik mijn laptop weer open en surfte naar de website van het Museum of Natural History. Ik zou mijn bezoekjes opnieuw moeten plannen.

Rosie keerde terug en kwam meteen veel te dichtbij zitten. Ze klapte mijn laptop dicht! Ongelooflijk. Als ik dat bij een student zou doen die Angry Birds zat te spelen, zou ik de volgende dag naar het kantoor van de decaan worden geroepen. Binnen de hiërarchie van de universiteit ben ik een universitair hoofddocent en is Rosie maar een promovendus. Ik had recht op wat respect.

'Laten we praten,' zei ze. 'We hebben nog geen tijd gehad om over iets anders te praten dan DNA. Nu hebben we een hele week. Ik wil je leren kennen. En als jij straks degene bent die mij gaat vertellen wie mijn vader is, dan moet je ook weten wie ik ben.'

In nog geen vijftien minuten tijd was mijn hele rooster overhoopgegooid en overbodig geworden. Rosie had de controle overgenomen.

Een medewerker van de lounge bracht ons naar het vliegtuig voor de veertienenhalf uur durende vlucht naar Los Angeles. Als gevolg van mijn speciale status hadden Rosie en ik twee stoelen op een rij van drie. Ik word alleen naast andere passagiers gezet wanneer de vlucht vol is.

'Begin maar met je jeugd,' zei Rosie.

Ze hoefde slechts het leeslampje boven mijn hoofd aan te knippen om het scenario van een verhoor compleet te maken. Ik voelde me net een gevangene, dus ik onderhandelde en plande mijn ontsnapping.

'We kunnen beter gaan slapen. Het is avond in New York.'

'Het is zeven uur. Wie gaat er nu om zeven uur al naar bed? Bovendien zal ik toch niet kunnen slapen.'

'Ik heb slaappillen meegenomen.'

Rosie was verbaasd dat ik slaappillen zou innemen. Ze dacht dat ik bezwaar zou hebben tegen het gebruik van verdovende middelen. Ze wist inderdaad maar weinig van me, daar had ze gelijk in. We spraken af dat ik een samenvatting zou geven van mijn jeugd, wat zij, gezien haar achtergrond in de psychologie, ongetwijfeld bijzonder veelzeggend zou vinden. Daarna zouden we eten, de slaappillen innemen en gaan slapen. Onder het voorwendsel van een toiletbezoek vroeg ik de purser om ons avondeten zo snel mogelijk te komen brengen.

22

Het was niet moeilijk om Rosie mijn levensverhaal te vertellen. Elke psycholoog en psychiater waar ik naartoe ben geweest, heeft om een samenvatting gevraagd, dus ik heb de belangrijkste feiten helder op een rijtje.

Mijn vader is eigenaar van een ijzerhandel in een provinciale stad. Daar woont hij ook, samen met mijn moeder en mijn jongere broer, die de zaak waarschijnlijk zal overnemen wanneer mijn vader met pensioen gaat of sterft. Mijn oudere zus is op veertigjarige leeftijd overleden door medische nalatigheid. Na haar overlijden is mijn moeder twee weken lang haar bed niet uit gekomen, behalve om de begrafenis bij te wonen. Ik was erg verdrietig om de dood van mijn zus. Ja, ik was ook boos.

Mijn vader en ik hebben een doeltreffende band, maar niet emotioneel diepgaand. Daar zijn we allebei tevreden mee. Mijn moeder is erg zorgzaam, maar ik vind haar nogal verstikkend. Mijn broer mag me niet. Ik denk dat dit komt omdat hij me eerst zag als een bedreiging voor zijn droom om de ijzerhandel over te nemen, en nu heeft hij geen respect voor mijn alternatieve keuze. De ijzerhandel zou best een metafoor kunnen zijn voor de genegenheid van onze vader. Als dat zo is, dan heeft mijn broer gewonnen. Maar ik vind het niet erg dat ik heb verloren. Ik zie mijn familie niet vaak. Mijn moeder belt me elke zondag.

Ik had een weinig spannende schooltijd. Ik genoot vooral van de exacte vakken. Ik had niet veel vrienden en ik was kort het doelwit van pesterijen. Ik was de beste leerling van de school in alle vakken behalve Engels, waarin ik de beste jongen van de school was. Na de middelbare school ging ik uit huis om te studeren. Ik ben begonnen met informatica, maar op mijn eenentwintigste verjaardag besloot ik over te stappen naar genetica. Wellicht dat dit het resultaat was van een onbewust verlangen om student te kunnen blijven, maar het was een logische keuze. Genetica was een opkomend vakgebied. Er zitten geen psychische aandoeningen in de familie.

Ik draaide me naar Rosie toe en glimlachte. Ik had haar al verteld over mijn zus en over het pesten. De opmerking over psychische aandoeningen in de familie was correct, tenzij ik mezelf meerekende. Ergens in een medisch archief ligt een dossier met mijn naam erop en de woorden: ‘Depressie, bipolaire stoornis? OCS? Schizofrenie?’ De vraagtekens zijn van belang: buiten de voor de hand liggende observatie dat ik depressief was, is er nooit een definitieve diagnose gesteld, ondanks pogingen van de psychiatrie om me in een simplistische categorie in te delen. Ik ben inmiddels van mening dat mijn hersenen anders zijn geprogrammeerd dan die van het grootste deel van de bevolking. Al mijn psychiatrische symptomen waren een resultaat hiervan, niet van enige onderliggende aandoening. Natuurlijk was ik depressief: ik had geen vrienden, geen seks en geen sociaal leven, omdat ik anders was dan andere mensen. Mijn concentratievermogen en gedrevenheid werden verkeerd geïnterpreteerd als manie. En mijn aandacht voor orde werd bestempeld als een dwangneurose. Julies leerlingen met asperger zouden wel eens met vergelijkbare problemen te maken kunnen krijgen. Bij hen was echter een onderliggend syndroom vastgesteld. Wellicht dat de psychiatrie intelligent genoeg zou zijn om de theorie van Ockhams scheermes toe te passen en zou inzien dat de problemen waar deze kinderen mee te maken krijgen vooral voortkomen uit het feit dat hun hersenen anders zijn geprogrammeerd, op een manier die typerend is voor asperger.

'Wat gebeurde er op je eenentwintigste verjaardag?' vroeg Rosie.

Had Rosie mijn gedachten gelezen? Op mijn eenentwintigste verjaardag had ik besloten dat ik mijn leven een nieuwe wending moest geven, want elke verandering was beter dan te zwelgen in deze diepe put van depressie. Ik zag het ook daadwerkelijk voor me als een put.

Ik vertelde Rosie een deel van de waarheid. Normaal gesproken vier ik geen verjaardagen, maar in dit geval had mijn familie erop gestaan en hadden ze een stel familieleden en vrienden van henzelf uitgenodigd ter compensatie van mijn gebrek aan vrienden.

Mijn oom hield een toespraak. Ik begreep dat het gebruikelijk was om de draak te steken met de eregast, maar mijn oom raakte zo aangemoedigd door zijn vermogen de mensen aan het lachen te maken, dat hij maar door bleef gaan en verhaal na verhaal vertelde. Ik was geschokt dat hij enkele zeer persoonlijke details wist en ik realiseerde me dat mijn moeder deze met hem gedeeld moest hebben. Ze trok aan zijn arm in een poging hem te laten stoppen, maar hij negeerde haar en hield pas op toen hij zag dat ze huilde. Tegen die tijd had hij echter al een gedetailleerd verslag gegeven van mijn tekortkomingen en de daaruit voortvloeiende pijn en vernedering. De kern van het probleem was schijnbaar dat ik een stereotiepe computernerd was. Dus besloot ik te veranderen.

'In een geneticanerd,' zei Rosie.

'Dat was niet helemaal mijn bedoeling.' Maar het was duidelijk wel het resultaat. Ik was uit de put gekomen door me helemaal op dat nieuwe vakgebied te storten. Waar bleef het eten?

'Vertel me eens wat meer over je vader.'

'Waarom?' Eigenlijk hoefde ik de reden niet zo nodig te weten. Dit was gewoon het sociale equivalent van 'over' zeggen in een portofoon, om de bal terug te kaatsen naar Rosie. Het was een trucje dat Claudia me had geleerd, om met lastige persoonlijke vragen om te gaan. Ik herinnerde me haar advies om het niet te vaak te gebruiken. Maar dit was pas de eerste keer.

'Omdat ik wil weten of je vader de reden is dat je zo verknipt bent.'

'Ik ben niet verknipt.'

'Oké, niet verknipt. Sorry, ik wilde je niet veroordelen. Maar je bent niet echt doorsnee,' zei Rosie, met haar masterstitel in de psychologie.

'Mee eens. Is "verknipt" dan hetzelfde als "niet echt doorsnee"?'

'Slechte woordkeuze. Even opnieuw. Ik denk dat ik die vraag stelde omdat mijn vader de reden is dat ik zo verknipt ben.'

Een opvallende bewering. Met uitzondering van haar achteloze houding ten opzichte van haar gezondheid, had Rosie nooit enige tekenen van een defect in haar hersenen vertoond.

'Wat zijn de symptomen van verkniptheid?'

'Ik heb een hoop gezeik in mijn leven, wat ik liever niet had gehad. En ik kan er niet goed mee omgaan. Snap je wat ik bedoel?'

'Natuurlijk,' zei ik. 'Bij ongewenste gebeurtenissen in je

leven ontbreekt het je aan bepaalde vaardigheden om de persoonlijke impact te minimaliseren. Toen je "verknipt" zei, dacht ik dat er iets mis was met je persoonlijkheid en dat je dat wilde rechtzetten.'

'Nee, ik ben blij met wie ik ben.'

'Dus wat is dan de aard van de schade die Phil heeft aangericht?'

Rosie had niet meteen een antwoord op deze cruciale vraag. Misschien was dit een kenmerk van verknipt zijn. Uiteindelijk zei ze: 'Jezus, waarom duurt het zo lang voordat we eten krijgen?'

Rosie ging naar het toilet, en ik maakte van de gelegenheid gebruik om de cadeaus van Gene en Claudia uit te pakken. Ze hadden me naar het vliegveld gebracht, dus ik moest de pakketjes wel aannemen. Het was maar goed dat Rosie niet meekeek toen ik ze openmaakte. Gene's cadeau was een nieuw boek over seksuele posities. Hij had er nog een boodschap in geschreven: 'Voor als je inspiratie nodig hebt.' Claudia's cadeau was niet beschamend, maar irrelevant voor de reis: een spijkerbroek en een shirt. Kleding is altijd nuttig, maar ik had al een extra shirt meegenomen, en ik zag niet in waarom ik een extra broek nodig zou hebben aangezien we maar acht dagen weg zouden gaan.

Gene had de aard van mijn relatie met Rosie wederom verkeerd ingeschat, maar dat was begrijpelijk. Ik kon hem niet vertellen wat de echte reden was dat ik Rosie meenam naar New York, dus had Gene een aanname gedaan op basis van zijn wereldbeeld. Op weg naar het vliegveld had ik Claudia om advies gevraagd over het doorbrengen van zoveel tijd met één persoon.

'Vergeet niet te luisteren,' zei Claudia. 'Als ze je een ongemakkelijke vraag stelt, vraag dan waarom ze dat vraagt.

Kaats de bal terug. Als promovendus psychologie zal ze het heerlijk vinden om over zichzelf te praten. Probeer niet alles te beredeneren maar let ook op emoties. Emoties hebben hun eigen logica. En probeer gewoon lekker losjes te blijven.'

Uiteindelijk bracht Rosie de rest van de vlucht naar Los Angeles slapend dan wel film kijkend door, maar ze bevestigde – tot twee keer toe – dat ik haar niet had beledigd en dat ze gewoon wat tijd voor zichzelf nodig had.

Mij hoorde je niet klagen.

23

We overleefden de Amerikaanse immigratiedienst. Uit eerdere ervaring had ik geleerd geen commentaar te leveren of suggesties te doen, en ik hoefde niet eens gebruik te maken van mijn aanbevelingsbrief van David Borenstein van Columbia University, waarin ik werd omschreven als een geestelijk gezond en competent mens. Rosie kwam erg nerveus over, zelfs op iemand die slecht is in het inschatten van emotionele gesteldheid. Ik was bang dat ze argwaan zou wekken en dat ons de toegang geweigerd zou worden 'zonder aanwijsbare reden', zoals mij bij een eerdere gelegenheid was overkomen.

De beambte vroeg: 'Wat is uw beroep?' en ik zei: 'Genetisch wetenschapper', en hij zei: 'De beste ter wereld?' en ik zei: 'Ja.' We mochten door. Rosie rende bijna naar de douane en vervolgens naar de uitgang. Ik liep enkele meters achter haar, met onze bagage. Er was duidelijk iets mis.

Ik trof haar buiten aan, voorbij de schuifdeuren, graaiend in haar tas.

'Sigaret,' zei ze. Ze stak een sigaret op en nam een lange hijs. 'Zeg maar niets, oké? Als ik ooit een reden nodig had om te stoppen, dan heb ik die nu. Achttienenhalf uur. Shit zeg.'

Het was maar goed dat Rosie me had gezegd mijn mond te houden. Ik zweeg, maar was geschokt door de invloed van haar verslaving op haar leven.

'Waar sloeg die vraag over "beste geneticus ter wereld" op?'

Ik legde haar uit dat ik een speciaal O-1 visum had voor vreemdelingen met buitengewone vaardigheden. Ik had een visum nodig na die keer dat mij de toegang was geweigerd, en men zag dit als de veiligste optie. O-1 visums waren vrij zeldzaam en 'ja' was het juiste antwoord op elke vraag die ze stelden over de uitzonderlijkheid van mijn vaardigheden.

Rosie rookte haar sigaret op, waarna we naar de bar liepen. Het was pas 07.48 uur in Los Angeles, maar we konden de tijd in Melbourne aanhouden tot onze aankomst in New York.

Aangezien we geen koffers hoefden in te checken en het immigratieproces soepel was verlopen, konden we mijn meest gunstige planning aanhouden en een eerdere vlucht naar New York halen. Ik had al plannen gemaakt voor de extra tijd die deze actie opleverde.

Op JFK loodste ik Rosie naar de AirTrain. 'We hebben twee metro-opties.'

'Ik dacht dat je de hele dienstregeling wel uit je hoofd zou hebben geleerd.'

'Niet de moeite waard. Ik ken alleen de lijnen en stations die we nodig hebben voor onze uitstapjes.' Ik ben dol op New York. Het stratenplan is heerlijk logisch, in ieder geval boven 14th Street.

Toen Rosie de vrouw van Esler had gebeld, was deze erg blij geweest iets te horen van een kennis uit Australië met nieuws over de reünie. In de metro zei Rosie: 'Je hebt een alias nodig. Voor het geval dat Esler je naam herkent van het aspergeronderzoek.'

Daar had ik al over nagedacht. 'Austin,' zei ik. 'Van *Austin*

Powers. International Man of Mystery.' Dat vond Rosie hilarisch. Ik had een geslaagd grapje gemaakt dat niet te maken had met een bepaalde eigenaardigheid van mezelf. Een gedenkwaardig moment.

'Beroep?' vroeg ze.

'Eigenaar van een ijzerhandel.' Het idee kwam spontaan in me op.

'Oké,' zei Rosie. 'Juist.'

We namen de E-lijn naar Lexington Avenue en 53rd Street en liepen in noordelijke richting.

'Waar zit het hotel?' vroeg Rosie terwijl ik ons richting Madison Avenue loodste.

'Lower East Side. Maar we gaan eerst inkopen doen.'

'Jezus, Don, het is al over halfzes. We moeten om halfacht bij Esler zijn. We hebben geen tijd om inkopen te doen. Ik heb tijd nodig om me om te kleden.'

Ik keek naar Rosie. Ze droeg een spijkerbroek en een shirt, conventionele kleding. Ik zag het probleem niet, maar we hadden tijd genoeg. 'Ik was niet van plan om voor het avondeten naar het hotel te gaan, maar aangezien we vroeger zijn aangekomen...'

'Don, ik heb vierentwintig uur in het vliegtuig gezeten. We doen niets meer met dat rooster van jou totdat ik het heb nagekeken op krankzinnigheid.'

'Ik heb vier minuten ingepland voor de aankoop,' zei ik. We stonden al voor de Hermès-winkel, wat volgens mijn onderzoek de beste sjaalzaak ter wereld was. Ik liep naar binnen en Rosie volgde me.

Er was verder niemand in de winkel. Perfect.

'Don, je bent hier niet echt op gekleed.'

Gekleed om te winkelen! Ik droeg hardloopschoenen, een cargobroek, een T-shirt en een door mijn moeder gebreide trui. Ik was gekleed om te reizen, uit eten te gaan, musea te bezoeken, en ook om te winkelen. Dit was niet Le Gavroche. Het leek me erg onwaarschijnlijk dat ze een zakelijke transactie zouden weigeren vanwege mijn kleding. Ik had gelijk.

Er stonden twee vrouwen achter de toonbank. De ene (leeftijd ongeveer vijfenvijftig, BMI ongeveer negentien) droeg ringen om al haar vingers, en de andere (leeftijd ongeveer twintig, BMI ongeveer tweeëntwintig) droeg een gigantische paarse bril waardoor ze eruitzag als een menselijke mier. Ze waren zeer formeel gekleed. Ik gaf de aanzet tot de transactie.

'Ik zoek een sjaal van hoge kwaliteit.'

Mevrouw Ring glimlachte. 'Daar kan ik u wel bij helpen. Is het voor mevrouw?'

'Nee. Voor Claudia.' Ik realiseerde me dat dit geen nuttige informatie was, maar ik wist niet precies wat ik verder moest vertellen.

'En Claudia is...' De vrouw bewoog haar handen in cirkels. '... hoe oud?'

'Eenenveertig jaar en driehonderdzesenvijftig dagen.'

'Ah,' zei Mevrouw Ring, 'dus u hebt binnenkort een verjaardag.'

'Claudia is binnenkort jarig.' Mijn verjaardag was pas over tweeëndertig dagen, dus dat kon men toch niet 'binnenkort' noemen. 'Claudia draagt sjaals, zelfs met warm weer, om de rimpels in haar nek te bedekken, want die vindt ze onaantrekkelijk. Dus de sjaal hoeft niet functioneel te zijn, alleen decoratief.'

Mevrouw Ring haalde een sjaal tevoorschijn. 'Wat vindt u van deze?'

De sjaal was verrassend licht, en zou bijna geen bescherming bieden tegen wind en kou. Maar hij was zeker decoratief, zoals gespecificeerd.

'Uitstekend. Wat kost hij?' We zaten op schema.

'Deze kost twaalfhonderd dollar.'

Ik pakte mijn portemonnee en haalde mijn creditcard tevoorschijn.

'Ho ho ho,' zei Rosie. 'Ik denk dat we wel willen zien wat u nog meer hebt, voordat we een overhaast besluit nemen.'

Ik draaide me naar Rosie toe. 'Onze vier minuten zijn bijna om.'

Mevrouw Ring legde nog drie sjaals op de toonbank. Rosie bekeek er eentje. Ik deed haar na en bekeek een andere. Hij leek fraai. Ze leken allemaal fraai. Ik had geen vergelijkingsmateriaal.

Zo ging het verder. Mevrouw Ring bleef sjaals op de toonbank leggen en Rosie en ik bekeken ze. Mevrouw Mier kwam helpen. Uiteindelijk vond ik er eentje waar ik een intelligente opmerking over kon maken.

'Deze sjaal heeft een onvolkomenheid! Hij is asymmetrisch. Symmetrie is een belangrijk aspect in de menselijke beleving van schoonheid.'

Rosie had een briljant antwoord. 'Misschien dat de asymmetrie van de sjaal Claudia's eigen symmetrie juist benadrukt.'

Mevrouw Mier pakte een roze sjaal met pomponnetjes eraan. Zelfs ik kon zien dat Claudia deze niet zou waarderen, dus ik gooide hem meteen op de stapel met afgewezen exemplaren.

'Wat is er mis mee?' vroeg Rosie.

'Dat weet ik niet. Hij is gewoon ongeschikt.'

'Kom op,' zei ze, 'je kunt toch wel beter dan dat. Probeer eens te bedenken wie zoiets zou dragen.'

'Barbara Cartland,' zei Mevrouw Ring.

Die naam zei me niets, maar ineens kwam het antwoord in me op. 'De decaan! Op het bal.'

Rosie barstte in lachen uit. 'Corrrrrect.' Ze pakte een andere sjaal van de stapel. 'En deze?' Hij was bijna transparant.

'Julie,' zei ik automatisch, waarna ik Rosie en de twee vrouwen vertelde over de aspergerbegeleidster en haar blote kleding. Ze zou vast geen sjaal willen dragen die haar decolleté zou verhullen.

'Deze?'

Het was een sjaal die ik best leuk vond vanwege de felle kleuren, maar die Rosie had afgewezen omdat hij 'te druk' was.

'Bianca.'

'Precies.' Rosie lachte nog steeds. 'Je weet meer over kleding dan je denkt.'

Mevrouw Mier pakte een sjaal met afbeeldingen van vogels erop. Ik nam hem aan. De afbeeldingen waren opvallend gedetailleerd. Hij was prachtig.

'Alle vogels van de wereld,' zei Mevrouw Mier.

'Mijn god, nee!' zei Rosie. 'Niet voor Claudia.'

'Waarom niet? Hij is uitermate interessant.'

'Alle vogels van de wereld! Denk even na. Gene.'

Uit alle hoeken en gaten werden sjaals tevoorschijn gehaald. Het werd al snel een enorme stapel. Ze werden geëvalueerd en vervolgens opzijgelegd. Het gebeurde allemaal zo snel dat het me deed denken aan de Geweldige Cocktailavond, alleen waren wij nu de klanten. Ik vroeg me af of de vrouwen achter de toonbank net zoveel van hun werk genoten als wij die avond hadden gedaan.

Uiteindelijk liet ik de keuze over aan Rosie. Ze koos de eerste sjaal die ze ons hadden laten zien.

Toen we de winkel uit liepen, zei Rosie: 'Volgens mij heb ik zojuist een uur van je leven verspild.'

'Nee, nee, de uitkomst was irrelevant,' zei ik. 'Het was erg vermakelijk.'

'Nou,' zei Rosie, 'als je nog meer vermaak zoekt: ik kan wel een paar Manolo Blahniks gebruiken.' Uit het woord 'paar' leidde ik af dat het over schoenen ging.

'Hebben we daar tijd voor?' We hadden de tijd die Rosie had gereserveerd voor een bezoek aan het hotel al verbruikt.

'Grapje, grapje.'

Dat was maar goed ook, want we moesten ons haasten om nog op tijd bij de Eslers aan te komen. Maar Rosie wilde zich nog wel omkleden. Gelukkig zat er een toilet op station Union Square. Rosie haastte zich naar binnen en toen ze weer verscheen, zag ze er volkomen anders uit.

'Dat was ongelooflijk,' zei ik. 'Zo snel.'

Rosie keek naar mij. 'Ga jij zo?' Haar toon wees op ontevredenheid.

'Dit zijn mijn kleren,' zei ik. 'Ik heb nog een extra shirt bij me.'

'Laat dat eens zien.'

Ik reikte in mijn tas om het extra shirt te pakken, dat Rosie vast niet beter zou vinden. Toen dacht ik aan Claudia's cadeau, en ik liet Rosie dat shirt zien.

'Het was een cadeau van Claudia,' zei ik. 'Ik heb ook een spijkerbroek gekregen, als dat helpt.'

'Lang leve Claudia,' zei Rosie. 'Ze heeft die sjaal verdiend.'

'We komen te laat.'

'Iets aan de late kant is geen probleem.'

Isaac en Judy Esler hadden een appartement in Williamsburg. Mijn Amerikaanse simkaart werkte naar behoren, dus we konden met behulp van gps naar de locatie navigeren. Ik hoopte maar dat zesenveertig minuten na de afgesproken tijd overeenkwam met Rosies definitie van 'iets aan de late kant'.

'Austin, weet je nog?' zei Rosie terwijl ze aanbelde.

Judy deed open. Ik schatte haar leeftijd op vijftig en haar BMI op zesentwintig. Ze sprak met een New Yorks accent en zei dat ze al bang was dat we waren verdwaald. Haar man Isaac was een stereotiepe psychiater: halverwege de vijftig, kort haar, kalend, zwart sikje, BMI ongeveer negentien. Hij was niet zo vriendelijk als zijn vrouw.

Ze boden ons een martini aan. Ik dacht terug aan het effect dat dit drankje op me had gehad tijdens de voorbereidingen voor de Geweldige Cocktailavond en besloot dat ik er niet meer dan drie zou nemen. Judy had wat canapés met vis gemaakt en vroeg ons naar onze reis. Ze wilde weten of we al eerder in New York waren geweest, wat voor jaargetijde het was in Australië (geen moeilijke vraag) en of we van plan waren te gaan winkelen en musea te bezoeken. Rosie beantwoordde al deze vragen.

'Isaac vertrekt morgen naar Chicago,' zei Judy. 'Vertel hun eens wat je daar gaat doen.'

'Gewoon naar een congres,' zei Isaac. Hij en ik hoefden niet veel te zeggen om het gesprek gaande te houden.

Hij vroeg me nog wel één ding voordat we ons naar de eetkamer verplaatsten. 'Wat doe jij, Austin?'

'Austin runt een ijzerhandel,' zei Rosie. 'Een zeer succesvolle.'

Judy serveerde een heerlijke maaltijd met gekweekte zalm, die duurzaam was, zo verzekerde ze Rosie. Ik had erg weinig gegeten van de slechte maaltijden in het vliegtuig en genoot immens van Judy's kookkunsten. Isaac opende een fles pinot gris uit Oregon en vulde mijn glas rijkelijk bij. We praatten over New York en de verschillen tussen de Australische en de Amerikaanse politiek.

'Nou,' zei Judy, 'ik ben erg blij dat jullie konden komen. Dat maakt het missen van de reünie weer een beetje goed. Isaac vond het erg jammer dat hij er niet bij kon zijn.'

'Niet echt,' zei Isaac. 'Zo'n confrontatie met je verleden moet je niet lichtzinnig opvatten.' Hij at het laatste stuk vis van zijn bord en keek Rosie aan. 'Je lijkt erg op je moeder. Ze was iets jonger dan jij toen ik haar voor het laatst heb gezien.'

Judy zei: 'We zijn getrouwd op de dag na zijn afstuderen en zijn daarna naar Amerika verhuisd. Isaac had een enorme kater op de bruiloft. Hij was echt een wilde jongen.' Ze glimlachte.

'Dat lijken me wel genoeg verhalen, Judy,' zei Isaac. 'Dat is allemaal lang geleden.'

Hij staarde naar Rosie. Rosie staarde naar hem.

Judy pakte Rosies bord en dat van mij, een in elke hand. Ik besloot dat dit het moment was om in actie te komen, nu iedereen afgeleid was. Ik stond op en pakte Isaacs bord in mijn ene hand en dat van Judy in mijn andere. Isaac had het te druk met zijn staarwedstrijd met Rosie om te protesteren. Ik bracht de borden naar de keuken en nam onderweg een monster van Isaacs vork.

'Ik kan me voorstellen dat Austin en Rosie uitgeput zijn,' zei Judy toen we terugkeerden naar de tafel.

'Je zei dat je een ijzerhandel runt, Austin?' Isaac kwam overeind. 'Heb je vijf minuutjes om even naar mijn tapkraan te kijken? Het zal waarschijnlijk een klusje zijn voor een loodgieter, maar misschien is het alleen maar een leertje.'

'Hij bedoelt gewoon kraan,' zei Judy, waarschijnlijk vergetend dat we uit hetzelfde land kwamen als Isaac.

Isaac en ik liepen de trap af naar de kelder. Ik was ervan overtuigd dat ik hem kon helpen met zijn kraan. Tijdens mijn schoolvakanties had ik precies dit soort adviezen gegeven. Maar toen we onder aan de trap stonden, ging het licht ineens uit. Ik wist niet precies wat er was gebeurd. Was de stroom uitgevallen?

'Alles in orde, Don?' vroeg Isaac. Hij klonk bezorgd.

'Het gaat goed met me,' antwoordde ik. 'Wat is er gebeurd?'

'Wat er is gebeurd, is dat je luisterde naar de naam Don, Austin.'

Daar stonden we dan in het donker. Ik betwijfelde of er sociale conventies bestonden over het ondervraagd worden door een psychiater in een donkere kelder.

'Hoe ben je erachter gekomen?' vroeg ik.

'Twee ongevraagde berichten van dezelfde universiteit in één maand tijd. Een korte zoekactie op internet en ik wist genoeg. Jullie vormen een leuk danspaar.'

Meer stilte en duisternis.

'Ik weet het antwoord op je vraag. Maar ik heb beloofd dat ik dat voor mezelf zou houden. Als ik dacht dat het een zaak van leven of dood was, of een ernstige gezondheidskwestie, dan zou ik misschien op mijn woord terugkomen. Maar ik zie geen reden om mijn belofte te verbreken, die ik heb gedaan omdat de betrokken personen goed hebben nagedacht over de juiste aanpak. Je bent van ver gekomen om mijn DNA te bemachtigen, en ik gok dat dit je ook is gelukt toen je de borden afruimde. Maar misschien moet je eens niet alleen kijken naar wat je vriendin wil.'

Hij deed het licht weer aan.

Iets zat me dwars toen we de trap weer op liepen. Bovenaan bleef ik staan. ‘Als je wist waar we op uit waren, waarom heb je ons dan binnengelaten?’

‘Goede vraag,’ zei hij. ‘Aangezien je hier zelf mee kwam, zul je het antwoord vast ook wel kunnen bedenken. Ik wilde Rosie zien.’

24

Dankzij de zorgvuldig geplande inname van slaappillen werd ik wakker om 07.06 uur, zonder enig gevoel van desoriëntatie.

Rosie was in slaap gevallen in de metro op weg naar het hotel. Ik had besloten haar niet meteen over het onderonsje in de kelder te vertellen, noch over datgene wat ik op het dressoir had zien staan: een grote foto van de bruiloft van Judy en Isaac. Naast Isaac stond Geoffrey Case, gekleed in een formeel kostuum zoals vereist wordt van een getuige. Hij had toen nog maar 370 dagen te leven. Op de foto glimlachte hij.

Ik was de implicaties van dit alles zelf nog aan het verwerken. Bovendien zou Rosie vast emotioneel reageren, wat onze ervaring in New York zou kunnen verpesten. Ze was verbaasd dat ik het DNA had weten te verzamelen, en nog verbaasder dat ik zo discreet had gehandeld toen ik de borden had gepakt om te helpen.

'Kijk maar uit, straks doe je nog sociale vaardigheden op.'

Het hotel was uitermate gerieflijk. Nadat we waren ingecheckt, zei Rosie dat ze bang was geweest dat ik verwachtte dat ze een kamer met me zou delen, als vergoeding voor het betalen van haar reis. Alsof ze een prostituee was! Ik was diep beledigd. Ze leek blij met mijn reactie.

Ik ging naar de sportzaal in het hotel voor een uitstekende trainingssessie. Toen ik terugkeerde zag ik het berichticoontje op mijn telefoon knipperen. Rosie.

'Waar was je?' vroeg ze.

'In de sportzaal. Beweging is van cruciaal belang bij het verminderen van de effecten van een jetlag. Net als zonlicht. Ik heb een wandeling van negenentwintig blokken gepland, in het zonlicht.'

'Vergeet je niet iets? Vandaag is mijn dag. En morgen. Tot maandag middernacht ben je van mij. Kom nu als de bliksem naar beneden. Ik wil ontbijten.'

'In mijn sportkleding?'

'Nee, Don, niet in je sportkleding. Ga douchen en kleed je om. Je hebt tien minuten de tijd.'

'Ik ga altijd eerst ontbijten voordat ik ga douchen.'

'Jezus, hoe oud ben je?' zei Rosie op strijdlustige toon. Ze wachtte mijn antwoord niet af. 'Je lijkt wel een oude kerel. "Ik ga altijd eerst ontbijten voordat ik ga douchen", "Niet in mijn stoel zitten, daar zit ik altijd..." Je wilt geen gezeik met mij, Don Tillman.' Die laatste woorden zei ze vrij langzaam. Ik besloot dat ik inderdaad geen gezeik met haar wilde. Morgen om middernacht zou het voorbij zijn. Tot die tijd zou ik mezelf weer in dezelfde mentale staat brengen als bij de tandarts.

Blijkbaar stond ik ingepland voor een wortelkanaalbehandeling, want toen ik beneden kwam was Rosie meteen kritisch.

'Hoe lang heb je dat shirt al?'

'Veertien jaar,' zei ik. 'Het droogt erg snel. Perfect om in te reizen.' Het was eigenlijk een speciaal hardloopshirt, hoewel de stof lang niet zo geavanceerd was als die van de huidige shirts.

'Oké,' zei Rosie. 'Het flatteert helemaal niet. Naar boven. Ander shirt.'

'Dat is nat.'

'Ik bedoel Claudia's shirt. En trek meteen ook maar de spijkerbroek aan. Ik ga niet met een zwerver door New York lopen.'

Toen ik terugkwam voor een tweede poging, begon Rosie te glimlachen. 'Weet je, je ziet er lang niet slecht uit.' Ze zweeg even en keek me aan. 'Don, je vindt dit maar niets, of wel? Je zou vast liever in je eentje naar het museum gaan.' Ze was zeer opmerkzaam. 'Dat snap ik. Maar je hebt al zoveel voor me gedaan. Je hebt me zelfs meegenomen naar New York – ik ben trouwens nog niet klaar met het uitgeven van je geld. Dus ik wil iets terugdoen.'

Ik had kunnen zeggen dat haar wens om iets terug te doen uiteindelijk alleen maar in haar eigen belang werkte, maar dat zou wellicht nog meer opmerkingen uitlokken als 'je wilt geen gezeik met mij'.

'Je bent op een andere plaats, je draagt andere kleding. Als de pelgrims in de middeleeuwen in Santiago aankwamen na een voettocht van honderden kilometers, verbrandden ze hun kleding als symbool dat ze waren veranderd. Ik vraag je niet om je kleren te verbranden, nog niet. Trek ze dinsdag maar weer aan. Maar sta gewoon open voor iets anders. Laat je een paar dagen meevoeren naar mijn wereld. Beginnend met het ontbijt. We zijn in de stad waar ze het beste ontbijt ter wereld serveren.'

Blijkbaar zag ze dat ik me verzette.

'Hé, jij plant toch altijd alles om geen tijd te verspillen?'

'Correct.'

'En je hebt beloofd dat je twee dagen met mij zou doorbrengen. Als je jezelf afsluit, dan verspil je twee dagen van je leven, terwijl iemand die dagen juist leuk en spannend en leerzaam voor je probeert te maken. Ik zal...' Ze zweeg even. 'Ik heb de reisgids in mijn kamer laten liggen. Als ik terugkom, gaan we ontbijten.' Ze draaide zich om en liep naar de liften.

Ik was in de war gebracht door Rosies redenering. Ik had mijn rooster altijd verdedigd met het argument dat het efficiënt was. Maar ging het mij nu om de efficiëntie of om het rooster zelf? Was ik echt zoals mijn vader, die erop stond elke avond op dezelfde stoel te zitten? Ik had dit nooit aan Rosie verteld. Ik had ook een eigen stoel.

Er was nog een ander argument dat Rosie niet had genoemd, omdat ze daar niet van op de hoogte kon zijn. In de afgelopen acht weken had ik twee van de drie mooiste momenten uit mijn volwassen leven beleefd, er even van uitgaand dat alle bezoeken aan het Museum of Natural History als één gebeurtenis telden. Beide momenten waren samen met Rosie. Bestond er een verband? Het was van het grootste belang om daar achter te komen.

Tegen de tijd dat Rosie terugkwam, had ik mijn hersenen opnieuw geprogrammeerd, een oefening die een aanzienlijke hoeveelheid wilskracht vereiste. Maar nu was ik erop ingesteld me aan te passen.

'En?' zei ze.

'Waar kunnen we dat beste ontbijt ter wereld vinden?'

We vonden het beste ontbijt ter wereld om de hoek. Het was misschien wel het ongezondste ontbijt dat ik ooit had gehad, maar ik zou niet significant aankomen, en van twee dagen zondigen zouden mijn lichamelijke conditie, mijn scherpzinnigheid of mijn vaardigheden in oosterse vechtsporten ook niet afnemen. Dat was hoe ik nu redeneerde, met mijn nieuwe instelling.

'Niet te geloven dat je dat allemaal op hebt gekregen,' zei Rosie.

'Het smaakte zo lekker.'

'Geen lunch en een laat diner,' zei ze.

'We kunnen eten wanneer we willen.'

Onze serveerster kwam naar onze tafel. Rosie wees naar de lege koffiekopjes. 'De koffie was heerlijk. Ik denk dat we allebei nog wel een kopje lusten.'

'Pardon?' zei de serveerster. Het was duidelijk dat ze Rosie niet had begrepen. Het was ook duidelijk dat Rosie een zeer slechte smaak had wat koffie betrof. Of ze had gedaan zoals ik, het label 'koffie' genegeerd en het gezien als een volkomen nieuwe drank. Deze techniek werkte uitstekend.

'Eén gewone koffie met melk en één gewone koffie zonder melk... alstublieft,' zei ik.

'Natuurlijk.'

In deze stad waren de mensen recht voor zijn raap. Mijn soort stad. Ik genoot ervan Amerikaans te praten. Voor mijn eerste reis naar de Verenigde Staten had ik een lijst met verschillen tussen het Amerikaans en het Australisch uit mijn hoofd geleerd, en het had me verbaasd hoe snel mijn hersenen hadden kunnen omschakelen.

We liepen richting het noorden. Rosie bladerde door een reisgids getiteld *Niet voor toeristen*, wat mij een zeer slechte keuze leek.

'Waar gaan we naartoe?' vroeg ik.

'We gaan nergens naartoe. We zijn er al.'

We stonden voor een kledingwinkel. Rosie vroeg of ik het goedvond om naar binnen te gaan.

'Dat hoef je niet te vragen,' zei ik. 'Jij hebt de leiding.'

'Wel als het op winkels aankomt, ja. Dat is iets voor meisjes. Ik wilde zeggen dat je vast al eerder op Fifth Avenue bent geweest, maar bij jou kan ik beter nergens van uitgaan.'

Dat gevoel was wederzijds. Ik wist dat ik beter niets kon veronderstellen wat Rosie betrof. Anders zou ik wellicht verrast zijn geweest door haar omschrijving van zichzelf als 'meisje', een term die voor zover ik wist onacceptabel was voor feministen wanneer er naar volwassen vrouwen werd verwezen.

Rosie wist me steeds beter in te schatten. Ik was nooit buiten de congreszalen en het museum geweest, maar met mijn nieuwe instelling vond ik alles fascinerend: een hele winkel vol sigaren, de prijzen van sieraden, het Flatiron Building, het seksmuseum. Rosie bekeek deze laatste attractie, maar besloot niet naar binnen te gaan. Dat was waarschijnlijk maar beter ook. Het zou vast fascinerend zijn, maar het risico op een blunder was erg groot.

'Wil je iets kopen?' vroeg Rosie.

'Nee.'

Een paar minuten later bedacht ik iets. 'Verkopen ze hier ergens mannenshirts?'

Rosie begon te lachen. 'Op Fifth Avenue, in New York? Misschien hebben we geluk.' Ik bespeurde sarcasme, maar op een vriendelijke manier. We vonden een nieuw shirt in dezelfde stijl als dat van Claudia, in een gigantische winkel die Bloomingdale's heette en die toevallig niet aan Fifth Avenue lag. We konden niet kiezen tussen twee opties, dus kochten we ze allebei. Mijn kledingkast zou uitpuilen!

Toen kwamen we bij Central Park.

'We slaan de lunch over, maar een ijsje gaat er wel in,' zei Rosie. Er stond een ijscokar in het park, waar ze zowel softijs als voorverpakt ijs verkochten.

Ik werd bevangen door een irrationele vrees. Gelukkig had ik dit meteen door. Maar ik moest het toch weten. 'Maakt het nog uit welke smaak het is?'

'Iets met pinda's. We zijn tenslotte in de VS.'

'Al het ijs smaakt hetzelfde.'

'Onzin.'

Ik vertelde haar over de smaakpapillen.

'Zullen we wedden?' zei Rosie. 'Als ik het verschil kan proeven tussen pindakaas en vanille: twee kaartjes voor *Spiderman*. Op Broadway. Vanavond.'

'De textuur zal verschillen. Door de pinda's.'

'Twee andere smaken dan. Jij mag kiezen.'

Ik bestelde abrikoos en mango. 'Doe je ogen dicht,' zei ik. Dat was niet echt noodzakelijk, want de kleuren waren vrijwel identiek, maar ik wilde niet dat ze me een muntje zag opgooien om te bepalen welke ik haar zou laten proeven. Ik was bang dat ze met haar psychologische kennis anders mijn volgorde zou kunnen raden.

Ik gooide het muntje op en gaf haar een ijsje.

'Mango,' gokte Rosie juist. Ik gooide het muntje nog eens. Weer kop. 'Weer mango.' Ze wist de mango drie keer correct te herkennen, gevolgd door de abrikoos, en nog eens de abrikoos. De kans dat ze dit resultaat bereikte door te gokken was een op tweeëndertig. Ik kon er voor zevenennegentig procent zeker van zijn dat ze het verschil kon proeven. Ongelooflijk.

'Dus, vanavond naar *Spiderman?*'

'Nee. Je had er eentje fout.'

Rosie keek me onderzoekend aan en barstte toen in lachen uit. 'Je houdt me voor de gek, of niet? Niet te geloven, je staat gewoon grapjes te maken.'

Ze gaf me een ijsje. 'Aangezien het jou niet uitmaakt, mag jij het abrikozenijsje hebben.'

Ik keek ernaar. Wat moest ik nu zeggen? Ze had eraan gelikt.

Weer leek ze mijn gedachten te lezen. 'Hoe kun je ooit een meisje kussen als je niet eens een ijsje met haar kunt delen?'

Een paar minuten lang was ik vervuld van een irrationeel gevoel van immense tevredenheid. Ik genoot van het feit dat ik een geslaagd grapje had gemaakt en dacht na over haar opmerking: 'een' meisje kussen, een ijsje met 'haar' delen. Het stond in de derde persoon, maar ik wist zeker dat het was gerelateerd aan het meisje dat nu een ijsje deelde met mij, Don Tillman, gekleed in mijn nieuwe shirt en spijkerbroek, wandelend door Central Park, New York, op een zonnige zondagmiddag.

Terug in het hotel had ik 114 minuten voor mezelf. Die had ik ook hard nodig, hoewel ik erg van de dag had genoten. Douchen, e-mail lezen, ontspannings- en strekoefeningen doen. Ik stuurde Gene een samenvatting van onze activiteiten, met Claudia in de cc.

Rosie was drie minuten te laat voor onze afspraak om 19.00 uur in de foyer. Ik wilde net haar kamer bellen toen ze arriveerde in de kleding die ze die dag had gekocht – een witte spijkerbroek en een blauw T-shirtgeval – en het jasje dat ze de vorige avond ook had gedragen. Ik werd herinnerd aan een Gene-isme, iets wat ik Gene tegen Claudia had horen zeggen. 'Je ziet er erg elegant uit,' zei ik. Het was een riskante opmerking, maar Rosie leek positief te reageren. Ze zag er ook erg elegant uit.

We dronken cocktails in een bar met 'S WERELDS GROOTSTE SELECTIE COCKTAILS, inclusief vele cocktails die ik niet kende, en daarna gingen we naar *Spiderman*. Na afloop zei Rosie dat ze het verhaal een beetje voorspelbaar vond, maar ik was totaal overweldigd, in zeer positieve zin. Ik was sinds mijn jeugd niet meer naar het theater geweest. Ik zou me net zo hebben vermaakt als ik het verhaal volledig had genegeerd en me alleen had gericht op de techniek achter het vliegen. Het was ongelooflijk.

We namen de metro terug naar de Lower East Side. Ik had honger, maar ik wilde de regels niet overtreden door voor te stellen iets te gaan eten. Gelukkig had Rosie hier al plannen voor gemaakt: een reservering om 22.00 uur bij restaurant Momofuku Ko. We leefden weer in de Rosie-tijdzone.

'Dit is mijn cadeau aan jou, omdat je me hier mee naartoe hebt genomen,' zei ze.

We gingen zitten aan de bar, waar we de koks aan het werk konden zien. Er hing een informele sfeer, wat dit restaurant een stuk minder stressvol maakte dan de meeste andere.

'Nog voorkeuren, allergieën, aversies?' vroeg de kok.

'Ik ben vegetariër, maar ik eet wel duurzame vis,' zei Rosie. 'Hij eet alles, en dan bedoel ik ook echt alles.'

Ik kon niet meer bijhouden hoeveel gangen we kregen. Ik nam zwezerik, ganzenlever (eerste keer!) en zee-egelkuit. We dronken een fles roséchampagne. Ik kletste met de koks en zij vertelden me wat ze aan het doen waren. Het was het beste eten dat ik ooit had geproefd. En ik hoefde niet eens een jasje te dragen om ervan te kunnen genieten. De man naast me droeg een outfit die zelfs voor de Marquess of Queensbury extreem was, inclusief verscheidene piercings in zijn gezicht. Hij hoorde me praten met de kok en vroeg me waar ik vandaan kwam. Dat vertelde ik hem.

'Wat vind je van New York?'

Ik antwoordde dat ik het uitermate interessant vond en vertelde hem wat we die dag hadden gedaan. Maar ik was me ervan bewust dat mijn gedrag was veranderd, of om precies te zijn, dat ik weer in mijn normale gedrag was vervallen. Dat kwam door de stress van het praten met een onbekende. Tijdens deze dag met Rosie had ik me ontspannen gevoeld en had ik anders gepraat en me anders gedragen. Dat zette zich voort in mijn gesprek met de koks, wat in feite een zakelijke uitwisseling van informatie was. Maar informele sociale interactie met een andere persoon leidde tot een terugval naar mijn normale gedrag. En mijn normale gedrag en manier van spreken komen op andere mensen nogal vreemd over, daar ben ik me terdege van bewust. De man met de piercings had dit vast opgemerkt.

'Weet je wat ik zo leuk vind aan New York?' zei hij. 'Dat er zoveel rare mensen rondlopen dat niemand daar nog van opkijkt. Iedereen past er prima tussen.'

'Hoe vond je het?' vroeg Rosie toen we terugliepen naar het hotel.

'Het was de mooiste dag van mijn volwassen leven,' zei ik. Rosie leek zo blij met mijn antwoord dat ik mijn aanvullende opmerking maar inslikte: 'Het Museum of Natural History niet meegerekend.'

'Slaap maar lekker uit,' zei ze. 'Ik zie je hier morgen om halftien, dan kunnen we dat brunchgebeuren nog eens overdoen. Goed?'

Het zou volkomen irrationeel zijn om hier tegenin te gaan.

25

'Heb ik je in verlegenheid gebracht?'

Rosie was bang geweest dat ik misschien ongepaste opmerkingen zou maken tijdens onze rondleiding over Ground Zero. Onze gids, een voormalige brandweerman genaamd Frank, die veel collega's was kwijtgeraakt bij de aanslag, was zeer interessant. Ik stelde hem een reeks technische vragen, die hij intelligent en, naar het scheen, enthousiast beantwoordde.

'Je had je toon misschien wat kunnen aanpassen,' zei ze. 'Je vragen leidden de aandacht een beetje af van de emotionele impact.'

Dus ik had de somberheid verlicht. Mooi.

De maandag was gereserveerd voor het bezoeken van populaire toeristische trekpleisters. We ontbeten bij Katz's Deli, waar een scène uit een film getiteld *When Harry Met Sally* was opgenomen. We gingen het Empire State Building op, een bekende locatie uit *An Affair to Remember*. We bezochten het Museum of Modern Art en het Metropolitan Museum of Art, beide uitmuntend.

We waren vroeg terug bij het hotel, om 16.32 uur.

'Ik zie je hier weer om halfzeven,' zei Rosie.

'Wat eten we vanavond?'

'Hotdogs. We gaan naar een honkbalwedstrijd.'

Ik kijk geen sport. Nooit. De redenen hiervoor zijn logisch, in ieder geval voor iemand die waarde hecht aan zijn tijd. Maar door mijn nieuwe instelling, in stand gehouden door aanhoudende positieve bekrachtiging, accepteerden mijn hersenen het voorstel. Ik bracht de daaropvolgende 118 minuten door met het zoeken naar informatie op het internet over de regels en de spelers.

In de metro had Rosie een nieuwtje voor me. Voordat ze uit Melbourne was vertrokken, had ze een e-mail gestuurd naar Mary Keneally, een onderzoekster binnen haar vakgebied die bij Columbia University werkte. Ze had zojuist een reactie ontvangen: Mary kon morgen met haar afspreken. Maar dan zou Rosie niet mee kunnen naar het Museum of Natural History. Ze zou woensdag wel meegaan, maar of ik me morgen dan in mijn eentje kon redden? Uiteraard.

Eenmaal in het Yankee Stadium haalden we bier en hotdogs. Ik zat naast een man met een pet, leeftijd ongeveer vijfendertig, BMI ongeveer veertig (oftewel extreme obesitas). Hij at maar liefst drie hotdogs! De oorzaak van het overgewicht was duidelijk.

De wedstrijd begon, en ik moest Rosie uitleggen wat er gebeurde. Het was fascinerend om te zien hoe de regels in de praktijk werkten. Telkens als er iets gebeurde op het veld, maakte Dikke Honkbalfan een aantekening in zijn boekje. Er stonden spelers op het tweede en derde honk toen Curtis Granderson aan slag kwam en Dikke Honkbalfan me aansprak. 'Als hij die beide jongens binnenslaat, dan staat hij boven aan de lijst van meeste binnengeslagen punten. Hoe groot is die kans?'

Ik wist niet hoe groot die kans was. Het enige wat ik hem kon vertellen, was dat deze ergens tussen de 9,9 en de 27,2 procent lag, uitgaande van het slaggemiddelde en het percentage homeruns van deze speler, die werden genoemd in het profiel dat ik op internet had gelezen. Ik had geen tijd gehad om de statistieken over dubbelspel en triple spel uit mijn hoofd te leren. Niettemin leek Dikke Honkbalfan onder de indruk, en we startten een interessant gesprek. Hij liet me zien hoe ik symbolen in het programmaboekje kon zetten om verscheidene gebeurtenissen aan te duiden, en hoe de complexere statistieken werkten. Ik had nooit geweten dat sport zo intellectueel stimulerend kon zijn.

Rosie ging meer bier en hotdogs halen en Dikke Honkbalfan begon me te vertellen van Joe DiMaggio's *streak* in 1941, wat volgens hem een unieke prestatie was die alle voorspellingen tartte. Ik was sceptisch. Het gesprek begon net interessant te worden toen de wedstrijd was afgelopen. Dikke Honkbalfan stelde voor om de metro te nemen naar een bar in Midtown. Aangezien Rosie de leiding had over ons programma, vroeg ik wat zij hiervan vond. Ze stemde in.

De bar was rumoerig en er was nog een honkbalwedstrijd te zien op een groot televisiescherm. Een aantal andere mannen, die Dikke Honkbalfan verder niet leek te kennen, mengden zich in ons gesprek. We dronken veel bier en praatten over honkbalstatistieken. Rosie zat op een barkruk met haar drankje en keek toe. Het was al laat toen Dikke Honkbalfan – die eigenlijk Dave heette – zei dat hij naar huis moest. We wisselden e-mailadressen uit, en voor zover ik kon bepalen had ik een nieuwe vriend gemaakt.

Toen Rosie en ik terugliepen naar het hotel, besefte ik dat ik me als een stereotiepe man had gedragen: bier drinken in de bar, televisiekijken en praten over sport. Het is algemeen bekend dat vrouwen negatief reageren op dergelijk gedrag. Ik vroeg Rosie of ik haar had beledigd.

'Helemaal niet. Ik vond het leuk om te zien hoe jij je als een standaardman gedroeg en erbij hoorde.'

Ik vertelde haar dat dit een hoogst ongebruikelijke reactie was voor een feministe, maar dat dit haar een zeer aantrekkelijke partner maakte voor conventionele mannen.

'Als ik interesse zou hebben in conventionele mannen.'

Dit leek me een goede gelegenheid om Rosie een persoonlijke vraag te stellen.

'Heb je een vriend?' Ik hoopte dat ik een gepaste term had gebruikt.

'Ja hoor, die heb ik net uit mijn koffer tevoorschijn gehaald,' zei ze, duidelijk als grapje. Ik moest lachen, maar wees haar er toen op dat dit geen antwoord was op mijn vraag.

'Don,' zei ze, 'als ik een vriend had gehad, dan zou je inmiddels wel iets over hem gehoord hebben, denk je niet?'

Het leek me zeer goed mogelijk dat ik niets over hem had gehoord. Ik had Rosie maar weinig persoonlijke vragen gesteld die niet met het Vader Project te maken hadden. Ik kende geen van haar vrienden, wellicht met uitzondering van Stefan, maar ik had geconcludeerd dat hij niet haar geliefde was. Nu zou het uiteraard gebruikelijk zijn geweest om een eventuele partner mee te nemen naar het faculteitsbal, en het was niet erg gebruikelijk om na afloop een andere man thuis uit te nodigen voor seks, maar niet iedereen hield zich aan dergelijke conventies. Gene was het perfecte voorbeeld. Het zou heel goed kunnen dat Rosie een vriend had die niet van dansen of van feestjes met academici hield, of die op dat moment de stad uit was, of met wie ze een open relatie had. Ze had geen reden om me dat te vertellen. Zelf vertelde ik Gene en Claudia maar zelden over Jasmine of mijn zus, en vice versa. Zij behoorden tot verschillende delen van mijn leven. Ik legde dit uit aan Rosie.

'Kort gezegd: nee,' zei ze. We liepen een stukje verder.

'Lang gezegd: je vroeg me wat ik bedoelde toen ik zei dat ik verknipt was vanwege mijn vader. Oké, een snelcursus psychologie: onze eerste relatie met een man is die met onze vader. Deze beïnvloedt onze omgang met mannen voor de rest van ons leven. En ik heb de mazzel dat ik twee keuzes heb. Phil, die ziek is in zijn hoofd, of mijn echte vader, die mij en mijn moeder in de steek heeft gelaten. En ik krijg deze keuze op mijn twaalfde voorgeschoteld, wanneer Phil een serieus gesprek met me voert in de trant van: "Ik zou willen dat je moeder er was om je dit te vertellen." Je weet wel, gewoon de standaarddingen die je vader je op je twaalfde vertelt: ik ben niet je vader, en je moeder – die stierf voordat je haar echt kon leren kennen – is niet zo perfect als je had gedacht, je bent alleen maar op deze wereld omdat je moeder zich zo gemakkelijk liet versieren, en ik zou willen dat je er niet was zodat ik kon vertrekken en mijn eigen leven kon leiden.'

'Zei hij dat tegen je?'

'Niet met zoveel woorden. Maar dat was wel wat hij bedoelde.'

Het leek me zeer onwaarschijnlijk dat een twaalfjarig meisje de onuitgesproken gedachten van een volwassen man correct kon afleiden, zelfs als dit twaalfjarige meisje later psychologie zou gaan studeren. In dit soort kwesties is het vaak beter om je bewust te zijn van je eigen tekortkomingen, zoals ik ben, in plaats van ten onrechte te denken dat je alles weet.

'Dus ik vertrouw geen enkele man. Ik geloof niet dat ze eerlijk vertellen wie ze zijn, en ik ben bang dat ze me teleur zullen stellen. Dat is mijn samenvatting na een zevenjarige studie psychologie.'

Dit leek een zeer matig resultaat na zeven jaar hard studeren, maar ik nam aan dat ze de meer algemene kennis die ze tijdens haar studie had opgedaan even buiten beschouwing liet.

'Zullen we afspreken voor morgenavond?' vroeg Rosie. 'Dan kunnen we doen wat je maar wilt.'

Ik had nagedacht over mijn plannen voor de volgende dag.

'Ik ken iemand op Columbia,' zei ik. 'Misschien kunnen we er samen naartoe gaan.'

'En het museum dan?'

'Ik heb al vier bezoekjes gecomprimeerd tot twee. Ik kan ook wel twee bezoekjes comprimeren tot een.' Daar zat geen enkele logica achter, maar ik had veel bier gedronken, en ik had gewoon zin om naar Columbia te gaan. Me te laten meevoeren.

'Dan zie ik je morgenochtend om acht uur. En niet te laat komen,' zei Rosie. Toen kuste ze me. Het was een kus op de wang, geen gepassioneerde, maar het was wel verwarrend. In positieve noch negatieve zin, gewoon verwarrend.

Ik e-mailde David Borenstein op Columbia, waarna ik met Claudia skypete en haar over mijn dag vertelde, zonder de kus te noemen.

'Het klinkt alsof ze erg haar best heeft gedaan,' zei Claudia.

Dat was duidelijk het geval. Rosie was erin geslaagd activiteiten uit te kiezen die ik normaal gesproken zou hebben vermeden, maar waar ik enorm van had genoten. 'En jij geeft haar woensdag een rondleiding door het Museum of Natural History?'

'Nee, ik ga de schaaldieren bekijken, en de Antarctische flora en fauna.'

'Ik dacht het niet,' zei Claudia.

26

We namen de metro naar Columbia. David Borenstein had niet op mijn e-mail gereageerd. Ik vertelde dit maar niet aan Rosie, die me uitnodigde mee te gaan naar haar afspraak, als deze niet overlapte met die van mij.

'Ik zeg wel dat je een collega-onderzoeker bent,' zei ze. 'Ik wil je graag laten zien wat ik doe als ik geen drankjes sta te mixen.'

Mary Keneally was universitair hoofddocent psychologie aan de faculteit geneeskunde. Ik had Rosie nooit naar het onderwerp van haar dissertatie gevraagd. Dit bleek: 'De invloed van omgevingsfactoren op de vroege ontwikkeling van bipolaire stoornis' te zijn, een serieus, wetenschappelijk onderwerp. Rosies aanpak klonk gedegen en weloverwogen. Zij en Mary spraken hier drieënvijftig minuten over, waarna we met z'n allen koffie gingen drinken.

'Eigenlijk ben je meer een psychiater dan een psycholoog,' zei Mary tegen Rosie. 'Heb je nooit overwogen over te stappen naar geneeskunde?'

'Ik kom uit een familie van artsen,' zei Rosie. 'Ik heb me daar een beetje tegen afgezet.'

'Nou, als je daarmee klaar bent: we hebben hier een uitstekende geneeskundeopleiding.'

'Ja hoor,' zei Rosie. 'Ik op Columbia.'

'Waarom niet? En nu je toch al helemaal hierheen bent gereisd...' Mary pleegde een kort telefoontje en begon te glimlachen. 'Kom mee, dan stel ik je voor aan de decaan.'

Toen we terugliepen naar het geneeskundegebouw zei Rosie tegen me: 'Ik mag hopen dat je onder de indruk bent.' We arriveerden bij het kantoor van de decaan en hij kwam naar buiten om ons te begroeten.

'Don,' zei hij. 'Ik heb net je e-mail gelezen. Ik heb nog geen tijd gehad om te antwoorden.' Hij draaide zich naar Rosie toe. 'Ik ben David Borenstein. En jij bent hier met Don?'

We gingen met z'n allen lunchen in de Faculty Club. David vertelde Rosie dat hij mijn aanvraag voor een O-1 visum had ondersteund. 'En ik heb niet gelogen,' zei hij. 'Als Don eindelijk eens besluit zich met de grote jongens te willen meten, dan zou hij hier zo een baan kunnen krijgen.'

Steenovenpizza zou niet duurzaam zijn, maar ik ben erg sceptisch over dat soort opmerkingen. Die zijn vaak eerder gevoelsmatig dan wetenschappelijk onderbouwd, en er wordt niet gekeken naar het volledige kostenplaatje. Elektriciteit goed, kolen slecht. Maar waar komt de elektriciteit dan vandaan? Onze pizza bij Arturo's smaakte uitstekend. De beste pizza ter wereld.

Ik was geïntrigeerd door een opmerking die Rosie op Columbia had gemaakt.

'Ik dacht dat je je moeder bewonderde? Waarom wilde je dan geen arts worden?'

'Dat heeft niets met mijn moeder te maken. Mijn vader is ook arts, weet je nog? Daarom zijn we hier.' Ze schonk het laatste beetje rode wijn in haar glas. 'Ik heb er wel over nagedacht. Ik heb de GAMSAT gedaan, zoals ik tegen Peter Enticott zei. En ik had echt een score van vierenzeventig. Steek die maar in je zak.' Ze bleef vriendelijk kijken, ondanks de strijdlustige woorden. 'Ik dacht dat een studie geneeskunde zou wijzen op een of andere obsessie met mijn echte vader. Alsof ik in zíjn voetsporen wilde treden in plaats van in die van Phil. Zelfs ik realiseerde me dat dat een beetje verknipt was.'

Gene zegt regelmatig dat psychologen niet in staat zijn zichzelf te doorgronden. Rosie leek sluitend bewijs te bieden voor die bewering. Waarom zou ze iets mijden wat ze leuk vond en waar ze goed in was? En na een studie psychologie plus enkele jaren promotieonderzoek zou ze toch zeker een exactere omschrijving van haar gedrags-, persoonlijkheids- en emotionele problemen moeten kunnen geven dan 'verknipt'. Ik hield deze gedachten uiteraard voor mezelf.

We stonden vooraan in de rij toen het museum om 10.30 uur openging. Ik had ons bezoek ingedeeld volgens de geschiedenis van het universum, de planeet en het leven op aarde. Dertien miljard jaar geschiedenis in zes uur tijd. Aan het begin van de middag stelde Rosie voor om de lunch uit het programma te schrappen zodat we meer tijd hadden voor de exposities. Later bleef ze staan bij de reconstructie van de beroemde voetafdrukken van Laetoli, ongeveer 3,6 miljoen jaar geleden gemaakt door mensachtigen.

'Hier heb ik eens een artikel over gelezen. Het waren een moeder en kind, die elkaars hand vasthielden, toch?'

Dat was een geromantiseerde interpretatie, maar niet onmogelijk.

'Heb je ooit overwogen kinderen te krijgen, Don?'

'Ja,' zei ik, even niet bedacht op het ontwijken van persoonlijke vragen. 'Maar dat lijkt zowel onwaarschijnlijk als onverstandig.'

'Waarom?'

'Onwaarschijnlijk omdat ik geen vertrouwen meer heb in het Echtgenote Project. En onverstandig omdat ik niet geschikt zou zijn als vader.'

'Hoezo?'

'Omdat mijn kinderen zich voor me zouden schamen.'

Rosie begon te lachen. Dat vond ik nogal harteloos, maar ze legde het uit. 'Alle ouders zijn een bron van schaamte voor hun kinderen.'

'Inclusief Phil?'

Ze begon weer te lachen. 'Vooral Phil.'

Om 16.28 uur waren we klaar met de primaten. 'O nee, zijn we nu al klaar?' zei Rosie. 'Is er nog iets anders wat we kunnen bekijken?'

'Er zijn nog twee dingen te zien,' zei ik. 'Maar misschien vind je die wel saai.'

Ik nam haar mee naar de zaal met bollen: globes van verschillende grootte die de afmetingen van het universum uitbeeldden. De expositie is niet erg indrukwekkend, maar de bijbehorende informatie wel. Niet-wetenschappers, of niet-natuurkundige wetenschappers, hebben vaak geen idee van de schaal van dingen: hoe klein we zijn vergeleken met de afmetingen van het universum, en hoe groot vergeleken met de afmetingen van een neutrino. Ik deed mijn best om het interessant te maken.

Toen gingen we met de lift naar boven en volgden de Heilbrunn *cosmic pathway*, een spiraalvormig pad van honderdtien meter lang dat een tijdlijn voorstelde van de oerknal tot aan het heden. Het bestaat alleen uit afbeeldingen en foto's en af en toe een steen of fossiel. Die hoefde ik niet eens te bekijken omdat ik het verhaal al ken. Dat probeerde ik nu zo nauwkeurig en indrukwekkend mogelijk te vertellen, waarbij ik alles wat we vandaag hadden gezien in de juiste context plaatste. Langzaam liepen we omlaag tot we op de begane grond aankwamen, bij het smalle verticale streepje dat de hele geschiedenis van de mensheid voorstelt. Het was bijna sluitingstijd, en we waren de enigen die hier stonden. Bij andere gelegenheden had ik staan luisteren naar de reacties van de bezoekers als ze bij het einde aankwamen. 'Dan voel je je nogal onbeduidend, of niet?' zeiden ze dan. Zo zou je het kunnen bekijken: dat onze levens of de gebeurtenissen uit het verleden of Joe DiMaggio's 'streak' minder belangrijk lijken naast de ouderdom van het universum.

Maar Rosies reactie was een verbale versie van die van mij. 'Wauw,' zei ze, heel zachtjes, terwijl ze terugkeek naar de grootsheid van dit alles. Toen, op dit ontzettend nietige moment in de geschiedenis van het universum, pakte ze mijn hand, en ze hield hem vast tot we bij de metro aankwamen.

27

We moesten nog één belangrijke taak uitvoeren voordat we de volgende ochtend weer uit New York zouden vertrekken. Max Freyberg, de cosmetisch chirurg en een van de potentiële biologische vaders van Rosie, zat 'helemaal volgeboekt', maar hij had ingestemd met een afspraak van vijftien minuten om 18.45 uur. Rosie had tegen zijn secretaresse gezegd dat ze een reeks artikelen aan het schrijven was voor een publicatie over succesvolle alumni van de universiteit. Ik had Rosies camera bij me en zou worden voorgesteld als de fotograaf.

Het was al moeilijk genoeg geweest om een afspraak te regelen, maar daarnaast was het ons ook duidelijk geworden dat het in een werkomgeving veel lastiger was om een DNA-monster te verzamelen dan in een sociale of huiselijke omgeving. Voordat we naar New York waren vertrokken, had ik mijn hersenen de opdracht gegeven dit probleem op te lossen, en ik had verwacht dat mijn onderbewustzijn inmiddels wel een oplossing zou hebben gevonden, maar blijkbaar hadden mijn hersenen het te druk gehad met andere zaken. Het beste wat ik kon bedenken was een ring met een scherpe punt die wat bloed zou laten vloeien als we elkaar de hand schudden, maar dat vond Rosie sociaal onacceptabel.

Ze stelde voor een haar te bemachtigen, hetzij heimelijk, hetzij door deze aan te wijzen als een verdwaalde haar die de foto zou verpesten. Een cosmetisch chirurg zou vast veel om zijn uiterlijk geven. Helaas zou een afgeknipte haar waarschijnlijk geen geschikt monster opleveren: de haar moest eruit getrokken worden om een haarzakje te verkrijgen. Rosie nam een pincet mee. Voor deze ene keer zou ik het niet erg vinden om vijftien minuten in een rokerige kamer te moeten doorbrengen, want een sigarettenpeuk zou ons probleem meteen oplossen. We moesten bedacht zijn op dit soort eventuele kansen.

De praktijk van dokter Freyberg bevond zich in een ouder gebouw in de Upper West Side. Rosie drukte op de bel en er verscheen een beveiliger die ons meenam naar een wachtkamer. De muren hingen vol met ingelijste certificaten en brieven van patiënten waarin ze het werk van dokter Freyberg prezen.

De secretaresse van Freyberg, een zeer magere vrouw (geschatte BMI zestien) van ongeveer vijfenvijftig jaar met buitenproportioneel grote lippen, leidde ons naar zijn kantoor. Nog meer certificaten! Freyberg zelf had een belangrijke tekortkoming: hij was volledig kaal. De haarplukmethode viel af. Ik zag ook geen enkel bewijs dat hij rookte.

Rosie nam het interview op indrukwekkende wijze af. Freyberg beschreef enkele procedures die van minimale geneeskundige waarde leken, en vertelde over het belang hiervan voor het zelfvertrouwen. Het was maar goed dat ik de rol van zwijgende fotograaf toebedeeld had gekregen, want ik zou sterk geneigd zijn in discussie te gaan. Ik had moeite mijn aandacht erbij te houden. Mijn hersenen hadden het hand in hand lopen met Rosie nog niet verwerkt.

'Neemt u me niet kwalijk,' zei Rosie, 'maar zou ik u om iets te drinken mogen vragen?'

Natuurlijk! De oplossing met het koffiekopje.

'Uiteraard,' zei Freyberg. 'Thee, koffie?'

'Koffie zou lekker zijn,' zei Rosie. 'Gewoon zwart. Neemt u zelf ook?'

'Ik hoef niet. Laten we verdergaan.' Hij drukte op een knop op zijn intercom. 'Rachel. Eén zwarte koffie.'

'Neemt u toch ook een kop koffie,' zei ik tegen hem.

'Ik raak dat spul niet aan,' zei Freyberg.

'Tenzij u een genetische intolerantie voor cafeïne hebt, zijn er geen bewezen schadelijke effecten. Integendeel...'

'Voor welk tijdschrift was dit ook alweer?'

De vraag was duidelijk en volkomen voorspelbaar. We hadden vooraf een naam bedacht voor het fictieve universitaire tijdschrift, en Rosie had deze naam al bij het voorstellen genoemd.

Maar mijn hersenen wilden niet meewerken. Rosie en ik antwoordden tegelijkertijd. Rosie zei: '*Faces of Change.*' Ik zei: '*Hands of Change.*'

Dit was een kleine inconsistentie die elk rationeel mens zou afdoen als een simpel, onschuldig foutje, wat het in feite ook was. Maar de uitdrukking op Freybergs gezicht duidde op ongeloof en hij begon meteen iets op een notitieblok te schrijven. Toen Rachel de koffie kwam brengen, gaf hij haar het papiertje. Ik stelde vast dat hij aan paranoia leed en begon onze ontsnapping te plannen.

'Ik moet naar het toilet,' zei ik. Ik was van plan Freyberg daarvandaan te bellen zodat Rosie kon ontsnappen terwijl hij aan de telefoon was.

Ik liep richting de uitgang, maar Freyberg versperde me de weg.

'Gebruik mijn privétoilet maar,' zei hij. 'Ik sta erop.'

Hij leidde me door zijn kantoor, langs Rachel, naar een deur met een bordje PRIVÉ, en liet me daar achter. Ik zou niet kunnen vertrekken zonder eerst terug te lopen via dezelfde route. Ik pakte mijn telefoon, belde 411 – telefonische informatie – en werd doorverbonden met Rachel. Ik kon de telefoon horen overgaan en Rachel horen opnemen. Ik sprak op gedempte toon.

'Ik moet dokter Freyberg spreken,' zei ik. 'Het is een noodgeval.' Ik legde uit dat mijn vrouw een patiënt van hem was en dat haar lippen waren geëxplodeerd. Ik hing op en sms'te Rosie: 'Nu vertrekken'.

Het toilet zou duidelijk kunnen profiteren van de schoonmaakdiensten van Eva. Het lukte me het raam open te krijgen, wat duidelijk al lang niet meer open was geweest. We zaten op de vijfde verdieping, maar de muur leek genoeg hand- en voetgrepen te bieden. Ik wurmde me door het raam en begon langzaam omlaag te klimmen, me concentrerend op de taak en ondertussen hopend dat Rosie had kunnen ontsnappen. Het was lang geleden dat ik aan bergbeklimmen had gedaan en de afdaling was niet zo eenvoudig als ik aanvankelijk had gedacht. De muur was glad van de regen van eerder op de dag en mijn hardloopschoenen waren niet erg geschikt voor deze taak. Op een bepaald moment gleed ik weg en ik kon me nog maar net vastgrijpen aan een ruwe baksteen. Ik hoorde geschreeuw van beneden.

Toen ik eindelijk op de grond stond, zag ik dat zich een kleine menigte had gevormd. Rosie stond ertussen. Ze sloeg haar armen om me heen. 'Mijn god, Don, je had wel dood kunnen gaan. Zo belangrijk was het nu ook weer niet.'

'Het risico was minimaal. Ik moest gewoon de hoogte negeren, dat was het belangrijkste.'

Toen we richting de metro liepen, was Rosie behoorlijk geïrriteerd. Freyberg had gedacht dat ze een of andere privédetective was, die voor een ontevreden patiënt werkte. Hij wilde haar laten vastzetten door de beveiligingsmedewerkers. Dat zou ons in een lastig parket brengen, ongeacht of Freyberg daar nu mee in zijn recht stond of niet.

'Ik ga me omkleden,' zei Rosie. 'Onze laatste avond in New York. Wat wil je gaan doen?'

Volgens mijn oorspronkelijke planning zou ik bij een steakhouse gaan eten, maar nu we de gewoonte hadden opgevat samen te dineren, zou ik een restaurant moeten uitkiezen dat ook geschikt was voor een 'vegetariër' die wel duurzame vis at.

'We vinden wel iets,' zei ze. 'Genoeg opties.'

Het kostte me drie minuten om een ander shirt aan te trekken. Ik wachtte nog zes minuten op Rosie in de foyer. Toen liep ik terug naar haar kamer en klopte aan. Lange tijd gebeurde er niets. Uiteindelijk hoorde ik haar stem.

'Hoe lang denk je dat het duurt om te douchen?'

'Drie minuten en twintig seconden,' zei ik, 'tenzij ik mijn haar was, dat kost één minuut en twaalf seconden extra.' Die extra tijd kwam vooral doordat de conditioner volgens de gebruiksaanwijzing zestig seconden moest intrekken.

'Wacht even.'

Rosie deed de deur open met alleen een handdoek om zich heen gewikkeld. Haar haar was nat en ze zag er buitengewoon aantrekkelijk uit. Ik vergat mijn ogen op haar gezicht gericht te houden.

'Hé,' zei ze. 'Geen hanger.' Ze had gelijk. Ik kon het excuus van de hanger niet gebruiken. Maar ze gaf me geen preek over ongepast gedrag. In plaats daarvan glimlachte ze en stapte ze dichter naar me toe. Ik wist niet zeker of ze nog een stap zou zetten, of dat ik dat moest doen. Uiteindelijk deden we het geen van beiden. Het was een ongemakkelijk moment, maar ik vermoedde dat we daar allebei aan hadden bijgedragen.

'Je had de ring moeten meenemen,' zei Rosie.

Even interpreteerden mijn hersenen het woord 'ring' als 'trouwring' en stelde ik me een compleet verkeerd scenario voor. Toen realiseerde ik me dat ze naar de ring met de scherpe punt verwees die ik had voorgesteld als manier om een bloedmonster van Freyberg te verkrijgen.

'Wat erg om zo ver te reizen maar nog geen monster te hebben.'

'Gelukkig hebben we wel een monster.'

'Heb je een monster? Hoe?'

'Zijn toilet. Wat een slons. Hij zou zijn prostaat eens moeten laten nakijken. De vloer...'

'Hou maar op,' zei Rosie. 'Te veel informatie. Maar goed gedaan.'

'Zeer slechte hygiëne,' vertelde ik haar. 'Voor een chirurg. Een pseudochirurg. Ongelooflijke verspilling van chirurgisch talent, het aanbrengen van synthetische materialen die alleen bedoeld zijn om het uiterlijk te veranderen.'

'Wacht maar tot je vijfenvijftig bent en een partner van vijfenveertig hebt. Eens zien of je er dan nog zo over denkt.'

'Jij was toch een feministe?' zei ik, hoewel ik daaraan begon te twijfelen.

'Dat wil nog niet zeggen dat ik er onaantrekkelijk uit wil zien.'

'Je uiterlijk zou geen invloed moeten hebben op hoe je partner over je denkt.'

'Het leven zit vol dingen die eigenlijk anders zouden moeten zijn,' zei Rosie. 'Jij bent hier de geneticus. Iedereen let op het uiterlijk van anderen. Zelfs jij.'

'Dat is waar. Maar daar laat ik mijn oordeel over hen niet

door beïnvloeden.'

Ik begaf me op gevaarlijk terrein: de kwestie van Rosies uiterlijk had me al eens eerder in de problemen gebracht, op de avond van het faculteitsbal. Mijn opmerking van daarnet had betrekking op hoe mensen elkaar naar mijn idee zouden moeten beoordelen en hoe ik zelf zou willen worden beoordeeld. Maar ik had dit nog nooit hoeven toepassen op iemand die voor me stond in de slaapkamer van een hotel met alleen een handdoek om zich heen geslagen. Ik realiseerde me dat ik niet de volledige waarheid sprak.

'Als we de testosteronfactor tenminste even buiten beschouwing laten,' voegde ik eraan toe.

'Zit daar ergens een compliment in verscholen?'

Het gesprek begon ingewikkeld te worden. Ik probeerde mijn standpunt te verhelderen. 'Het zou onlogisch zijn om jou alle lof te geven voor het feit dat je zo mooi bent.'

Mijn volgende actie kwam ongetwijfeld voort uit mijn verwarring over de reeks bijzondere en traumatische gebeurtenissen van de uren daarvoor: het hand in hand lopen, de ontsnapping aan de cosmetisch chirurg en de heftige impact van het feit dat de mooiste vrouw ter wereld naakt voor me stond met alleen een handdoek om zich heen gewikkeld.

Gene had hier ook wel enige schuld aan, omdat hij had gesuggereerd dat de lengte van de oorlel een goede indicator was voor seksuele aantrekkingskracht. Aangezien dit de eerste keer was dat ik me zo seksueel aangetrokken voelde tot een vrouw, kreeg ik plotseling de behoefte om Rosies oren te bestuderen. In een moment dat achteraf gezien veel overeenkomst vertoonde met een cruciaal incident uit *De vreemdeling* van Albert Camus, strekte ik mijn hand uit en streek haar haar opzij. Maar verbazingwekkend genoeg was de reactie in dit geval anders dan de reactie zoals beschreven in die roman, die we op de middelbare school hadden besproken. Rosie sloeg haar armen om me heen en kuste me.

De kans dat mijn hersenen op een niet-standaardmanier zijn geprogrammeerd, is groot. Maar mijn voorouders zouden er niet in zijn geslaagd zich voort te planten als zij geen simpele seksuele signalen zouden kunnen begrijpen en beantwoorden. Die aanleg was in de hersenen voorgeprogrammeerd. Ik kuste Rosie terug en merkte dat ze hierop reageerde.

We maakten ons kort van elkaar los. Het was duidelijk dat het avondeten nog even zou moeten wachten. Rosie keek me aan en zei: 'Weet je, als je een andere bril neemt en een ander kapsel, dan lijk je precies op Gregory Peck in *To Kill a Mockingbird*.'

'Is dat iets positiefs?' Gezien de omstandigheden nam ik aan dat dit zo was, maar ik wilde het haar horen bevestigen.

'Gregory Peck was de meest sexy man aller tijden.'

We keken elkaar nog een tijdje aan, en toen boog ik naar voren om haar weer te kussen. Ze hield me tegen.

'Don, dit is New York. Het is net als een vakantieliefde. Ik wil niet dat je denkt dat dit meer betekent.'

'Wat er in New York gebeurt, blijft in New York, bedoel je?' Dat was een opmerking die Gene me had geleerd voor op congressen. Ik had die nooit eerder hoeven gebruiken. Het voelde een beetje vreemd, maar wel gepast, gezien de omstandigheden. Het was belangrijk dat we het erover eens waren dat ons samenzijn geen emotionele voortzetting zou kennen. Hoewel ik geen echtgenote thuis had zitten, zoals Gene, had ik wel een beeld van een echtgenote in mijn hoofd. Rosie voldeed niet aan dat plaatje. Zij zou waarschijnlijk na de seks een sigaret gaan roken op het balkon. Vreemd genoeg schrikte dat vooruitzicht me niet zo erg af als ik had verwacht.

'Ik moet nog even iets uit mijn kamer pakken,' zei ik.

'Slim. Niet te lang wegblijven.'

Mijn kamer lag maar elf verdiepingen boven die van Rosie, dus ik nam de trap. Eenmaal binnen sprong ik onder de douche, en daarna bladerde ik door het boek dat Gene me had gegeven. Hij had toch gelijk gekregen. Ongelooflijk.

Enige tijd later liep ik de trap af naar Rosies kamer. Er waren drieënveertig minuten verstreken. Ik klopte aan en Rosie deed open, nu gekleed in nachtkleding die in feite minder verhullend was dan de handdoek. Ze had twee glazen champagne in haar handen.

'Sorry, de bubbels zijn er inmiddels een beetje af.'

Ik keek de kamer rond. Het dekbed lag opengeslagen, de gordijnen waren dicht en er brandde slechts één bedlampje. Ik gaf haar Gene's boek.

'Aangezien dit onze eerste – en waarschijnlijk enige – keer zal zijn, en jij ongetwijfeld meer ervaring hebt dan ik, stel ik voor dat jij de positie uitkiest.'

Rosie bladerde door het boek en ging toen weer terug naar het begin. Ze stopte bij de eerste bladzijde, waar Gene zijn boodschap had neergekrabbeld.

'Heeft Gene je dit gegeven?'

'Het was een cadeau voor deze reis.'

Ik probeerde Rosies gezichtsuitdrukking te interpreteren en gokte op woede, maar dat verdween weer. Toen zei ze, op niet-boze toon: 'Don, het spijt me, maar ik kan dit niet. Het spijt me echt.'

'Heb ik iets verkeerds gezegd?'

'Nee, het ligt aan mij. Het spijt me echt.'

'Ben je van gedachten veranderd terwijl ik weg was?'

'Ja,' zei Rosie. 'Dat is precies wat er is gebeurd. Het spijt me.'

'Weet je zeker dat ik niets verkeerd heb gedaan?' Rosie was mijn vriendin, en het risico om die vriendschap kwijt te raken was het enige waar ik nu aan dacht. De sekskwestie was allang vergeten.

'Nee, nee, het ligt aan mij,' zei ze. 'Jij was erg attent.'

Dat compliment kreeg ik anders nooit. Het was een zeer bevredigend compliment. De avond was tenminste niet op een totale ramp uitgelopen.

Ik kon niet slapen. Ik had nog niet gegeten en het was pas 20.55 uur. Claudia en Gene zouden nu aan het werk zijn in Melbourne, maar ik had geen zin om met hen te praten. Het leek me ook niet slim om nogmaals bij Rosie langs te gaan, dus belde ik mijn enige andere vriend. Dave had al gegeten, maar toen we bij een pizzarestaurant aankwamen, at hij nog een tweede keer. Toen gingen we naar een bar om honkbal te kijken en over vrouwen te praten. Ik kan me niet veel herinneren van ons gesprek, maar ik vermoed dat ik er weinig aan had wat betreft het maken van rationele toekomstplannen.

28

Mijn hoofd was leeg. Dat is een standaarduitdrukking, en een overdrijving van de situatie. Mijn hersenstam functioneerde gewoon, mijn hart klopte nog steeds en ik vergat niet te ademen. Ik was prima in staat mijn tas in te pakken, te ontbijten op mijn kamer, naar JFK te reizen, in te checken en op het vliegtuig naar Los Angeles te stappen. Ik slaagde er zelfs in met Rosie te communiceren, voor zover dat nodig was bij de uitvoering van deze activiteiten.

Maar mijn reflecterend vermogen was tijdelijk uitgeschakeld. De reden hiervoor was duidelijk: emotionele overbelasting! Mijn gewoonlijk zo beheerste emoties hadden in New York de vrije loop gekregen – op advies van Claudia, een gediplomeerd klinisch psycholoog – en waren gevaarlijk overprikkeld geraakt. Nu hadden mijn emoties de overhand en was mijn vermogen om na te denken helemaal platgelegd. Maar ik had juist mijn volledige denkcapaciteit nodig om dit probleem te kunnen analyseren.

Rosie had de stoel bij het raam en ik zat aan het gangpad. Ik bekeek de veiligheidsinstructies voor het opstijgen, maar dit keer stond ik niet eens stil bij de onverantwoorde aannames en irrationele prioriteiten. In geval van nood hadden we allemaal een taak te vervullen. Ik verkeerde in de tegenovergestelde positie en voelde me totaal lamgeslagen.

Rosie legde haar hand op mijn arm. 'Hoe voel je je nu, Don?'

Ik probeerde me te concentreren op één aspect van de hele ervaring, om de bijbehorende emotionele reactie te kunnen analyseren. Ik wist al waar ik moest beginnen. Logisch gezien had ik niet naar mijn kamer terug hoeven gaan om Gene's boek te halen. Toen ik me in Melbourne had voorbereid op een seksuele ervaring, was ik ook niet van plan geweest om eerst het boek aan Rosie te laten zien. Ik ben misschien sociaal onbekwaam, maar we hadden al gekust en Rosie droeg alleen een handdoek, dus het zou toch geen probleem moeten zijn geweest om een stap verder te gaan. Mijn kennis over posities was mooi meegenomen, maar waarschijnlijk irrelevant voor de eerste keer.

Dus waarom spoorde mijn instinct me dan aan tot een reeks handelingen waarmee ik uiteindelijk mijn kans had verspeeld? Het antwoord lag voor de hand. Mijn instinct had me duidelijk willen maken dat ik er niet mee door moest gaan. Maar waarom? Ik onderscheidde drie mogelijkheden.

1. Ik was bang dat ik op seksueel vlak niet goed zou presteren.

Deze mogelijkheid kon ik bijna direct verwerpen. Het zou best kunnen dat ik minder bekwaam was dan iemand met meer ervaring. Wellicht dat mijn angst me zelfs tijdelijk impotent had kunnen maken (hoewel dit me onwaarschijnlijk leek). Maar ik was eraan gewend voor schut te staan, zelfs voor Rosie. Mijn seksuele verlangens waren veel sterker dan de eventuele angst om mijn imago te schaden.

2. Geen condoom.

Bij nader inzien besefte ik dat Rosie waarschijnlijk had gedacht dat ik een condoom was gaan halen. Dat had ik natuurlijk ook moeten doen, in overeenstemming met alle aanbevelingen voor beschermde seks. De conciërge zou er vermoedelijk wel een paar hebben gehad voor noodgevallen, zoals hij vast ook reservetandenborstels en -scheermesjes had. Maar ik had dit niet gedaan, wat nog eens benadrukte dat ik onbewust verwachtte er niet mee door te gaan. Gene had me verteld dat hij eens in een taxi door Caïro was geracet, op zoek naar een plek waar ze condooms verkochten. Mijn verlangen was dus blijkbaar lang niet zo sterk geweest als dat van hem toen.

3. Ik kon niet met de emotionele gevolgen omgaan.

Deze derde mogelijkheid kwam pas in me op nadat ik de eerste twee had uitgesloten. Ik wist meteen – instinctief! – dat dit de echte reden was. Mijn hersenen waren al emotioneel overbelast. Dat kwam niet door de levensgevaarlijke afdaling langs het gebouw van de chirurg, of door dat verhoor in de donkere kelder van een bebaarde psychiater die er alles aan zou doen om zijn geheim veilig te houden. Het kwam zelfs niet door het hand in hand lopen met Rosie van het museum tot aan de metro, hoewel dat er wel toe had bijgedragen. Het kwam door de algehele ervaring van het verkennen van New York met Rosie.

Als ik ook maar iets aan deze belevenis zou toevoegen – als ik de verbluffende ervaring van seks met Rosie hieraan zou toevoegen – dan zouden mijn emoties de overhand krijgen, dat wist ik instinctief. En die emoties zouden aansturen op een relatie met Rosie. Dat zou een ramp zijn, om twee redenen. Ten eerste was ze volkomen ongeschikt als partner op de langere termijn. Ten tweede had ze duidelijk gemaakt dat ze een eventuele relatie niet wilde voortzetten na onze tijd in New York. Deze twee redenen waren volkomen tegenstrijdig en onverenigbaar, en gebaseerd op totaal verschillende veronderstellingen. Ik had geen idee welke juist was.

Over enkele ogenblikken zouden we in Los Angeles landen. Ik draaide me naar Rosie toe. Het was inmiddels al een paar uur geleden dat ze haar vraag had gesteld, en ik had er uitvoerig over nagedacht. Hoe voelde ik me?

'Verward,' zei ik tegen haar.

Ik had verwacht dat ze de vraag alweer was vergeten, maar misschien dat het antwoord sowieso wel zinnig klonk.

'Welkom in de echte wereld.'

Ik slaagde erin de eerste zes uur van de vijftien uur durende vlucht van Los Angeles naar huis wakker te blijven om mijn biologische klok te resetten, maar het kostte me veel moeite.

Rosie had een paar uur geslapen en was daarna een film gaan kijken. Ik keek opzij en zag dat ze huilde. Ze zette haar koptelefoon af en veegde de tranen weg.

'Je huilt,' zei ik. 'Is er iets mis?'

'Betrapt,' zei Rosie. 'Het is gewoon een droevig verhaal. *The Bridges of Madison County*. Ik neem aan dat jij niet huilt bij films.'

'Correct.' Ik realiseerde me dat dit misschien als iets negatiefs kon worden beschouwd, dus ik voegde er ter verdediging aan toe: 'Dat lijkt vooral iets voor vrouwen te zijn.'

'En bedankt.' Rosie zweeg weer, maar leek te zijn bijgekomen van de droefheid die de film had opgeroepen.

'Vertel me eens,' zei ze, 'voel je ook maar iets wanneer je een film kijkt? Heb je *Casablanca* gezien?'

Ik was bekend met deze vraag. Gene en Claudia hadden hem eens gesteld nadat we samen een dvd hadden gekeken. Dus ik had goed over mijn antwoord nagedacht.

'Ik heb meerdere romantische films gezien. Het antwoord is nee. In tegenstelling tot Gene en Claudia, en blijkbaar het grootste deel van het menselijk ras, word ik niet emotioneel geraakt door liefdesverhalen. Zo zit ik blijkbaar niet in elkaar.'

Op zondagavond ging ik bij Claudia en Gene eten. Ik had ongewoon veel last van een jetlag, en als gevolg daarvan kostte het me enige moeite om een samenhangend verslag te geven van de reis. Ik probeerde te vertellen over mijn ontmoeting met David Borenstein op Columbia, over de dingen die ik had gezien in de musea, en over de maaltijd bij Momofuku Ko, maar ze leken geobsedeerd door mijn interactie met Rosie en onderwierpen me aan een heus kruisverhoor. Er kon niet redelijkerwijs van mij worden verwacht dat ik elk detail had onthouden. En ik kon uiteraard niet over de activiteiten voor het Vader Project vertellen.

Claudia was erg blij met de sjaal, maar die bood haar extra gelegenheid om me uit te horen. 'Heeft Rosie je geholpen bij het uitkiezen?'

Rosie, Rosie, Rosie.

'De verkoopster heeft hem aangeraden. Het was vrij eenvoudig.'

Toen ik wilde vertrekken, zei Claudia: 'En, Don, wanneer zie je Rosie weer?'

'Aankomende zaterdag,' antwoordde ik eerlijk, zonder erbij te vertellen dat het geen sociale gelegenheid was. We hadden die middag afgesproken om het DNA te analyseren.

Claudia leek tevreden.

Ik zat in mijn eentje te lunchen in de University Club, bladerend door de map van het Vader Project, toen Gene tegenover me kwam zitten met zijn eten en een glas wijn. Ik probeerde de map heimelijk op te bergen, maar daarmee wekte ik alleen maar de indruk dat ik iets probeerde te verbergen, wat ook het geval was. Gene keek naar het buffet achter me.

'O, god!' zei hij.

Ik draaide me om. Gene pakte snel de map, lachend.

'Dat is privé,' zei ik, maar Gene had hem al opengeslagen. De afstudeerfoto van de klas lag bovenop.

Gene leek oprecht verbaasd. 'Mijn god. Hoe kom je hieraan?' Hij bestudeerde de foto aandachtig. 'Die foto moet wel dertig jaar oud zijn. Wat staat er allemaal bij gekrabbeld?'

'Dat was voor een reünie,' zei ik. 'Heb ik een vriend mee geholpen. Weken geleden.' Dat was een prima antwoord, gezien de korte tijd die ik had om het te formuleren, maar het had wel één grote tekortkoming, die Gene meteen bespeurde.

'Een vriend? Juist. Een van je vele vrienden. Je had mij ook moeten uitnodigen.'

'Waarom?'

'Wie heeft de foto gemaakt, denk je?'

Natuurlijk. Er was ook iemand die de foto had genomen. Ik was te verbijsterd om iets te kunnen zeggen.

'Ik was de enige buitenstaander,' zei Gene. 'De docent genetica. Belangrijke avond: opgewekte stemming, geen partners. Iedereen wilde naar dat feest.'

Gene wees naar een gezicht op de foto. Ik had me altijd op de mannen gericht en nooit naar Rosies moeder gezocht. Maar nu Gene haar aanwees, was ze gemakkelijk te herkennen. De gelijkenis was treffend, inclusief het rode haar, al was haar haarkleur minder dramatisch dan die van Rosie. Ze stond tussen Isaac Esler en Geoffrey Case. Case glimlachte breed, net als op de trouwfoto van Isaac Esler.

'Bernadette O'Connor.' Gene nipte van zijn wijn. 'Iers.'

Ik was bekend met de toon van Gene's opmerking. Er was een reden dat hij deze specifieke vrouw had onthouden, en dat was niet omdat ze Rosies moeder was. Het leek zelfs alsof hij dat helemaal niet wist. Ik besloot hem hier ook niet van op de hoogte te stellen.

Zijn vinger schoof één plaats naar links.

'Geoffrey Case. Heeft niet veel aan zijn diploma gehad.'

'Hij is overleden, correct?'

'Zelfmoord.'

Dat was nieuwe informatie. 'Weet je dat zeker?'

'Natuurlijk weet ik dat zeker,' zei Gene. 'Kom op, waar gaat dit allemaal over?'

Ik negeerde de vraag. 'Waarom heeft hij dat gedaan?'

'Waarschijnlijk was hij zijn lithium vergeten in te nemen,' zei Gene. 'Hij had een bipolaire stoornis. Op goede dagen was hij het zonnetje in huis.' Gene keek me aan. Ik ging ervan uit dat hij me wilde uithoren over de reden van mijn interesse in Geoffrey Case en de reünie. Ik deed wanhopig mijn best een plausibele verklaring te bedenken. Gelukkig werd ik gered door een leeg pepervaatje. Gene schudde ermee en liep toen weg om een ander te halen. Ik streek met een servet langs zijn wijnglas en vertrok voordat hij terugkwam.

29

Op zaterdagochtend fietste ik met een onbestemd en dus verontrustend gevoel naar de universiteit. Ik begon weer een beetje in mijn normale routine te komen. De DNA-tests van vandaag markeerden het einde van het Vader Project. In het ergste geval zou Rosie misschien nog iemand opsporen die we over het hoofd hadden gezien – een andere docent of een cateraar of misschien iemand die eerder van het feest was weggegaan –, maar het zou niet veel tijd kosten om nog een enkel extra monster te analyseren. Ik zou geen reden meer hebben om Rosie nog eens te zien.

We troffen elkaar in het lab. We hadden drie monsters om te testen: het monster van Isaac Eslers vork, een urinemonster van een stuk wc-papier uit Freybergs privétoilet, en Gene's servet. Ik had Rosie nog steeds niet verteld over de zakdoek van Margaret Case, maar ik wilde dolgraag de uitslag van Gene's monster weten. Er was een grote kans dat Gene Rosies vader was. Ik probeerde er niet over na te denken, maar het strookte met Gene's reactie op de foto, met het feit dat hij Rosies moeder had herkend, en met zijn losbandige verleden.

'Waar is dat servet van?' vroeg Rosie.

Ik had die vraag al verwacht.

'Herhaling van een test. Een van de eerdere monsters was besmet.'

Hoewel ik inmiddels aardig bedreven raakte in misleiding, was dit niet genoeg om Rosie voor de gek te houden.

'Onzin. Van wie is het? Het is van Case, of niet? Je hebt een monster van Geoffrey Case.'

Het makkelijkste zou zijn om dit gewoon te bevestigen, maar dat zou tot grote verwarring leiden als het monster een match bleek te zijn. Een web van leugens.

'Dat vertel ik je wel als het een match is,' zei ik.

'Vertel het me nu maar,' zei Rosie. 'Dit is hem.'

'Hoe weet je dat?'

'Ik weet het gewoon.'

'Je hebt geen enkel bewijs. Isaac Esler is een grote kanshebber, gezien zijn verhaal. Hij zou meteen na het feest met iemand anders gaan trouwen. Hij geeft toe dat hij dronken was. Hij deed ontwijkend toen we bij hem kwamen eten. Hij staat naast je moeder op de foto.'

Dit hadden we nog niet eerder besproken. Het was zo logisch dat we dit eigenlijk meteen hadden moeten nagaan. Gene had me eens een opdracht gegeven voor op congressen: 'Als je wilt weten wie met wie het bed deelt, kijk dan gewoon naast wie ze zitten tijdens het ontbijt.' De kans was groot dat degene met wie Rosies moeder die avond naar bed was geweest naast haar op de foto zou staan. Tenzij hij degene was die de foto had genomen.

'Mijn intuïtie versus jouw logica. Zullen we wedden?'

Het zou niet eerlijk zijn om deze weddenschap aan te gaan. Ik was in het voordeel door de kennis die ik verkregen had bij het verhoor in de kelder. Realistisch gezien beschouwde ik Isaac Esler, Gene en Geoffrey Case als gelijke kanshebbers. Ik had nagedacht over Eslers verwijzing naar 'de betrokken personen' en geconcludeerd dat dit ambigu was. Misschien dat hij zo een vriend in bescherming nam, maar het zou net zo goed kunnen dat hij zich zo achter zijn vriend probeerde te verschuilen. Maar als Esler niet de vader was, dan had hij me gewoon zijn DNA kunnen laten testen. Misschien wilde hij me in verwarring brengen. Daar was hij ook in geslaagd, zij het slechts tijdelijk. Eslers misleidende gedrag had ertoe geleid dat ik was teruggekomen op een eerder besluit. Als we op het punt aankwamen dat we alle andere kandidaten hadden uitgesloten, inclusief Esler, dan zou ik het monster van Margaret Case testen.

'Hoe dan ook, het is in ieder geval niet Freyberg,' zei Rosie, mijn gedachtegang onderbrekend.

'Waarom niet?' Freyberg was het minst waarschijnlijk, maar zeker niet onmogelijk.

'Groene ogen. Dat ik daar niet eerder aan heb gedacht.'

Haar interpretatie van mijn gezichtsuitdrukking was correct: ongeloof.

'Kom op, je bent geneticus. Hij heeft groene ogen, dus hij kan mijn vader niet zijn. Dat heb ik op internet opgezocht.'

Verbazingwekkend. Ze vraagt een professor in genetica – een vreemdeling met buitengewone vaardigheden – om haar te helpen haar vader te vinden. Ze gaat een week met hem op reis en brengt bijna al die tijd met hem door, maar wanneer ze antwoord wil op een vraag over genetica, wendt ze zich tot internet.

'Dat zijn vereenvoudigde modellen.'

'Don, mijn moeder had blauwe ogen. Ik heb bruine ogen. Dan moet mijn echte vader bruine ogen hebben gehad, toch?'

'Nee,' zei ik. 'De kans is groot, maar het hoeft niet. De erfelijkheid van de kleur ogen is een zeer ingewikkelde kwestie. Groen is ook een mogelijkheid. Evenals blauw.'

'Als geneeskundestudent – als arts – moet ze dat toch hebben geweten?'

Het was duidelijk dat Rosie naar haar moeder verwees. Dit leek me niet het juiste moment om Rosie te wijzen op de vele tekortkomingen van het geneeskundig onderwijs.

Ik zei alleen maar: 'Hoogstwaarschijnlijk niet. Gene gaf vroeger genetica aan geneeskundestudenten. Zo'n vereenvoudigd model is typisch iets voor hem.'

'Gene kan de schijt krijgen,' zei Rosie. 'Ik heb het helemaal gehad met Gene. Test dat servet nu maar. Dat is de match.' Maar ze klonk minder overtuigd.

'Wat ga je doen als je het antwoord weet?'

Ik had deze vraag al veel eerder moeten stellen, maar dat had ik niet gedaan, wederom door gebrek aan planning. Maar nu Gene mogelijk de vader was, waren Rosies verdere acties een stuk relevanter voor mij.

'Grappig dat je dat vraagt,' zei Rosie. 'Ik zei dat ik dit deed om alles te kunnen afsluiten. Maar ik denk dat ik onbewust hoopte dat mijn echte vader zou... afrekenen met Phil.'

'Omdat Phil zijn belofte over Disneyland niet is nagekomen? Het zal nogal lastig worden om na al die jaren nog een geschikte straf te bedenken.'

'Ik zei toch dat het een onbewust verlangen was,' zei ze. 'Ik zag mijn echte vader als een soort held. Maar nu weet ik dat het een van deze drie mannen is, van wie ik er twee heb ontmoet. Isaac Esler met zijn: "Zo'n confrontatie met je verleden moet je niet lichtzinnig opvatten." En Max Freyberg met zijn: "Ik zie mezelf als iemand die zelfvertrouwen herstelt." Eikels, allebei. Gewoon een stelletje slappelingen die ervandoor zijn gegaan.'

Het gebrek aan logica achter deze opmerking was verbijsterend. Hoogstens een van de twee had haar in de steek gelaten.

'Geoffrey Case,' begon ik, denkend dat Rosies omschrijving niet van toepassing was op hem. Maar als Rosie erachter zou komen hoe hij precies was overleden, dan zou ze dat misschien ook zien als een manier om zijn verantwoordelijkheden te ontlopen.

'Ik weet het, ik weet het. Maar als het iemand anders blijkt te zijn, een of andere vent van middelbare leeftijd die zich anders voordoet dan hij is, dan komt daar nu een einde aan voor die klootzak.'

'Ben je van plan hem ermee te confronteren?' vroeg ik geschokt. Ineens realiseerde ik me dat de uitslag van de test iemand veel leed zou kunnen berokkenen, misschien wel mijn beste vriend. En zijn hele familie! En daar zou ik dan medeverantwoordelijk voor zijn. Rosies moeder had niet gewild dat Rosie het wist. Misschien was dit wel de reden. Rosies moeder wist sowieso veel meer van menselijk gedrag dan ik.

'Correct.'

'Maar dan zou je veel leed berokkenen. Zonder er zelf beter van te worden.'

'Ik zou me er anders een stuk beter door voelen.'

'Incorrect,' zei ik. 'Onderzoek heeft aangetoond dat wraak nemen alleen maar bijdraagt aan het leed van het slachtoffer...'

'Dat is mijn keuze.'

Er bestond een kans dat Geoffrey Case haar vader was, waardoor alle drie de monsters geen match zouden opleveren en Rosie te laat zou zijn om wraak te kunnen nemen. Maar ik wilde niet op die mogelijkheid hoeven vertrouwen.

Ik schakelde de apparatuur uit.

'Niet doen,' zei Rosie. 'Ik heb het recht om het te weten.'

'Niet als dat tot zoveel ellende leidt.'

'En ik dan?' zei ze. 'Geef je niet om mij?' Ze werd emotioneel. Ik voelde me daarentegen erg kalm. Rationaliteit had weer de overhand. Mijn gedachten waren helder.

'Ik geef enorm veel om je. Dus ik kan je niet helpen bij het uitvoeren van zoiets immoreels.'

'Don, als je de test niet doet, dan praat ik niet meer met je. Nooit meer.'

Deze informatie was pijnlijk om te verwerken, maar volkomen voorspelbaar.

'Dat leek me sowieso onvermijdelijk,' zei ik. 'Het project is bijna afgerond, en jij hebt aangegeven geen verdere interesse te hebben in een seksuele relatie.'

'Dus het is mijn schuld?' zei Rosie. 'Natuurlijk is het mijn schuld. Ik ben verdomme geen niet-rokende, geheelonthoudende chef-kok met een doctorstitel. Ik ben ongestructureerd.'

'Ik heb de eis van geheelonthouding laten vallen.' Ik begreep dat ze naar het Echtgenote Project verwees. Maar wat wilde ze nu precies zeggen? Dat ze zichzelf beoordeelde volgens de criteria van het Echtgenote Project? Dat betekende...

'Je hebt mij als partner overwogen?'

'Natuurlijk,' zei ze. 'Buiten het feit dat je geen flauw benul hebt van sociale normen, dat je leven wordt geregeerd door een whiteboard en dat je niet in staat bent lief te hebben, ben je helemaal perfect.'

Ze liep naar buiten en smeet de deur achter zich dicht.

Ik zette het apparaat aan. Nu Rosie er niet bij was, kon ik veilig de DNA-monsters testen en daarna besluiten wat ik ermee zou doen. Toen hoorde ik de deur weer opengaan. Ik draaide me om en verwachtte Rosie te zien staan. Maar het was de decaan.

'Bezig met je geheime project, professor Tillman?'

Ik zat diep in de problemen. Bij al mijn eerdere aanvaringen met de decaan had ik me wel aan de regels gehouden, of was de overtreding te minimaal om me daarvoor te bestraffen. Maar het DNA-apparaat gebruiken voor privédoeleinden was een ernstige overtreding van de voorschriften van de afdeling Genetica. Wat wist ze precies? Normaal gesproken werkte ze niet in het weekend. Haar aanwezigheid hier was geen toeval.

'Fascinerend onderwerp, volgens Simon Lefebvre,' zei de decaan. 'Hij kwam mijn kantoor binnen en vroeg me naar een project van mijn eigen faculteit. Een project waar we schijnbaar zijn DNA voor nodig hebben. Heel gebruikelijk, uiteraard. Ik neem aan dat het onderdeel was van een grap. Vergeef me mijn gebrek aan humor, maar ik was dan ook in het nadeel, aangezien ik nog nooit van het project had gehoord. Ik nam aan dat ik toch zeker het voorstel onder ogen zou hebben gekregen voordat dit naar de ethische commissie zou gaan.'

Tot dat moment had de decaan kalm en rationeel geleken. Nu verhief ze haar stem.

'Al twee jaar lang probeer ik de faculteit geneeskunde zover te krijgen een gezamenlijk onderzoeksproject te financieren, en dan besluit jij ineens om je volkomen onethisch te gedragen. Tegenover de man die de baas is over hun portefeuille, nota bene. Ik wil een schriftelijk verslag zien. Als dit geen goedkeuring van de ethische commissie bevat die ik om de een of andere reden nog niet onder ogen heb gehad, dan zal er binnenkort een functie voor een universitair hoofddocent vrijkomen.'

De decaan bleef even bij de deur staan.

'Ik heb je klacht over Kevin Yu nog niet doorgespeeld. Misschien moet je daar nog maar eens over nadenken. En ik wil je sleutels van het lab hebben.'

Het Vader Project was afgelopen. Officieel.

Toen Gene de volgende dag mijn kantoor binnenkwam, was ik bijna klaar met het invullen van een EPDS-vragenlijst.

'Alles in orde?' vroeg hij. Dat was een gepaste vraag.

'Waarschijnlijk niet. Dat kan ik je over ongeveer vijftien seconden vertellen.' Ik maakte de vragenlijst af, berekende de score en gaf het papier aan Gene. 'Zestien,' vertelde ik hem. 'Mijn op een na hoogste score ooit.'

Gene keek ernaar. 'Edinburgh Postnatal Depression Scale. Moet ik je er nog op wijzen dat je niet onlangs een kind hebt gekregen?'

'Ik vul de vragen over baby's niet in. Dit was het enige instrument voor het meten van depressie dat Claudia thuis had liggen toen mijn zus was overleden. Ik ben het blijven gebruiken om consequent te blijven.'

'En dit noem jij: "je gevoelens onder ogen komen"?' zei Gene.

Ik besefte dat dit een retorische vraag was en gaf geen antwoord.

'Luister,' zei hij, 'ik denk dat ik dit voor je kan oplossen.'

'Heb je iets gehoord van Rosie?'

'Godsamme, Don,' zei Gene. 'Ik heb een bericht van de decaan. Ik weet niet waar je allemaal mee bezig was, maar DNA testen zonder goedkeuring van de ethische commissie... dat betekent "einde carrière".'

Dat wist ik. Ik had besloten contact op te nemen met Amghad, de baas van de golfclub, om te informeren naar het partnerschap betreffende de cocktailbar. Het leek tijd voor iets anders. Ik was flink wakker geschud dit weekend. Toen ik thuiskwam na mijn aanvaring met de decaan, zag ik dat Eva, mijn schoonmaakster, de vragenlijst voor het Echtgenote Project had ingevuld. Op de voorkant had ze geschreven: *Don. Niemand is perfect. Eva.* In mijn kwetsbare toestand had dit mij diep geraakt. Eva was een goed mens. Misschien droeg ze die korte rokjes wel om een partner voor zich te winnen. Ze had zich vast geschaamd voor haar relatief lage sociaaleconomische status bij het invullen van de vragen over postdoctorale titels en waardering voor dure gerechten. Ik dacht aan alle vrouwen die mijn vragenlijst hadden ingevuld, en ik hoopte dat ze een partner zouden vinden. Ik hoopte dat ik die partner misschien wel zou zijn, ook al wisten ze niet veel over mij en zouden ze waarschijnlijk teleurgesteld zijn als ze wel meer wisten.

Ik had mezelf een glas pinot noir ingeschonken en was naar het balkon gelopen. De lichtjes van de stad deden me denken aan het kreeftdiner met Rosie, wat een van de aangenaamste maaltijden van mijn leven was geweest, ook al had de vragenlijst iets anders voorspeld. Claudia had gezegd dat ik te kieskeurig was, maar Rosie had in New York bewezen dat ik geen idee had van wat mij nu echt gelukkig maakte. Ik nipte van de wijn en keek toe terwijl het uitzicht langzaam veranderde. Ergens achter een raam ging een lamp uit, een stoplicht sprong van rood op groen, het zwaailicht van een ambulance weerkaatste tegen de gebouwen. Toen besefte ik dat ik de vragenlijst niet had ontworpen om een vrouw te vinden die ik acceptabel vond, maar om iemand te vinden die mij misschien zou accepteren.

Ik zou de vragenlijst niet meer gebruiken, ongeacht de besluiten die ik zou nemen naar aanleiding van mijn ervaringen met Rosie. Het Echtgenote Project was afgelopen.

Gene had nog meer te zeggen. 'Geen baan, geen structuur, geen rooster. Je zult helemaal instorten.' Hij keek weer naar de vragenlijst over depressie. 'Je bent al aan het instorten. Luister. Ik zal zeggen dat het een project was van de afdeling Psychologie. We kunnen wel een aanvraag voor de ethische commissie fabriceren, en dan kun je zeggen dat je dacht dat deze was goedgekeurd.'

Gene deed duidelijk zijn best om me te helpen. Ik glimlachte, om hem te plezieren.

'Haalt dat een paar punten van de score af?' zei hij, zwaaiend met de EPDS-vragenlijst.

'Ik denk het niet.'

Er viel een stilte. Blijkbaar hadden we geen van beiden nog iets te zeggen. Ik verwachtte dat Gene zou vertrekken, maar hij probeerde het nog eens.

'Help me eens, Don. Het gaat om Rosie, of niet?'

'Het slaat nergens op.'

'Simpel gezegd komt het hierop neer,' zei Gene. 'Je bent ongelukkig, zo ongelukkig dat je geen oog meer hebt voor je carrière, je reputatie en je heilige rooster.'

Dat was waar.

'Jezus, Don, je hebt de regels overtreden. Sinds wanneer overtreed jij de regels?'

Dat was een goede vraag. Ik heb altijd respect gehad voor regels. Maar in de afgelopen negenennegentig dagen had ik vele regels overtreden, wettelijke, ethische en persoonlijke. Ik wist precies wanneer dit was begonnen. Op de dag dat Rosie mijn kantoor was binnengewandeld en ik het reserveringssysteem van Le Gavroche had gehackt zodat ik met haar uit eten kon gaan.

'Draait dit allemaal om een vrouw?' zei Gene.

'Blijkbaar. Het is volkomen irrationeel.' Ik voelde me beschaamd. Een sociale blunder begaan was één ding, maar toegeven dat mijn gezonde verstand me in de steek had gelaten was iets heel anders.

'Het is alleen irrationeel als je in je vragenlijst gelooft.'

'De EPDS is zeer...'

'Ik heb het over jouw "lust je niertjes?"-vragenlijst. Ik zou zeggen: genetica één, vragenlijst nul.'

'Dus jij denkt dat de situatie met Rosie het resultaat is van genetisch bepaalde seksuele aantrekkingskracht?'

'Wat weet je het toch mooi te verwoorden,' zei Gene. 'Maar als je het iets romantischer zou willen stellen, dan zou ik zeggen dat jullie verliefd zijn.'

Dat was een opmerkelijke bewering. Maar ook volkomen logisch. Ik had altijd gedacht dat ik geen romantische liefde zou kunnen ervaren. Maar het verklaarde mijn huidige situatie volledig. Ik wilde het zeker weten.

'Is dat jouw mening als deskundige? Als expert op het gebied van menselijke aantrekkingskracht?'

Gene knikte.

'Uitstekend.' Gene's inzicht had mijn stemming totaal veranderd.

'Ik weet niet precies waarom dat iets zou uitmaken,' zei Gene.

'Rosie noemde drie tekortkomingen. Nummer één was dat ik niet in staat zou zijn liefde te voelen. Nu blijven er dus nog maar twee over om aan te pakken.'

'En dat zijn?'

'Gebrekkige sociale vaardigheden en dwangmatige punctualiteit. Kleinigheden.'

30

Ik plande een afspraak met Claudia in ons vaste café, om over sociaal gedrag te praten. Ik realiseerde me dat het verbeteren van mijn sociale vaardigheden enige moeite zou kosten en dat zelfs mijn beste poging misschien niet voldoende zou zijn voor Rosie. Maar het verbeteren van deze vaardigheden was op zichzelf al nuttig.

Ik had, tot op zekere hoogte, berust in het feit dat ik sociaal onbekwaam was. Op school was ik onbewust de lolbroek van de klas geworden, en uiteindelijk bewust. Hoog tijd om volwassen te worden.

De serveerster kwam naar onze tafel. 'Bestel jij maar,' zei Claudia.

'Waar heb je zin in?'

'Een skinny decaf latte.'

Dat was een belachelijke manier om je koffie te drinken, maar daar wees ik haar maar niet op. Claudia had de boodschap vast al begrepen na de eerdere keren dat ik haar hierop had gewezen. Ze hoefde het niet nog eens te horen. Dat zou ze irritant vinden.

'Ik wil graag een dubbele espresso,' zei ik tegen de serveerster, 'en voor mijn vriendin een skinny decaf latte zonder suiker, alstublieft.'

'Nou,' zei Claudia. 'Er is wel iets veranderd.'

Ik wees erop dat ik mijn hele leven al beleefd en met succes koffie had weten te bestellen, maar Claudia bleef erbij dat mijn manier van communiceren op subtiele wijze was veranderd.

'Ik zou nooit hebben gedacht dat New York de plek was om goede manieren te leren,' zei ze, 'maar zo zie je maar weer.'

Ik vertelde haar dat de mensen juist buitengewoon vriendelijk waren geweest en beschreef mijn ervaringen met Dave de Honkbalfan, Mary de wetenschapper gespecialiseerd in bipolaire stoornissen, David Borenstein de decaan van de faculteit geneeskunde op Columbia, en de chef-kok en de rare man in Momofuku Ko. Ik vertelde haar dat we bij de Eslers hadden gegeten, hen omschrijvend als vrienden van Rosies familie. Claudia's conclusie was eenvoudig. Al deze sociale interactie waar ik niet aan gewend was, plus mijn contact met Rosie, hadden mijn vaardigheden drastisch verbeterd.

'Voor Gene en mij hoef je niet zo je best te doen, omdat je geen indruk meer op ons hoeft te maken of vriendschap met ons hoeft te sluiten.'

Oefening baart kunst, daarin had Claudia gelijk. Maar ik leer meer van lezen en observeren. Mijn volgende voornemen was dan ook om wat educatief materiaal te downloaden.

Ik besloot te beginnen met de romantische films die Rosie expliciet had genoemd. Dat waren er vier: *Casablanca*, *The Bridges of Madison County*, *When Harry Met Sally* en *An Affair to Remember*. Daar voegde ik nog *To Kill a Mockingbird* en *The Big Country* aan toe vanwege Gregory Peck, die volgens Rosie de meest sexy man aller tijden was.

Het kostte me een hele week om ze alle zes te kijken, inclusief het pauzeren om aantekeningen te maken. De films waren uitermate nuttig, maar ook zeer interessant. De emotionele ontwikkelingen waren zo complex! Ik hield vol en ging verder met films die Claudia me aanraadde over relaties tussen man en vrouw, met zowel goede als slechte afloop. Ik keek *Hitch*, *Gone with the Wind*, *Bridget Jones's Diary*, *Annie Hall*, *Notting Hill*, *Love Actually* en *Fatal Attraction*.

Claudia stelde ook voor om *As Good as It Gets* te kijken, 'gewoon voor de lol'. Hoewel ze adviseerde dit te zien als voorbeeld van hoe het niet moest, was ik toch onder de indruk toen het personage van Jack Nicholson een vergelijkbaar jasincident met meer finesse oploste dan ik had gedaan. Het was ook bemoedigend om te zien dat hij er uiteindelijk in slaagde de vrouw voor zich te winnen, ondanks zijn grote gebrek aan sociale vaardigheden, het significante leeftijdsverschil tussen hem en het personage van Helen Hunt, de meerdere psychische stoornissen waar hij vermoedelijk aan leed en zijn intolerantie, waarin hij nog veel erger was dan ik. Een uitstekende keuze van Claudia.

Langzaam begon ik het te snappen. Er bestonden bepaalde gedragsregels binnen romantische relaties tussen man en vrouw, waaronder het verbod op ontrouw. Die regel zat in mijn hoofd toen ik weer met Claudia had afgesproken voor het oefenen van mijn sociale vaardigheden.

We namen enkele scenario's door.

'Deze maaltijd bevat een fout,' zei ik. De situatie was hypothetisch, want we dronken alleen koffie. 'Dat zou te direct zijn, correct?'

Claudia bevestigde dit. 'En gebruik geen woorden als "defect" of "fout". Dat is computerjargon.'

'Maar ik kan wel zeggen: "Het spijt me, dat was een verkeerde inschatting, helemaal mijn fout", correct? Dat gebruik van "fout" is acceptabel?'

'Correct,' zei Claudia, en toen begon ze te lachen. 'Ik bedoel ja. Don, het kost jaren om dit te leren.'

Ik had geen jaren de tijd. Maar ik ben een snelle leerling en was zeer leergierig. Dat demonstreerde ik.

'Ik zal nu een objectieve opmerking maken, gevolgd door een verzoek om opheldering en voorafgegaan door een beleefdheidsvorm: "Pardon. Ik had een kort gebakken biefstuk besteld. Hebt u soms een andere definitie van kort gebakken?"'

'Goed begin, maar de vraag komt wat agressief over.'

'Niet acceptabel?'

'In New York misschien. Leg de schuld niet bij de ober.'

Ik paste de vraag aan. 'Pardon. Ik had een kort gebakken biefstuk besteld. Zou u kunnen nagaan of mijn bestelling correct is doorgekomen?'

Claudia knikte. Maar ze leek niet helemaal tevreden. Ik had veel aandacht besteed aan het herkennen van gezichtsuitdrukkingen en ik had die van haar correct ingeschat.

'Don, ik ben onder de indruk, maar... jezelf veranderen om aan iemands verwachtingen te voldoen lijkt me niet zo'n goed idee. De kans bestaat dat je haar dat uiteindelijk kwalijk gaat nemen.'

Dat leek me niet erg waarschijnlijk. Ik leerde alleen wat nieuwe protocollen, meer niet.

'Als je echt van iemand houdt,' ging Claudia verder, 'dan moet je bereid zijn hen te accepteren zoals ze zijn. Al hoop je misschien wel dat ze op een dag het licht zullen zien en zullen veranderen omdat ze dat zelf willen.'

Die laatste opmerking sloeg op de regel over ontrouw waar ik aan het begin van ons gesprek aan had gedacht. Ik hoefde dat onderwerp nu niet aan te snijden. Mijn vraag was al beantwoord. Ik wist zeker dat Claudia op Gene doelde.

Ik sprak de volgende ochtend met Gene af om te gaan hardlopen. Ik moest hem onder vier ogen spreken, ergens waar hij niet aan me kon ontsnappen. Zodra we in beweging kwamen, stak ik van wal met mijn preek. Mijn belangrijkste punt was dat ontrouw volkomen onacceptabel was. Eventuele voordelen wogen niet op tegen de kans dat het op een totale ramp zou uitlopen. Gene was al een keer gescheiden. Eugenie en Carl...

Gene onderbrak me hijgend. In mijn poging de boodschap krachtig en ondubbelzinnig over te brengen, was ik harder gaan rennen dan normaal. Gene is duidelijk minder fit dan ik, dus mijn hardloopsessies gericht op vetverbranding bij een lage hartslag zijn voor hem een fikse cardiotraining.

'Boodschap begrepen,' zei Gene. 'Wat heb je allemaal zitten lezen?'

Ik vertelde hem over de films die ik had gekeken en over hun geïdealiseerde beeld van acceptabel en onacceptabel gedrag. Als Gene en Claudia een konijn hadden gehad, dan zou het dier ernstig gevaar lopen het slachtoffer te worden van een ontevreden minnares. Gene was het hier niet mee eens; niet zozeer wat betreft het konijn, maar wat betreft de impact van zijn gedrag op zijn huwelijk.

'We zijn beiden psycholoog,' zei hij. 'We kunnen een open huwelijk wel aan.'

Ik negeerde zijn foutieve omschrijving van zichzelf als echte psycholoog en richtte me op de cruciale kwestie: volgens alle deskundigen en alle ethische normen is trouw een essentiële factor binnen een relatie. Zelfs de evolutionaire psychologie stelt dat iemand goede reden heeft om de partner af te wijzen wanneer deze ontrouw blijkt te zijn.

'Dat slaat alleen op mannen,' zei Gene. 'Omdat zij niet het

risico kunnen lopen een kind op te voeden dat niet hun genen deelt. Hoe dan ook, ik dacht dat je voorstander was van het overwinnen van instincten.'

'Correct. Mannen worden instinctief aangespoord om vreemd te gaan. Dat instinct moet jij zien te overwinnen.'

'Vrouwen accepteren het, zolang het hen maar niet in verlegenheid brengt. Kijk maar naar Frankrijk.'

Ik noemde een tegenvoorbeeld uit een populair boek, dat ook verfilmd was.

'*Bridget Jones's Diary?*' zei Gene. 'Sinds wanneer zouden wij ons als personages uit een vrouwenfilm moeten gedragen?' Hij bleef staan en boog voorover, snakkend naar adem. Dat gaf me de gelegenheid om hem zonder onderbreking met het bewijs te confronteren. Ik eindigde met de opmerking dat hij van Claudia hield en dat hij dus bereid zou moeten zijn om de benodigde offers te brengen.

'Ik zal erover nadenken zodra ik zie dat jij je levenslange gewoontes hebt veranderd,' zei hij.

Ik had gedacht dat het loslaten van mijn rooster relatief eenvoudig zou zijn. Ik had net acht dagen zonder geleefd, en hoewel ik tegen talloze problemen aan was gelopen, hadden deze niets te maken met inefficiëntie of hectiek. Maar ik had geen rekening gehouden met de huidige enorme opschudding in mijn leven en de effecten hiervan op mijn gemoedsrust. Naast de onzekerheid over de situatie met Rosie, de inspanningen om mijn sociale vaardigheden te verbeteren, en de angst dat mijn beste vrienden als gezin uit elkaar dreigden te vallen, stond ik ook nog op het punt mijn baan te verliezen. Mijn rooster met mijn vaste dagindeling voelde als de enige stabiele factor in mijn leven.

Uiteindelijk kwam ik tot een compromis dat Rosie vast acceptabel zou vinden. Iedereen houdt een overzicht bij van z'n verplichtingen, in mijn geval mijn colleges, vergaderingen en vechtsporttrainingen. Dat zou ik mezelf toestaan. Ik zou afspraken in mijn agenda zetten, zoals andere mensen dat ook deden, maar ik zou standaardisering vermijden. Afspraken konden per week verschillen. Al snel besefte ik dat het schrappen van het Gestandaardiseerde Maaltijdsysteem, het onderdeel van mijn rooster dat het meeste commentaar opleverde, het enige was wat mijn onmiddellijke aandacht vroeg.

Mijn volgende bezoek aan de markt was nogal vreemd, zoals te verwachten viel. Toen ik bij de viskraam kwam, had de visboer zich al omgedraaid om een kreeft uit de tank te pakken.

'De plannen zijn veranderd,' zei ik. 'Wat kunt u me vandaag aanraden?'

'Kreeft,' zei hij, met een zwaar accent. 'Kreeft is elke dinsdag aanrader voor u.' Hij begon te lachen en gebaarde naar zijn andere klanten. Hij maakte een grapje over me. Toen Rosie had gezegd dat ik geen gezeik met haar wilde, had ze een bepaalde uitdrukking op haar gezicht gehad. Die uitdrukking probeerde ik nu zelf uit. Het leek ook zonder woorden te werken.

'Ik maak grapje,' zei hij. 'Zwaardvis is heel goed. Oesters. Lust u oesters?'

Ik lustte oesters, hoewel ik ze nooit zelf had klaargemaakt. Ik bestelde ze ongeopend, aangezien goede restaurants hun oesters altijd aanprezen als vers geopend.

Ik kwam thuis met een keur aan etenswaren die niet bij een bepaald recept hoorden. De oesters bleken nogal een uitdaging te zijn. Ik kon er geen mes tussen steken om ze open te wrikken zonder het risico te lopen mezelf te snijden. Ik had de juiste techniek op het internet kunnen opzoeken, maar dat zou tijd kosten. Dit was nu precies de reden dat ik een gestandaardiseerd systeem had, bestaande uit producten waarmee ik bekend was. Ik kon met mijn ogen dicht een kreeft bereiden terwijl mijn hersenen zich met genetische vraagstukken bezighielden. Wat was er mis met standaardisering? Weer een oester waar ik mijn mes niet tussen kreeg. Ik begon geïrriteerd te raken en stond op het punt de hele zak in de prullenbak te gooien toen ik een idee kreeg.

Ik legde een oester in de magnetron en verhitte hem een paar seconden. Toen ging hij gemakkelijk open. Hij smaakte warm maar heerlijk. Ik probeerde een tweede, maar voegde er dit keer wat citroensap en versgemalen peper aan toe. Sensationeel! Ik zag een hele wereld voor me opengaan. Ik hoopte maar dat oesters duurzaam waren, want ik wilde mijn nieuwe vaardigheden met Rosie delen.

31

Doordat ik zo druk bezig was met het verbeteren van mijn sociale vaardigheden, had ik weinig tijd om na te denken over mijn dreigende ontslag. Ik had besloten dat ik niet zou ingaan op Gene's aanbod om me van een alibi te voorzien. Nu ik me ervan bewust was dat ik de regels had overtreden, zou ik het niet tegenover mezelf kunnen verantwoorden om daarmee door te gaan.

Het lukte me om de opkomende gedachten over het verdere verloop van mijn carrière te onderdrukken, maar die laatste opmerking van de decaan over Kevin Yu en mijn melding van plagiaat bleef maar door mijn hoofd spoken. Na veel nadenken kwam ik tot de conclusie dat de decaan me hiermee niet een onethische deal had willen aanbieden in de trant van: als jij je melding intrekt, dan zal ik je niet ontslaan. Haar woorden zaten me dwars omdat ik zelf de regels had overtreden bij het uitvoeren van het Vader Project.

Gene had me eens een religieus grapje verteld toen ik twijfelde aan de moraliteit van zijn gedrag.

Jezus richt zich tot een boze menigte die een prostituee wil stenigen. 'Wie van jullie zonder zonde is, laat die de eerste steen werpen.' Iemand gooit een steen en raakt de vrouw. Jezus draait zich om en zegt: 'Soms word ik echt moe van u, moeder.'

Ik kon niet langer met de maagd Maria vergeleken worden. Ik was gecorrumpeerd. Ik was zoals iedereen. Ik had niet langer het recht om stenen te mogen werpen.

Ik liet Kevin naar mijn kantoor komen voor een gesprek. Hij kwam uit China en was ongeveer achtentwintig (geschatte BMI negentien). Ik bestempelde zijn gezichtsuitdrukking en houding als 'nerveus'.

In mijn hand hield ik zijn verslag, geheel of in ieder geval deels geschreven door zijn bijlesdocent. Ik liet het hem zien en stelde de logische vraag: waarom had hij het niet zelf geschreven?

Hij wendde zijn blik af, wat ik beschouwde als een cultureel bepaald teken van respect en niet van onoprechtheid. Maar in plaats van antwoord te geven op mijn vraag, begon hij uit te leggen wat de gevolgen zouden zijn van een eventuele schorsing. Hij had een vrouw en kind in China, die hij nog niet over het probleem had verteld. Hij hoopte op een dag naar Australië te kunnen emigreren, of op zijn minst als geneticus aan de slag te kunnen. Zijn onverstandige gedrag zou het einde betekenen van de dromen van hem en zijn vrouw, die hij al bijna vier jaar niet had gezien. Hij begon te huilen.

In het verleden zou ik dit als treurig doch irrelevant hebben beschouwd. Er was immers een regel overtreden. Maar nu had ik zelf ook de regels overtreden. Niet opzettelijk, of in ieder geval niet bewust. Wellicht dat Kevin net zo ondoordacht had gehandeld.

Ik vroeg Kevin: 'Wat zijn de belangrijkste argumenten tegen het gebruik van genetisch gemodificeerde gewassen?' Het verslag ging over de ethische en wettelijke vraagstukken die werden opgeworpen door de nieuwe ontwikkelingen in genetica. Kevin gaf een uitgebreide samenvatting. Ik stelde aanvullende vragen, die hij ook naar behoren beantwoordde. Hij leek goed op de hoogte te zijn van het onderwerp.

'Waarom heb je dit niet zelf geschreven?' vroeg ik.

'Ik ben wetenschapper. Ik weet niet zeker of mijn Engels wel goed genoeg is om over ethische en culturele kwesties te schrijven. Ik wilde er zeker van zijn dat ik het vak zou halen. Ik dacht er niet over na.'

Ik wist niet wat ik moest antwoorden. Ik had een gloeiende hekel aan mensen die onnadenkend handelden, en ik wilde dit dan ook niet aanmoedigen onder toekomstige wetenschappers. Noch wilde ik dat mijn besluit over Kevin zou worden beïnvloed door mijn eigen tekortkomingen. Ik zou zelf moeten boeten voor mijn fout, wat ik ook verdiende. Maar het verliezen van mijn baan had niet dezelfde gevolgen voor mij als een schorsing had voor Kevin. Ik betwijfelde of hij ook een lucratief partnerschap in een cocktailbar aangeboden zou krijgen als alternatief.

Ik dacht lange tijd na, terwijl Kevin daar alleen maar zat. Hij moest zich hebben gerealiseerd dat ik een of andere vorm van respijt overwoog. Ik probeerde de gevolgen van verscheidene besluiten tegen elkaar af te wegen, maar ik voelde me erg ongemakkelijk in deze positie als beoordelaar. Was dit wat de decaan elke dag moest doen? Voor het eerst voelde ik een zeker respect voor haar.

Ik wist niet of ik op korte termijn een oplossing kon bedenken. Maar ik realiseerde me dat het wreed zou zijn om Kevin nog langer in het ongewisse te laten over deze levens bepalende kwestie.

'Ik begrijp het...' begon ik, en ik realiseerde me dat ik dat niet vaak zei in relatie tot andere mensen. Ik zweeg even en dacht na. 'Ik zal je een aanvullende opdracht geven, waarschijnlijk een verslag over persoonlijke ethiek. Als alternatief voor een schorsing.'

Ik bestempelde Kevins gezichtsuitdrukking als extatisch.

Ik was me ervan bewust dat sociale vaardigheden niet alleen bestonden uit trouw blijven aan je partner of weten hoe je koffie moet bestellen. Sinds mijn schooltijd koos ik mijn kleding uit zonder op de mode te letten. Aanvankelijk kon het me niet schelen hoe ik eruitzag, en later merkte ik dat mensen mijn kledingkeuze amusant vonden. Ik vond het leuk om gezien te worden als iemand die niet gebonden was aan de normen van de samenleving. Maar als gevolg daarvan had ik nu geen idee hoe ik me moest kleden.

Ik vroeg Claudia om wat geschikte kleding voor me te kopen. Ze had haar deskundigheid bewezen met de spijkerbroek en het shirt. Ze stond er echter op dat ik haar vergezelde.

'Ik zal er misschien niet altijd zijn,' zei ze. Na enige reflectie concludeerde ik dat ze niet doelde op haar toekomstige overlijden, maar op iets veel acuters: een scheiding! Ik moest een manier vinden om Gene te overtuigen van dit gevaar.

Het winkelen zelf duurde een hele ochtend. We gingen naar verscheidene winkels en kochten schoenen, broeken, een jas, een tweede spijkerbroek, meer shirts, een riem en zelfs een stropdas.

Ik had nog meer aankopen te doen, maar daar had ik Claudia's hulp niet bij nodig. Een foto was voldoende om mijn wensen kenbaar te maken. Ik bezocht de opticien, de kapper (niet mijn gebruikelijke barbier) en de kleermaker. Iedereen was erg behulpzaam.

Mijn dagindeling en mijn sociale vaardigheden waren nu naar mijn beste vermogen in overeenstemming gebracht met de norm, binnen de tijd die ik hiervoor had gereserveerd. Het Don Project was afgerond. Het was tijd voor het Rosie Project.

Er hing een spiegel aan de binnenkant van de kast in mijn kantoor. Ik had hem nog nooit nodig gehad, maar nu gebruikte ik hem om mijn verschijning te beoordelen. Ik verwachtte dat ik slechts één kans zou krijgen om Rosies negatieve beeld van mij te doorbreken en een emotionele reactie uit te lokken. Ik wilde dat ze verliefd op me zou worden.

De etiquette schreef voor dat ik binnen geen hoed mocht dragen, maar ik besloot dat de werkruimte van de promovendi als openbare ruimte kon worden beschouwd. Op grond daarvan zou het acceptabel zijn. Ik keek nogmaals in de spiegel. Rosie had gelijk gehad. In mijn grijze driedelige pak kon ik zo doorgaan voor Gregory Peck in *To Kill a Mockingbird*. Atticus Tillman. De meest sexy man op aarde.

Rosie zat aan haar bureau. Evenals Stefan, ongeschoren als altijd. Ik had mijn toespraak voorbereid.

'Goedemiddag, Stefan. Dag, Rosie. Rosie, ik vrees dat het wat kort dag is, maar ik vroeg me af of je vanavond met me uit eten wilde. Er is iets wat ik je wil vertellen.'

Geen van beiden zei iets. Rosie leek ietwat verbijsterd. Ik keek haar aan. 'Dat is een mooie hanger,' zei ik. 'Ik kom je om 19.45 uur ophalen.' Ik trilde toen ik wegliep, maar ik had mijn best gedaan. Hitch uit *Hitch* zou trots op me zijn geweest.

Ik had nog twee bezoekjes af te leggen voor mijn date met Rosie.

Ik liep meteen door, langs Helena. Gene zat in zijn kantoor naar zijn computer te staren. Op het beeldscherm was een foto te zien van een Aziatische vrouw. Ze was geen klassieke schoonheid. Ik herkende de opmaak: ze had zich voor het Echtgenote Project aangemeld. Geboorteland: Noord-Korea.

Gene keek me vreemd aan. Mijn Gregory Peck-kostuum was ongetwijfeld onverwacht, maar wel gepast voor mijn missie.

'Dag, Gene.'

'Waarom zeg je ineens "dag"? Het was toch altijd "gegroet"?'

Ik legde hem uit dat ik een aantal ongebruikelijke uitdrukkingen uit mijn vocabulaire had geschrapt.

'Dat hoorde ik al van Claudia. Dacht je soms dat je vaste mentor niet opgewassen zou zijn tegen deze taak?'

Ik wist niet zeker wat hij bedoelde.

Hij legde het uit. 'Je hebt mij niet om hulp gevraagd.'

Dat was correct. Rosies feedback had me aangespoord om Gene's sociale vaardigheden nog eens onder de loep te nemen, en de filmvoorbeelden en mijn recente oefensessies met Claudia bevestigden mijn vermoeden dat zijn vaardigheden maar zeer beperkt toepasbaar waren, en dat hij ze niet inzette in het beste belang van zichzelf en zijn gezin.

'Nee,' zei ik tegen hem. 'Ik wilde advies over sociaal geaccepteerd gedrag.'

'Wat wil je daarmee zeggen?'

'Jij lijkt op mij, dat is wel duidelijk. Daarom ben je mijn beste vriend. Vandaar ook deze uitnodiging.' Ik had deze dag zorgvuldig voorbereid. Ik gaf Gene een envelop. Hij maakte hem niet open maar zette het gesprek voort.

'Ik lijk op jou? Niet lullig bedoeld, Don, maar jouw gedrag – je oude gedrag – was een klasse apart. Je verschool je achter een personage dat de mensen volgens jou amusant vonden. Niet zo verrassend dus dat mensen je zagen als een... lolbroek.'

Dat was nu juist het punt. Maar Gene leek het verband niet te leggen. Ik was zijn vriend, dus het was mijn taak om me als een volwassene te gedragen en het hem recht voor zijn raap te zeggen.

Ik liep naar zijn wereldkaart vol punaises waarmee hij zijn veroveringen markeerde. Ik bekeek de kaart voor de laatste keer, naar ik hoopte. Toen wees ik ernaar met mijn vinger, om een dreigende sfeer op te roepen.

'Precies,' zei ik. 'Jij denkt dat mensen je zien als een casanova. Zal ik je eens wat vertellen? Het kan mij niet schelen wat andere mensen van je denken, maar als je het per se wilt weten: ze vinden je een eikel. En ze hebben gelijk, Gene. Je bent zesenvijftig en je hebt een vrouw en twee kinderen, hoewel ik niet weet hoe lang dat nog het geval zal zijn. Het wordt tijd dat je eens volwassen wordt. Dat zeg ik je als vriend.'

Ik keek naar Gene's gezicht. Ik werd steeds beter in het herkennen van emoties, maar dit was een complexe. Ontreddering, denk ik.

Ik was opgelucht. Het standaardprotocol voor het geven van streng advies van man tot man had gewerkt. Ik had hem niet eens een klap in zijn gezicht hoeven geven.

32

Ik keerde terug naar mijn kantoor en ontdeed me van mijn Gregory Peck-kostuum, waarna ik mijn nieuwe broek en blazer aantrok. Toen pleegde ik een telefoontje. De receptionist was niet bereid een persoonlijke afspraak in te plannen, dus boekte ik een conditietest om 16.00 uur met Phil Jarman, Rosies 'vader'.

Ik wilde net vertrekken toen de decaan aanklopte. Ze liep naar binnen en gebaarde me haar te volgen. Dit was niet gepland, maar vandaag was een geschikte dag om deze fase van mijn carrière af te sluiten.

We gingen naar beneden met de lift en liepen zwijgend over de campus naar haar kantoor. Blijkbaar moest ons gesprek in een formele omgeving plaatsvinden. Ik voelde me ongemakkelijk, wat een logische reactie was aangezien ik vrijwel zeker vanwege onprofessioneel gedrag ontslagen zou worden uit mijn functie aan een prestigieuze universiteit. Hier had ik echter al op gerekend. Mijn gevoelens werden door iets anders veroorzaakt. Dit scenario met de decaan riep herinneringen op aan mijn eerste week op de middelbare school, toen ik naar het kantoor van de directeur werd gestuurd vanwege vermeend ongepast handelen. Het bewuste wangedrag had betrekking op het grondig uithoren van onze godsdienstlerares. Achteraf gezien realiseerde ik me dat ze het goed bedoelde, maar ze had misbruik gemaakt van haar machtspositie over een elfjarige, en ik was flink van streek geweest.

De directeur was in feite best meevoelend, maar hij waarschuwde me dat ik 'respect' moest tonen. Helaas was hij te laat: op weg naar zijn kantoor had ik al besloten dat het zinloos was om erbij te willen horen. De komende zes jaar zou ik de lolbroek van de klas zijn.

Ik heb vaak aan deze gebeurtenis teruggedacht. Op het moment zelf leek mijn besluit een rationele reactie gebaseerd op mijn beoordeling van mijn nieuwe omgeving. Maar achteraf gezien begreep ik dat ik gedreven werd door woede gericht op de machtsstructuur binnen de school, waarin mijn argumenten werden onderdrukt.

Nu ik naar het kantoor van de decaan liep, kwam er ineens nog een andere gedachte in me op. Wat als mijn lerares een briljante theologe was geweest, met tweeduizend jaar aan weldoordachte, christelijke denkbeelden tot haar beschikking? Dan zou ze vast veel overtuigender argumenten hebben gehad dan een elfjarig jongetje. Zou ik dan tevreden zijn geweest? Ik denk het niet. Als wetenschapper met een groot vertrouwen in wetenschappelijk denken, zou ik het diep verankerde gevoel hebben gehad dat ik werd belazerd, zoals Rosie zou zeggen. Had Gebedsgenezer zich ook zo gevoeld?

Was de demonstratie met de schol ook een geval van intimidatie geweest, even afschuwelijk als de intimidatie door mijn godsdienstlerares, zelfs al had ik gelijk?

Toen we het kantoor van de decaan binnenliepen – voor de laatste keer, vermoedde ik – viel mijn oog op het naambordje op haar deur, wat een kleine onduidelijkheid ophelderde. Professor Charlotte Lawrence. Ik had haar nooit gezien als een 'Charlie', maar Simon Lefebvre blijkbaar wel.

We namen plaats in haar kantoor. 'Ik zie dat je je sollicitatiekleding aanhebt,' zei ze. 'Jammer dat je het niet nodig vond om ons daarmee te vereren gedurende je tijd hier.'

Ik zei niets.

'Goed. Geen verslag. Geen verklaring?'

Weer wist ik geen geschikte reactie te bedenken.

Toen verscheen Simon Lefebvre in de deuropening. Dit was duidelijk gepland. De decaan – Charlie – gebaarde dat hij binnen kon komen.

'Je kunt tijd besparen door het Simon en mij tegelijk uit te leggen.'

Lefebvre had de documenten die ik hem had gegeven bij zich.

Op dat moment kwam de secretaresse van de decaan binnen, Regina, die niet de woorden De Beeldschone voor haar naam had staan en dus niet als object werd gezien.

'Sorry dat ik u stoor, professor,' zei ze. Dat was meerduidig, aangezien we allemaal professor waren, in ieder geval nog de komende paar minuten. Maar uit de context was duidelijk dat ze het tegen de decaan had. 'Er is een probleem met uw reservering bij Le Gavroche. Ze lijken u van de viplijst te hebben gehaald.'

Het gezicht van de decaan verried haar irritatie, maar ze gebaarde dat Regina kon vertrekken.

Simon Lefebvre glimlachte naar me. 'Je had me dit ook gewoon kunnen opsturen,' zei hij, verwijzend naar de documenten. 'Die idiot-savantimitatie was niet nodig geweest. Al moet ik zeggen dat ze prachtig was uitgevoerd. Net als het voorstel. We moeten het nog door de ethische commissie laten beoordelen, maar dit is precies waar we naar op zoek zijn. Genetica en geneeskunde, actueel onderwerp, het zal ons allebei publiciteit opleveren.'

Ik probeerde de uitdrukking van de decaan te peilen, maar dat ging mijn huidige vaardigheden te boven.

'Dus gefeliciteerd, Charlie,' zei Simon. 'Je krijgt je gezamenlijke onderzoeksproject. Het Medisch Onderzoeksinstituut is bereid er vier miljoen in te stoppen, wat meer is dan het begrote bedrag, dus je kunt aan de slag.'

Ik nam aan dat hij vier miljoen dollar bedoelde.

Lefebvre wees naar mij. 'Zorg dat je hem hier houdt, Charlie. Hij is iemand die buiten de vaste kaders kan denken. Ik wil dat hij deel uitmaakt van dit project.'

Voor het eerst zag ik echt resultaat van mijn investering in het verbeteren van mijn sociale vaardigheden. Ik maakte een juiste inschatting van de situatie. Ik stelde geen vreemde vragen. Ik bracht de decaan niet in zo'n netelige positie dat ze gedwongen werd tegen haar eigen belangen in te handelen. Ik knikte slechts en liep terug naar mijn kantoor.

Phil Jarman had blauwe ogen. Dat wist ik al, maar het was het eerste wat me opviel. Hij was halverwege de vijftig, ongeveer tien centimeter langer dan ik, krachtig gebouwd en hij zag er extreem sportief uit. We stonden voor de receptie van Jarman's Gym. Aan de muur hingen krantenknipsels en foto's van een jongere Phil als footballer. Als ik een geneeskundestudent was geweest en niet bedreven was in oosterse vechtsporten, dan zou ik me nog eens goed achter de oren hebben gekrabd voordat ik seks zou hebben met de vriendin van deze man. Misschien was dat wel de reden dat Phil nooit op de hoogte was gebracht van de identiteit van Rosies vader.

'Regel een uitrusting voor de prof en laat hem een aansprakelijkheidsverklaring tekenen.'

De vrouw achter de balie leek verbaasd.

'Het is maar een conditietest.'

'Nieuwe procedure, vanaf vandaag,' zei Phil.

‘Ik hoef geen conditietest te doen,’ begon ik, maar Phil leek niet op andere gedachten te brengen.

‘Je hebt een conditietest geboekt,’ zei hij. ‘Vijfenzestig dollar. Laten we wat bokshandschoenen voor je regelen.’

Ik vroeg me af of hij besefte dat hij me ‘prof’ had genoemd. Waarschijnlijk had Rosie gelijk gehad en had hij de dansfoto gezien. Ik had niet de moeite genomen een andere naam op te geven. Maar nu wist ik tenminste dat hij wist wie ik was. Wist hij dat ik wist dat hij wist wie ik was? Ik begon aardig goed te worden in het opmerken van dit soort subtiele sociale details.

Ik kreeg een frisgewassen hemd en korte broek om aan te trekken, plus een paar bokshandschoenen. Ik had slechts af en toe een bokstraining gedaan, maar ik was niet bang om gewond te raken. Bovendien beheerste ik enkele goede verdedigingstechnieken, voor het geval dat nodig zou zijn. Maar ik was meer geïnteresseerd in een gesprek.

‘Probeer me maar eens te raken,’ zei Phil.

Ik haalde een paar keer voorzichtig uit, maar Phil blokkeerde mijn stoten.

‘Kom op,’ zei hij. ‘Probeer me eens echt te raken.’

Hij vroeg erom.

‘Je stiefdochter probeert haar echte vader op te sporen omdat ze ontevreden is over jou.’

Phil liet zijn dekking zakken. Een domme fout. Als dit een echt gevecht was, dan had ik hem ongehinderd een knal kunnen verkopen.

‘Stiefdochter?’ zei hij. ‘Noemt ze zich zo? Is dat de reden dat je hier bent?’

Hij haalde flink naar me uit en ik moest goed blokkeren om te voorkomen dat ik werd geraakt. Phil zag dat en probeerde me te raken met een hoekstoot. Die blokkeerde ik ook, waarna ik terugsloeg. Die stoot wist hij knap te ontwijken.

'Aangezien het onwaarschijnlijk is dat ze haar echte vader zal vinden, moeten we haar problemen met jou zien op te lossen.'

Phil haalde hard uit naar mijn hoofd. Ik blokkeerde zijn stoot en stapte naar achteren.

'Met mij?' zei hij. 'Met Phil Jarman? Die deze zaak vanuit het niets heeft opgebouwd? Die 145 kilo kan bankdrukken? Die volgens veel vrouwen nog steeds begeerlijker is dan een arts of een advocaat? Of een bolleboos?'

Hij kwam met een combo en ik zette de tegenaanval in. Volgens mij maakte ik een goede kans om hem uit te schakelen, maar ik wilde het gesprek voortzetten.

'Niet dat het je iets aangaat, maar ik zat in de ouderraad, ik heb het laatstejaarsfootballteam gecoacht...'

'Die prestaties waren blijkbaar niet voldoende,' zei ik. 'Misschien dat Rosie nog iets anders verwacht dan persoonlijke prestaties.' In een helder moment besefte ik wat Rosie dan wellicht nog van mij zou verwachten. Was al deze moeite om mezelf te verbeteren voor niets geweest? Zou ik net als Phil straks met minachting worden aanschouwd, ook al deed ik nog zo mijn best om Rosies liefde voor me te winnen?

Vechten en nadenken gaan niet samen. Phil stompte me in mijn maag. Het lukte me nog om naar achteren te stappen en zo de impact te verminderen, maar ik ging wel neer. Phil stond boos over me heen gebogen.

'Misschien dat ze op een dag het hele verhaal zal weten. Misschien dat dat zal helpen, misschien ook niet.' Hij schudde zijn hoofd, alsof hij degene was die een klap had gekregen. 'Heb ik mezelf ooit haar stiefvader genoemd? Vraag haar dat maar eens. Ik heb geen andere kinderen, geen vrouw. Alles heb ik voor haar gedaan: ik heb haar voorgelezen, ben er 's nachts voor haar uit gegaan, ben met haar gaan paardrijden. Maar toen haar moeder er niet meer was, kon ik niets meer goed doen.'

Ik kwam overeind. 'Je hebt haar niet mee naar Disneyland genomen. Je hebt tegen haar gelogen,' schreeuwde ik. Ik was ook boos.

Toen trapte ik zijn benen onder hem vandaan om hem neer te halen. Hij gebruikte geen goede valtechniek en kwam hard op de grond terecht. We worstelden en ik pinde hem vast. Hij had een hevige bloedneus en mijn hemd kwam onder zijn bloed te zitten.

'Disneyland!' zei Phil. 'Toen was ze tien!'

'Ze had het aan de hele school verteld. Ze zit er nog steeds mee.'

Hij probeerde los te komen, maar ik wist hem vast te houden, ondank de belemmerende bokshandschoenen.

'Wil je weten wanneer ik haar heb gezegd dat ik haar mee naar Disneyland zou nemen? Dat heb ik maar één keer gezegd. Niet vaker. Weet je wanneer? Op de begrafenis van haar moeder. Ik zat in een rolstoel. Ik heb acht maanden moeten revalideren.'

Dat was een zeer acceptabele verklaring. Ik zou willen dat Rosie me deze achtergrondinformatie eerder had gegeven, voordat ik het hoofd van haar stiefvader tegen de grond had gedrukt, met bloedneus en al. Ik vertelde Phil dat ik ook een irrationele belofte had gedaan op de begrafenis van mijn zus. Ik had beloofd geld te doneren aan een hospice terwijl dat geld beter aan onderzoek besteed kon worden. Hij leek het te begrijpen.

'Ik heb een sieradendoosje voor haar gekocht. Daar had ze

haar moeder al zo lang om gevraagd. Toen ik eindelijk klaar was met revalideren, dacht ik dat ze Disneyland allang weer vergeten zou zijn.'

'Het is vaak moeilijk te voorspellen wat voor impact bepaalde acties hebben op anderen.'

'Helemaal mee eens,' zei Phil. 'Kunnen we dan nu opstaan?'

Zijn neus bloedde nog steeds en was waarschijnlijk gebroken, dus het was een logisch verzoek. Maar ik was nog niet bereid hem te laten gaan.

'Niet voordat we de problemen hebben opgelost.'

Het was een zeer drukke dag geweest, maar de meest gewichtige taak lag nog voor me. Ik bekeek mezelf in de spiegel. Mijn nieuwe, veel lichtere bril en mijn andere kapsel maakten een groter verschil dan mijn kleding.

Ik stopte de belangrijke envelop in mijn jaszak en het kleine doosje in mijn broekzak. Toen belde ik een taxi, en ik keek naar mijn whiteboard. Mijn planning, nu opgeschreven in uitwisbare inkt, was een zee van rode letters: mijn code voor het Rosie Project. Ik hield mezelf voor dat de veranderingen die eruit waren voortgekomen de moeite waard waren, zelfs als ik vanavond mijn einddoelstelling niet zou halen.

33

De taxi arriveerde. We maakten een tussenstop bij de bloemenwinkel. Ik was niet meer in deze winkel geweest – en had überhaupt geen bloemen meer gekocht – sinds ik mijn bezoekjes aan Jasmine had gestaakt. Jasmijnen voor Jasmine. Rozen waren uiteraard de juiste keuze voor vanavond. De bloemiste herkende me en ik vertelde haar van Jasmines overlijden. Nadat ik een dozijn rode rozen met lange steel had gekocht, overeenkomstig het klassieke romantische gebaar, knipte ze nog een paar jasmijnen af en stopte deze in het knoopsgat van mijn jasje. De geur riep herinneringen op aan Jasmine. Ik wenste dat ze nog had geleefd zodat ze Rosie kon ontmoeten.

Ik probeerde Rosie te bellen toen de taxi haar appartement naderde, maar er werd niet opgenomen. Ze stond niet buiten toen we aankwamen, en bij de meeste deurbellen hing geen naambordje. De kans bestond dat ze ervoor had gekozen niet op mijn uitnodiging in te gaan.

Het was koud en ik stond te rillen. Ik wachtte tien volle minuten en belde toen weer eens. Er werd nog steeds niet opgenomen. Ik wilde de chauffeur net vragen weg te rijden toen ze naar buiten kwam rennen. Ik herinnerde mezelf eraan dat ik degene was die was veranderd, niet Rosie. Ik had kunnen weten dat ze te laat zou zijn. Ze droeg de zwarte jurk waarmee ze me zo had verbluft op de avond van het Jas Incident. Ik gaf haar de rozen. De uitdrukking op haar gezicht was er volgens mij een van verbazing.

Toen keek ze me aan.

'Je ziet er anders uit... heel anders... alweer,' zei ze. 'Wat is er gebeurd?'

'Ik heb besloten mezelf te transformeren.' Dat klonk goed, 'trans-formeren'. We stapten in de taxi, Rosie nog steeds met de rozen in haar hand, en legden de korte afstand naar het restaurant in stilte af. Ik wilde weten hoe ze nu over me dacht, dus het leek me beter als zij de stilte zou verbreken. Maar dat deed ze pas toen ze zag dat de taxi voor Le Gavroche stopte, de locatie van het Jas Incident.

'Don, is dit een grapje?'

Ik betaalde de chauffeur, stapte uit en deed Rosies portier open. Ze stapte naar buiten, maar leek niet te weten of ze moest doorlopen of niet. Ze hield de rozen met beide handen tegen haar borst geklemd. Ik legde mijn hand op haar rug en leidde haar richting de deur. Daar stond dezelfde gastheer als bij ons vorige bezoek, in zijn uniform. Meneer Jasje.

Hij herkende Rosie meteen, zoals bleek uit zijn begroeting. 'Rosie.'

Toen keek hij naar mij. 'Meneer?'

'Goedenavond.' Ik nam de bloemen aan van Rosie en gaf ze aan de gastheer. 'We hebben gereserveerd op naam van Tillman. Wilt u zo vriendelijk zijn deze in water te zetten?' Het was een standaardconversatie, maar een goede oppepper voor mijn zelfvertrouwen. Iedereen leek zich op zijn gemak te voelen nu we ons voorspelbaar gedroegen. De gastheer bekeek de lijst met reserveringen. Ik maakte van de gelegenheid gebruik om de plooien glad te strijken en maakte een voorbereid grapje.

'Mijn excuses voor het misverstand van de vorige keer. Ik

ga ervan uit dat er vanavond geen problemen zullen zijn. Tenzij ze de witte bourgogne te koud serveren.' Ik glimlachte.

Er verscheen een kelner. De gastheer stelde me voor en complimenteerde me met mijn jasje, waarna we naar de eetzaal werden geleid, naar onze tafel. Het verliep allemaal ongecompliceerd.

Ik bestelde een fles chablis. Rosie leek zich nog steeds niet helemaal op haar gemak te voelen.

Toen de sommelier verscheen met de wijn, keek hij eerst de zaal rond, alsof hij steun zocht. Ik bespeurde enige nervositeit.

'De temperatuur van de wijn is dertien graden, maar als meneer hem minder koud wil hebben... of kouder...'

'Dit is prima, bedankt.'

Hij schonk een beetje voor me in om te proeven. Ik draaide de wijn rond in mijn glas, rook eraan en knikte goedkeurend, volgens het standaardprotocol. Ondertussen was de kelner die ons naar de tafel had geleid weer verschenen. Hij was vrij lang, ongeveer veertig jaar, BMI ongeveer tweeëntwintig.

'Professor Tillman?' zei hij. 'Mijn naam is Nick en ik ben de hoofdkelner. Als u iets nodig hebt, of als er een probleem is, dan kunt u naar mij vragen.'

'Dat stel ik op prijs, Nick.'

Dat de kelners zichzelf voorstelden was meer een Amerikaanse traditie. Ofwel dit restaurant had hier bewust voor gekozen om zich te onderscheiden, ofwel we kregen een meer persoonlijke behandeling. Ik gokte op het laatste: ik was vast aangemerkt als gevaarlijk. Mooi. Vanavond was alle hulp welkom.

Nick gaf ons de menukaart.

'Ik laat het graag aan de chef-kok over,' zei ik. 'Maar geen vlees, en alleen duurzame vis.'

Nick glimlachte. 'Ik zal met de chef-kok overleggen om te kijken wat we voor u kunnen doen.'

'Ik snap dat het wat lastig is, maar mijn metgezel houdt er strikte regels op na,' zei ik.

Rosie wierp me een vreemde blik toe. Ik had een punt willen maken met mijn opmerking, en volgens mij was dat gelukt. Ze proefde van haar chablis en smeerde een broodje. Ik bleef zwijgen.

Uiteindelijk verbrak ze de stilte.

'Oké, Gregory Peck. Wat doen we eerst? Het *My Fair Lady*-verhaal of de grote onthulling?'

Dit was mooi. Rosie was bereid de zaken openlijk te bespreken. Haar directheid was altijd al een pluspunt geweest, hoewel ze in dit geval het meest belangrijke onderwerp was vergeten.

'Dat laat ik aan jou over,' zei ik. Dat was een standaardbeleefdheidstechniek om het maken van een keuze te vermijden en de andere persoon het heft in handen te geven.

'Don, stop hiermee. Je weet wie mijn vader is, of niet? Het is zeker Meneer Servet?'

'Misschien,' zei ik eerlijk. Ondanks de positieve uitkomst van het gesprek met de decaan had ik mijn sleutels van het lab nog niet terug. 'Dat was niet wat ik je wilde zeggen.'

'Oké, we doen het als volgt. Je zegt wat je me wilde zeggen, je vertelt wie mijn vader is, je vertelt wat je met jezelf hebt gedaan, en dan gaan we allebei weer naar huis.'

Ik kon haar toon en haar gezichtsuitdrukking niet helemaal plaatsen, maar het was duidelijk negatief. Ze nam nog een slokje van haar wijn.

'Sorry.' Ze leek zich een beetje schuldig te voelen. 'Begin maar. Met datgene wat je wilde zeggen.'

Ik had grote twijfels over de doeltreffendheid van mijn

volgende stap, maar ik had geen alternatief plan. Ik had mijn toespraak gebaseerd op *When Harry Met Sally*. Dat paste het beste bij mij en bij de situatie, met als bijkomend voordeel dat het verband hield met onze fijne tijd in New York. Ik hoopte dat Rosie dat verband ook zou leggen, liefst onbewust. Ik dronk mijn glas wijn leeg. Rosies blik volgde mijn glas. Toen keek ze me aan.

'Is alles in orde, Don?'

'Ik heb je hier vanavond uitgenodigd omdat ik besef dat ik de rest van mijn leven bij je wil zijn, en ik wil dat de rest van mijn leven zo vlug mogelijk begint.'

Ik bestudeerde Rosies gezichtsuitdrukking aandachtig. Ik stelde verbijstering vast.

'Mijn god,' zei Rosie, mijn inschatting bevestigend. Ik ging verder nu ze nog wilde luisteren.

'Het lijkt wel of ik mijn hele leven op weg was hiernaartoe, naar jou.'

Ik kon merken dat Rosie de zin uit *The Bridges of Madison County* niet herkende, terwijl die zo'n sterke emotionele reactie had uitgelokt in het vliegtuig. Ze leek verward.

'Don, wat doe je... wat heb je met jezelf gedaan?'

'Ik heb wat veranderingen doorgevoerd.'

'Grote veranderingen.'

'Welke gedragsaanpassing je ook van me verlangt, het is het meer dan waard om jou als partner te mogen hebben.'

Rosie bewoog haar hand op en neer in een gebaar dat ik niet begreep. Toen keek ze de zaal door. Ik volgde haar blik. Iedereen keek naar ons. Nick was halverwege onze tafel tot stilstand gekomen. Ik realiseerde me dat ik in mijn gedrevenheid harder was gaan praten. Het kon me niet schelen.

'Jij bent de perfectste vrouw ter wereld. Alle andere vrouwen doen er niet toe. Nooit meer. Voor mij zul je nooit botoxinjecties of implantaten hoeven nemen.'

Ik hoorde iemand applaudisseren. Het was een magere vrouw van rond de zestig die aan tafel zat met een andere vrouw van ongeveer dezelfde leeftijd.

Rosie nam een slok van haar wijn en sprak toen zeer afgemeten. 'Don, ik weet niet waar ik moet beginnen. Ik weet niet eens wie me dit vraagt: de oude Don of Billy Crystal.'

'Er is geen oude of nieuwe Don,' zei ik. 'Het is allemaal maar gedrag. Sociale conventies. Een bril en een kapsel.'

'Ik vind je leuk, Don,' zei Rosie. 'Oké? Vergeet wat ik zei over het willen confronteren van mijn echte vader. Je hebt vast gelijk. Ik vind je echt heel leuk. Ik heb ontzettend veel lol met je. Maar je weet dat ik niet elke dinsdag kreeft zou kunnen eten. Toch?'

'Ik heb het Gestandaardiseerde Maaltijdsysteem afgeschaft. Ik heb achtendertig procent van mijn wekelijkse rooster geschrapt, slapen niet meegerekend. Ik heb mijn oude T-shirts weggegooid. Ik heb afgerekend met alle dingen die jij niet leuk vond. Verdere veranderingen zijn mogelijk.'

'Je hebt jezelf voor mij veranderd?'

'Alleen mijn gedrag.'

Rosie was even stil, klaarblijkelijk om deze nieuwe informatie te verwerken.

'Ik heb even een minuutje nodig om na te denken,' zei ze. Ik startte automatisch de stopwatch op mijn horloge. Rosie begon vanuit het niets te lachen. Ik keek haar aan, verbaasd om deze uitbarsting tijdens het nemen van zo'n belangrijk besluit.

'Het horloge,' zei ze. 'Ik zeg: "Ik heb even een minuutje nodig" en jij zet meteen je stopwatch aan. De oude Don is er nog.'

Ik wachtte en keek op mijn horloge. Toen er nog vijftien seconden over waren, achtte ik de kans groot dat ze me zou afwijzen. Ik had niets te verliezen. Ik haalde het kleine doosje uit mijn zak, maakte het open en toonde haar de ring die ik voor haar had gekocht. Ik wenste dat ik niet zo goed was geworden in het interpreteren van gezichtsuitdrukkingen, want ik herkende die op Rosies gezicht meteen en ik wist wat haar antwoord zou zijn.

'Don,' zei Rosie. 'Dit is vast niet wat je nu van me wilt horen. Maar weet je nog in het vliegtuig, toen je zei dat je anders in elkaar zat?'

Ik knikte. Ik wist wat het probleem was, een fundamenteel en onoverkomelijk probleem. Het ging om hoe ik in elkaar zat. Dit was al in me opgekomen tijdens het gevecht met Phil, maar ik had het naar de achtergrond verdreven. Rosie hoefde het niet uit te leggen. Maar dat deed ze toch.

'Dat zit diep vanbinnen. Je kunt niet doen alsof... sorry, even opnieuw. Je kunt je nog zo perfect gedragen, maar als je het niet voelt vanbinnen... God, ik voel me zo onredelijk.'

'Dus het antwoord is nee?' zei ik, terwijl een klein deel van me nog hoopte dat mijn onvermogen om sociale signalen op te pikken nu eindelijk eens in mijn voordeel zou werken.

'Don, je kunt geen liefde voelen, of wel?' zei Rosie. 'Je kunt niet echt van me houden.'

'Gene concludeerde dat ik verliefd ben.' Ik wist nu dat hij ernaast had gezeten. Ik had dertien romantische films gekeken zonder ook maar iets te voelen. Nee, dat was niet waar. Ik had spanning gevoeld, en nieuwsgierigheid en plezier. Maar ik werd geen moment geraakt door de liefde tussen de hoofdrolspelers. Ik had geen tranen gelaten om Meg Ryan, Meryl Streep, Deborah Kerr, Vivien Leigh of Julia Roberts.

Ik kon niet liegen over zo'n belangrijke kwestie. 'Volgens jouw definitie niet.'

Rosie leek zeer ongelukkig. De avond was uitgelopen op een ramp.

'Ik dacht dat mijn gedrag je gelukkig zou maken, maar in plaats daarvan maakt het je verdrietig.'

'Ik ben verdrietig omdat je niet van me kunt houden. Oké?'

Dat was nog veel erger! Ze wilde dat ik van haar zou houden. Maar ik was daar niet toe in staat.

'Don,' zei ze, 'ik denk dat we elkaar maar beter niet meer kunnen zien.'

Ik stond op van de tafel en liep terug naar de foyer, uit het zicht van Rosie en de andere gasten. Daar stond Nick, pratend met de gastheer. Hij zag me en kwam naar me toe.

'Kan ik u ergens mee helpen?'

'Helaas is er een ramp gebeurd.'

Nick keek bezorgd, dus ik verhelderde mijn opmerking. 'Een persoonlijke ramp. De andere gasten lopen geen gevaar. Wilt u de rekening opmaken, alstublieft?'

'We hebben u nog niets geserveerd,' zei Nick. Hij keek me een tijdje doordringend aan. 'U hoeft niets te betalen, meneer. De chablis is van het huis.' Hij stak zijn hand uit en ik schudde hem. 'Volgens mij hebt u uw uiterste best gedaan.'

Toen ik opkeek zag ik Gene en Claudia binnenkomen. Ze liepen hand in hand. Dat had ik hen in geen jaren zien doen.

'Zeg niet dat we te laat zijn,' zei Gene opgewekt.

Ik knikte en keek toen om naar de eetzaal. Rosie kwam snel op ons aflopen.

'Don, wat ben je aan het doen?' vroeg ze.

'Ik ga. Je zei dat we elkaar beter niet meer konden zien.'

'Jezus,' zei ze. Toen keek ze naar Gene en Claudia. 'Wat doen jullie hier?'

'We zijn uitgenodigd voor een "bedankje plus festiviteit",' zei Gene. 'Gefeliciteerd met je verjaardag, Don.'

Hij gaf me een ingepakt cadeau en omhelsde me. Ik herkende dit als de laatste stap in het protocol van man-tot-manadvies, wat erop wees dat hij mijn advies had opgevolgd en dat onze vriendschap niet was geschaad. Het lukte me om niet ineen te krimpen, maar ik kon de input niet meer verwerken. Mijn hersenen waren overbelast.

'Ben je vandaag jarig?' vroeg Rosie.

'Correct.'

'Ik heb Helena moeten vragen je geboortedatum op te zoeken,' zei Gene, 'maar "festiviteit" was een goede aanwijzing.'

Meestal zijn verjaardagen voor mij niet anders dan andere dagen, maar het had me een geschikte gelegenheid geleken om een nieuwe weg in te slaan.

Claudia stelde zich voor aan Rosie en voegde eraan toe: 'Het spijt me dat we blijkbaar op een slecht moment zijn gekomen.'

Rosie draaide zich naar Gene toe. 'Een "bedankje"? Voor jou? Jezus. Dus het was nog niet genoeg om ons te koppelen. Je moest hem ook nog coachen. Je moest hem zo nodig in jou veranderen.'

Claudia zei zachtjes: 'Rosie, het was niet Gene's...'

Gene legde een hand op Claudia's schouder om haar te onderbreken.

'Nee, inderdaad,' zei hij. 'Wie heeft Don gevraagd te veranderen? Wie zei dat hij perfect voor haar zou zijn als hij anders was geweest?'

Rosie leek nu erg overstuur. Al mijn vrienden (behalve Dave de Honkbalfan) waren aan het ruziën. Dit was verschrikkelijk. Ik wilde mijn leven terugspoelen tot aan New York en betere besluiten nemen. Maar dat was niet mogelijk.

Rosie wees me af omdat mijn hersenen anders waren geprogrammeerd, en daar kon ik niets aan veranderen.

Gene was nog steeds aan het praten. 'Heb je enig idee wat hij voor je heeft gedaan? Neem maar eens een kijkje in zijn kantoor.' Waarschijnlijk verwees hij naar mijn whiteboard en het grote aantal activiteiten in het kader van het Rosie Project.

Rosie liep het restaurant uit.

Gene draaide zich naar Claudia toe. 'Sorry dat ik je onderbrak.'

'Iemand moest het zeggen,' zei Claudia. Ze keek Rosie na, die al een aardig eindje verderop liep. 'Volgens mij heb ik de verkeerde persoon gecoacht.'

Gene en Claudia boden aan me naar huis te brengen, maar ik had geen zin om het gesprek voort te zetten. Ik besloot te gaan lopen, en versnelde toen mijn pas. Het was logisch dat ik thuis wilde zijn voordat het ging regenen. Het was ook logisch dat ik even flink in beweging wilde komen en het restaurant zo snel mogelijk achter me wilde laten. Mijn nieuwe schoenen zaten best aardig, maar het jasje en de stropdas waren oncomfortabel, zelfs op een koude avond. Ik ontdeed me van het jasje, het kledingstuk dat ervoor had gezorgd dat ik tijdelijk geaccepteerd werd in een wereld waarin ik niet thuishoorde, en gooide het in de vuilnisbak. De stropdas volgde even later. In een opwelling haalde ik de jasmijnen uit het knoopsgat van het jasje en hield deze de rest van de terugweg in mijn hand. Er hing regen in de lucht, en mijn gezicht was nat toen ik de veiligheid van mijn appartement bereikte.

34

We hadden de fles wijn in het restaurant niet opgedronken. Ik besloot het resulterende alcoholtekort te compenseren met een bekerglas tequila. Ik zette de televisie en de computer aan en spoelde door *Casablanca* voor een laatste poging. Ik zag hoe het personage van Humphrey Bogart een berg bonen gebruikte als metafoor voor de relatieve onbelangrijkheid van zijn relatie met het personage van Ingrid Bergman, en hoe hij logica en fatsoen verkoos boven zijn egoïstische emotionele verlangens. Het dilemma en het uiteindelijke besluit maakten het een boeiende film. Maar dit was niet de reden dat mensen moesten huilen. Ze moesten huilen omdat de hoofdpersonen verliefd waren, maar nooit bij elkaar zouden kunnen zijn. Ik herhaalde deze opmerking in mijn hoofd, in een poging een emotionele reactie te forceren. Dat lukte niet. Het deed me niets. Ik had zelf al genoeg problemen.

De deurbel ging, en ik dacht meteen dat het Rosie was, maar toen ik op de knop van de bewakingscamera drukte, verscheen het gezicht van Claudia.

'Don, is alles goed met je?' vroeg ze. 'Mogen we binnenkomen?'

'Het is te laat.'

Claudia klonk in paniek. 'Wat heb je gedaan? Don?'

'Het is 22.31 uur,' zei ik. 'Te laat voor bezoek.'

'Is alles goed met je?' vroeg Claudia weer.

'Het gaat prima. Deze ervaring is zeer nuttig geweest. Nieuwe sociale vaardigheden. En een oplossing voor het Echtgenote Probleem. Eenduidig bewijs dat vrouwen en ik niet samengaan.'

Gene's gezicht verscheen op het scherm. 'Don, mogen we binnenkomen voor een drankje?'

'Alcohol lijkt me niet zo'n goed plan.' Ik had nog steeds een half glas tequila in mijn hand. Een leugentje om bestwil, om sociale interactie te vermijden. Ik schakelde de intercom uit.

Het berichtenlampje van mijn huistelefoon knipperde. Het waren mijn ouders en broer die me een fijne verjaardag wensten. Ik had mijn moeder twee dagen eerder al gesproken tijdens ons vaste gesprek op zondagavond. De afgelopen drie weken had ik geprobeerd zelf ook wat nieuwtjes met haar te delen, maar ik had haar niet over Rosie verteld. Ze hadden de telefoon op speaker gezet en gezamenlijk voor mijn verjaardag gezongen, of in ieder geval mijn moeder, die de andere gezinsleden aanspoorde mee te doen.

'Bel maar terug als je voor halfelf thuis bent,' zei mijn moeder. Het was 22.38 uur, maar ik besloot haar opmerking niet te letterlijk te nemen.

'Het is negen over halfelf,' zei mijn moeder. 'Het verbaast me dat je nog terugbelt.' Ze had duidelijk verwacht dat ik haar opmerking wel letterlijk zou opvatten, wat ook logisch was gezien mijn oude gedrag. Maar ze klonk verheugd.

'Hé,' zei mijn broer. 'De zus van Gary Parkinson zag je op Facebook. Wie is die rooie?'

'Gewoon een meisje met wie ik iets had.'

'Ga iemand anders voor de gek houden,' zei mijn broer.

De woorden klonken mij ook vreemd in de oren, maar ik maakte geen grapje.

‘Het is alweer voorbij.’

‘Ik dacht al dat je zoiets zou zeggen.’ Hij begon te lachen.

Mijn moeder onderbrak hem. ‘Hou daarmee op, Trevor. Donald, je hebt ons niet verteld dat je iets met een meisje had. Je weet toch dat je altijd welkom bent...’

‘Mam, hij houdt je voor de gek,’ zei mijn broer.

‘Zoals ik zei,’ zei mijn moeder, ‘als je ooit iemand aan ons wilt voorstellen, wie hij of zij ook is...’

‘Laat hem met rust, jullie twee,’ zei mijn vader.

Er viel een stilte en ik hoorde wat gepraat op de achtergrond. Toen zei mijn broer: ‘Sorry, jongen. Ik was je gewoon aan het plagen. Ik weet dat je mij maar een lompe boer vindt, maar ik accepteer je zoals je bent. Ik zou het erg vinden als je op deze leeftijd nog steeds zou denken dat ik daar problemen mee heb.’

Als bonus na een toch al gedenkwaardige dag kon ik dus ook nog een misverstand ophelderen waar mijn familie al zeker vijftien jaar van overtuigd was geweest, door ervoor uit te komen dat ik hetero ben.

De gesprekken met Gene, Phil en mijn familie hadden een verrassend therapeutische uitwerking gehad. Ik hoefde de Edinburgh Postnatal Depression Scale niet te raadplegen om te weten dat ik me nog steeds bedroefd voelde, maar ik stond niet langer op de rand van de afgrond. Ik zou mijn gedachten nog wel even goed op een rijtje moeten zetten om er zeker van te zijn dat ik geen terugval zou krijgen, maar op dit moment hoefde ik het emotionele deel van mijn hersenen niet helemaal uit te schakelen. Ik wilde wat tijd nemen om te bepalen hoe ik me onder de recente gebeurtenissen voelde.

Het was koud en het stortregende, maar mijn balkon was beschut. Ik nam een stoel en mijn glas mee naar buiten, waarna ik weer naar binnen ging om de wollen trui aan te trekken die mijn moeder voor een veel eerdere verjaardag had gebreid en om de fles tequila te halen.

Ik was veertig. Mijn vader luisterde vroeger vaak naar een liedje van John Sebastian. Ik herinner me nog dat het van John Sebastian was, omdat Noddy Holder vooraf aankondigde: 'We gaan een liedje doen van John Sebastian. Zijn er hier ook fans van John Sebastian?' Blijkbaar wel, want er klonk een luid en rumoerig applaus voordat hij begon te zingen.

Ik besloot dat ik vanavond ook fan was van John Sebastian en dat ik het liedje wilde luisteren. Voor zover ik me kon herinneren, was dit de eerste keer in mijn leven dat ik een bepaald muziekstuk wilde horen. Ik had de benodigde apparatuur. Met nadruk op 'had'. Toen ik mijn mobiele telefoon wilde pakken, realiseerde ik me dat ik deze in het jasje had laten zitten dat ik had weggegooid. Ik liep naar binnen, startte mijn laptop op, registreerde me bij iTunes en downloadde 'Darling Be Home Soon' van *Slade Alive!* uit 1972. Ik voegde hier 'Satisfaction' aan toe, waardoor de omvang van mijn verzameling popmuziek in één klap verdubbelde. Ik pakte mijn koptelefoon uit het doosje en keerde terug naar het balkon, waar ik nog een tequila inschonk en luisterde naar een stem uit mijn jeugd die zong dat het een kwart van zijn leven had geduurd voordat hij zichzelf een beetje begon te begrijpen.

Op mijn achttiende, net voordat ik het huis uit ging om te studeren, statistisch gezien bijna op een kwart van mijn leven, had ik naar deze woorden geluisterd en me gerealiseerd dat ik maar erg weinig van mezelf begreep. Het had tot vanavond geduurd, tot ongeveer halverwege mijn leven, voor ik een redelijk helder beeld van mezelf had. Dat had ik te danken aan Rosie en het Rosie Project. Wat had ik geleerd, nu dat was afgelopen?

1. Ik hoefde niet merkbaar anders te zijn. Ik kon meedoen met de protocollen waar andere mensen zich aan hielden en me ongemerkt onder hen begeven. Bovendien, hoe kon ik er zeker van zijn dat andere mensen niet hetzelfde deden: het spelletje meespelen om geaccepteerd te worden terwijl ze ondertussen continu het vermoeden hadden dat ze anders waren?
2. Ik beschikte over vaardigheden die anderen niet hadden. Mijn geheugen en mijn concentratievermogen werkten in mijn voordeel bij het bijhouden van honkbalstatistieken, het maken van cocktails en het begrijpen van genetica. Mensen hadden deze vaardigheden niet bespot, maar op waarde geschat.
3. Ik kon genieten van vriendschappen en kon plezier maken. Ik was tegengehouden door mijn gebrek aan vaardigheden, niet door mijn gebrek aan motivatie. Inmiddels was ik in sociaal opzicht bedreven genoeg om mijn leven open te stellen voor een groter scala aan mensen. Ik kon meer vriendschappen sluiten. Dave de Honkbalfan kon de eerste van vele nieuwe vrienden zijn.
4. Ik had Gene en Claudia gezegd dat vrouwen en ik niet samengingen. Dat was overdreven. Ik kon best genieten van hun gezelschap, zoals bewezen werd door mijn gezamenlijke activiteiten met Rosie en Jasmine. Praktisch gezien was het dus mogelijk dat ik een relatie kon aangaan met een vrouw.
5. Het idee achter het Echtgenote Project was nog steeds gegrond. In veel culturen zou een koppelaar hetzelfde hebben gedaan als ik, met minder techno-

logie en accuratesse en een kleiner bereik, maar volgens dezelfde aanname: dat compatibiliteit een even geschikte basis vormt voor een huwelijk als liefde.

6. Ik was niet in staat liefde te voelen. En doen alsof was niet acceptabel. Niet voor mij. Ik was bang geweest dat Rosie niet van me zou houden, maar in plaats daarvan was ik degene die niet van Rosie kon houden.
7. Ik beschikte over veel waardevolle kennis op het gebied van genetica, computers, aikido, karate, gereedschap, schaken, wijn, cocktails, dansen, seksuele posities, sociale protocollen en de kans dat er ooit nog een *hitting streak* van zesenvijftig wedstrijden zou voorkomen in de geschiedenis van het honkbal. Ik wist ontelbaar veel onbenullige dingen, maar toch kon ik mezelf niet beter maken.

De shufflefunctie van mijn mediaspeler koos telkens dezelfde twee liedjes uit. Ik realiseerde me dat mijn gedachten ook in een kringetje rondgingen en dat mijn redenering ergens spaak liep, ondanks de heldere formulering. Ik besloot dat dit kwam door mijn ontevredenheid over de uitkomst van deze avond, en door mijn verlangen dat het anders zou kunnen zijn.

Ik keek naar de regen die neerviel op de stad en schonk het laatste restje tequila in.

35

De volgende ochtend werd ik wakker in de stoel op het balkon. Het was koud en het regende, en de accu van mijn laptop was leeg. Ik schudde mijn hoofd om te kijken of ik een kater had, maar het leek erop dat mijn alcohol verwerkende enzymen hun werk hadden gedaan. En mijn hersenen ook. Die had ik onbewust voor de taak gesteld een probleem op te lossen. Ze leken het belang van de situatie te begrijpen, want ze hadden de handicap van beneveling overwonnen en hadden een oplossing gevonden.

Ik begon de tweede helft van mijn leven met het zetten van koffie. Toen richtte ik me op de zeer eenvoudige redenering die ik had bedacht.

1. Ik zat anders in elkaar. Een van de gevolgen hiervan was dat ik moeite had me in andere mensen in te leven. Dat probleem is goed gedocumenteerd bij anderen en is in feite een van de kenmerkende symptomen van stoornissen in het autistisch spectrum.
2. Een gebrek aan inlevingsvermogen zou verklaren waarom ik geen emoties voelde bij belevenissen van fictieve personages uit films. Het verklaarde ook waarom ik niet op dezelfde manier op de slachtoffers van 11 september reageerde als andere mensen. Maar ik voelde wel medelijden met Frank de brandweer-

man. En met Jasmine. Met mijn zus. Met mijn ouders na het overlijden van mijn zus. Met Carl en Eugenie vanwege de huwelijkscrisis tussen Gene en Claudia. Met Gene, die graag bewonderd wilde worden maar het tegenovergestelde had bereikt. Met Claudia, die had ingestemd met een open huwelijk maar van gedachten was veranderd en nu gekwetst raakte omdat Gene er wel mee door wilde gaan. Met Phil, die eerst met moeite de ontrouw en de dood van zijn vrouw een plaats had gegeven en nu moest vechten voor de liefde van Rosie. Met Kevin Yu, die zo graag wilde slagen voor zijn opleiding dat hij de ethiek uit het oog was verloren. Met de decaan, die moeilijke besluiten moest nemen volgens tegenstrijdige regels en die dagelijks werd geconfronteerd met vooroordelen over haar kleding en haar relatie. Met Gebedsgenezer, die zijn sterke geloofsovertuiging moest zien te verenigen met wetenschappelijke bewijsvoering. Met Margaret Case, die de zelfmoord van haar zoon had moeten verwerken en inmiddels niet meer helder kon nadenken. Maar bovenal met Rosie, die ongelukkig was geweest in haar jeugd en in haar volwassen leven vanwege het overlijden van haar moeder en haar problemen met haar vader, en die nu ongelukkig was omdat ik niet van haar kon houden. Dat was een indrukwekkende lijst, en hoewel Rick en Ilsa uit *Casablanca* hierop ontbraken, bewees dit wel dat ik in ieder geval over enig inlevingsvermogen beschikte.

3. Het onvermogen (of verminderd vermogen) om je in te leven is niet hetzelfde als het onvermogen om lief te hebben. Liefde is een sterk gevoel dat vaak alle logica tart.

4. Er waren talloze criteria uit het Echtgenote Project waar Rosie niet aan voldeed, inclusief de cruciale kwestie rond het roken. Mijn gevoelens voor haar konden niet door logica worden verklaard. Meryl Streep deed me niets. Maar ik was verliefd op Rosie.

Ik wist dat ik nu snel in actie moest komen. Niet omdat ik dacht dat de situatie tussen mij en Rosie in de nabije toekomst zou veranderen, maar omdat ik mijn jasje nodig had. Hopelijk lag dit nog in de vuilnisbak waarin ik het had weggegooid. Gelukkig had ik mijn kleding van de vorige avond nog aan.

Het regende nog steeds toen ik bij de vuilnisbak aankwam, net op tijd om hem geleegd te zien worden door een vuilniswagen. Ik had een alternatief plan, maar dat zou tijd kosten. Ik draaide mijn fiets om en stak de straat over om terug naar huis te gaan. Toen zag ik een zwerver in de portiek van een winkel liggen, schuilend voor de regen. Hij was diep in slaap, en hij was gehuld in mijn jasje. Ik reikte voorzichtig in de binnenzak om de envelop en mijn telefoon eruit te halen. Toen ik weer op mijn fiets stapte, zag ik dat ik werd bekeken door een koppel aan de andere kant van de straat. De man wilde op me afrennen, maar de vrouw hield hem tegen. Ze was aan het bellen met haar mobiele telefoon.

Het was pas 07.48 uur toen ik op de universiteit aankwam. Een politieauto reed me tegemoet, remde af toen hij me passeerde en keerde om. Ik realiseerde me dat de politie wellicht was gebeld vanwege mijn ogenschijnlijke beroving van de zwerver. Snel reed ik het fietspad op, waar de auto me niet kon volgen. Ik fietste richting het geneticagebouw om een handdoek te zoeken.

Toen ik de deur van mijn kantoor opendeed, wist ik meteen dat ik bezoek had gehad, en ook wie de bezoeker was geweest. De bos rode rozen lag op mijn bureau, naast de map van het Vader Project, die uit de archiefkast was gehaald. Het overzicht met de namen van de kandidaten en de omschrijving van de bijbehorende DNA-monsters lag bovenop. Rosie had een briefje achtergelaten.

'Don, het spijt me van alles. Maar ik weet wie Meneer Servet is. Ik heb het aan pap verteld. Dat had ik waarschijnlijk beter niet kunnen doen, maar ik was erg overstuur. Ik heb je nog geprobeerd te bellen. Nogmaals, het spijt me. Rosie.'

Er waren een hoop woorden weggestreept tussen 'Nogmaals, het spijt me' en 'Rosie'.

Dit was een ramp! Ik moest Gene waarschuwen.

In zijn agenda stond dat hij een ontbijtafspraak had in de University Club. Ik liep langs de werkruimte voor promovendi. Stefan was aanwezig, maar Rosie niet. Stefan zag dat ik zeer geagiteerd was en volgde me.

Toen we bij de club aankwamen, ontdekten we Gene aan tafel bij de decaan. Even verderop zag ik Rosie. Ze zat bij Claudia aan tafel en leek erg overstuur. Ik realiseerde me dat ze wellicht het nieuws over Gene aan het vertellen was, zonder bevestiging van een DNA-test. Het Vader Project liep uit op een drama. Maar dat was niet de reden van mijn komst. Ik wilde wanhopig graag mijn openbaring delen. Dat andere probleem konden we later wel oplossen.

Ik rende naar Rosies tafel. Ik was nog steeds nat, aangezien ik was vergeten me af te drogen. Rosie was duidelijk verbaasd me te zien. Ik kwam meteen ter zake.

'Ik heb een ongelooflijk domme fout gemaakt. Zo irrationeel!' Claudia gebaarde dat ik mijn mond moest houden, maar ik negeerde haar. 'Je voldoet aan bijna geen enkel criterium uit het Echtgenote Project. Je bent chaotisch, niet wiskundig onderlegd, je hebt belachelijke dieetwensen. Ik overwoog zelfs mijn leven te delen met een roker. Voor altijd! Niet te geloven.'

De uitdrukking op Rosies gezicht was complex, maar leek een mengeling van bedroefdheid, woede en verbazing. 'Daar ben je dan behoorlijk snel op teruggekomen,' zei ze.

Claudia was driftig aan het gebaren dat ik mijn mond moest houden, maar ik was vastberaden mijn eigen plan te volgen.

'Ik ben er niet op teruggekomen. Dat is juist het punt! Ik wil mijn leven met jou delen, ook al is dat volkomen irrationeel. En ook al heb je korte oorlellen. Zowel in sociaal als in genetisch opzicht is er geen enkele reden om me tot jou aangetrokken te voelen. Dus de enige logische conclusie is dat ik verliefd op je ben.'

Claudia kwam overeind en duwde me in haar stoel.

'Je weet niet van ophouden, of wel?' zei Rosie.

'Ben ik vervelend?'

'Nee,' zei Rosie. 'Je bent ongelooflijk dapper. Ik heb ontzettend veel plezier met je, je bent de slimste, grappigste persoon die ik ken, je hebt zoveel voor me gedaan. Dat is alles wat ik zoek in een man, maar ik ben te bang om ervoor te gaan, omdat...'

Ze zweeg, maar ik wist wat ze dacht. Ik maakte haar zin voor haar af.

'Omdat ik raar ben. Volkomen begrijpelijk. Ik ben bekend met het probleem, omdat voor mij alle andere mensen raar lijken.'

Rosie begon te lachen.

Ik probeerde het uit te leggen.

'Huilen om fictieve personages, bijvoorbeeld.'

'Kun je ermee leven dat ik huil bij films?' vroeg Rosie.

'Natuurlijk,' zei ik. 'Dat is normaal gedrag.' Ik zweeg toen ik me realiseerde wat ze had gezegd.

'Zeg je nu dat je met mij samen zou willen leven?'

Rosie glimlachte.

'Je hebt dit op tafel laten liggen,' zei ze, en ze haalde het doosje met de ring uit haar tas. Ik realiseerde me dat Rosie was teruggekomen op haar besluit van de vorige avond en dat ze in feite de tijd had teruggedraaid zodat ik mijn oorspronkelijke plan kon hervatten, maar dan op een andere locatie. Ik haalde de ring uit het doosje en ze stak haar hand uit. Toen schoof ik de ring om haar vinger. Hij paste. Ik voelde me enorm opgelucht.

Ik werd me ervan bewust dat er om ons heen werd geapplaudisseerd. Dat leek logisch. Ik had in de wereld van de romantische komedie geleefd en dit was de slotscène. Alleen was het echt. Iedereen in de eetzaal van de University Club had toegekeken. Ik besloot het verhaal af te sluiten zoals het hoorde en gaf Rosie een kus. Deze was nog beter dan de vorige.

'Als je me maar niet teleurstelt,' zei Rosie. 'Ik verwacht constante gekheid van je.'

Toen zag ik Phil naar binnen lopen, met zijn neus in het verband. Hij werd vergezeld door de clubmanager, met daarachter twee politieagenten. De manager wees Gene aan.

'O, shit,' zei Rosie. Phil liep naar Gene, die overeind kwam. Er volgde een kort gesprek en toen sloeg Phil hem met een enkele kaakslag tegen de vlakte. De politieagenten haastten zich naar voren om Phil tegen te houden, maar hij bood geen weerstand. Claudia rende naar Gene, die langzaam overeind kwam. Hij leek niet ernstig gewond te zijn. Ik realiseerde me dat Phil volgens de klassieke regels van de romantiek het recht had om Gene aan te vallen, als die inderdaad Rosies moeder had verleid toen ze al iets met Phil had.

Maar het was niet zeker dat Gene dat had gedaan. Aan de andere kant waren er waarschijnlijk talloze mannen die het recht hadden om Gene te slaan. In die zin had Phil namens hen voor gerechtigheid gezorgd. Dat had Gene blijkbaar ook begrepen, want hij leek de politie ervan te willen overtuigen dat alles in orde was.

Ik richtte mijn aandacht weer op Rosie. Nu mijn oorspronkelijke plan was hervat, was het belangrijk om niet afgeleid te raken.

'Item twee op de lijst was de identiteit van je vader.'

Rosie glimlachte. '"Waar waren we gebleven? Item één: laten we gaan trouwen. Oké, dat is geregeld. Verder met item twee." Dat is de Don die ik ken en van wie ik houd.'

Dat laatste woord snoerde me de mond. Ik kon Rosie alleen maar aankijken toen tot me doordrong wat ze precies had gezegd. Blijkbaar had zij hetzelfde, want het duurde een paar seconden voor ze weer wat zei.

'Hoeveel posities uit dat boek heb je uit je hoofd geleerd?'

'Uit het seksboek? Allemaal.'

'Onzin.'

'Het was aanzienlijk minder complex dan het cocktailboek.'

'Laten we dan naar huis gaan,' zei ze. 'Naar mijn huis. Of naar jouw huis, als je dat Atticus Finch-kostuum nog hebt.' Ze begon te lachen.

'Dat ligt op mijn kantoor.'

'Een andere keer dan. Niet weggooien.'

We stonden op, maar de twee politieagenten – een man en een vrouw – versperden ons de weg.

'Meneer,' zei de vrouw (leeftijd ongeveer achtentwintig, BMI ongeveer drieëntwintig), 'ik moet u vragen wat u in uw zak hebt.'

Ik was de envelop helemaal vergeten! Ik haalde hem tevoorschijn en zwaaide ermee naar Rosie.

'Kaartjes! Kaartjes voor Disneyland. Alle problemen opgelost!' Ik wapperde met de drie kaartjes, pakte Rosies hand en liep samen met haar naar Phil om ze aan hem te laten zien.

36

We gingen naar Disneyland, Rosie, Phil en ik. Het was heel leuk en het leek te helpen bij het verbeteren van de onderlinge banden. Rosie en Phil wisselden informatie uit en ik kwam veel te weten over Rosies leven. Het was belangrijke achtergrondinformatie voor de moeilijke maar cruciale taak die ik me had gesteld: me optimaal leren inleven in ten minste één andere persoon op de wereld.

Rosie en ik zijn verhuisd naar New York, waar het volkomen geaccepteerd is om raar te zijn. Dat is een vereenvoudiging van de echte beweegredenen: in werkelijkheid vond ik het vooral belangrijk om een nieuwe start te kunnen maken met mijn nieuwe vaardigheden, mijn nieuwe kijk op het leven en mijn nieuwe partner, zonder te worden tegengehouden door het beeld dat anderen van me hadden, een beeld dat ik niet alleen had verdiend maar ook nog zelf had aangemoedigd.

Ik werk hier op de afdeling Genetica van Columbia University, en Rosie zit in het eerste jaar van haar doctoraalopleiding geneeskunde. Ik draag op afstand bij aan het onderzoeksproject van Simon Lefebvre, aangezien hij daarop had gestaan als voorwaarde voor financiering. Ik zie het als een vorm van morele vergoeding voor het gebruik van universiteitsapparatuur voor het Vader Project.

We hebben een appartement in Williamsburg, niet ver

van de Eslers, die we regelmatig bezoeken. Het Kelderverhoor is inmiddels een anekdote geworden die we beiden op feestjes vertellen.

We denken erover ons voort te planten (of zoals ik bij een sociale gelegenheid zou zeggen: 'om kinderen te krijgen'). Om ons op die mogelijkheid voor te bereiden, is Rosie gestopt met roken en hebben we beiden onze alcoholconsumptie beperkt. Gelukkig zijn er talloze andere activiteiten die ons van dit verslavende gedrag afleiden. Rosie en ik werken drie avonden in de week in een cocktailbar. Dat is soms erg vermoeiend, maar het is ook gezellig en leuk, en het is een mooie aanvulling op mijn salaris als academicus.

Ook luisteren we naar muziek. Ik heb mijn aanpak voor het beluisteren van Bach herzien en probeer nu niet meer alleen de individuele noten te volgen. Dat is een succesvollere aanpak, maar het lijkt erop dat ik met mijn muzikale voorkeur in mijn jeugd ben blijven hangen. Aangezien ik in die tijd zelf niet echt bewust met muziek bezig was, heb ik nu dezelfde voorkeur als mijn vader. Ik kan een goed beargumenteerde discussie voeren over het feit dat er na 1972 niets meer is verschenen wat het beluisteren waard is. Rosie en ik voeren die discussie regelmatig. Ik kook, maar ik bewaar mijn maaltijden uit het Gestandaardiseerde Maaltijdsysteem voor etentjes met vrienden.

We zijn officieel getrouwd. Hoewel ik het klassieke romantische ritueel met de ring had uitgevoerd, had ik niet verwacht dat Rosie daadwerkelijk zou willen trouwen, als moderne feministe. De term 'echtgenote' in het Echtgenote Project stond meer voor 'levensgezellin'. Maar zij had besloten dat ze ten minste één relatie in haar leven wilde die verliep zoals het hoorde. Daar hoorden monogamie en vastigheid bij. Een uitstekende uitkomst.

Ik kan Rosie zonder problemen omhelzen. Daar zag ik het meest tegen op nadat ze had ingestemd om haar leven met mij te delen. Over het algemeen vind ik lichamelijk contact nogal onaangenaam, maar seks vormt hier uiteraard een uitzondering op. Seks was de oplossing voor mijn probleem met lichamelijk contact. We zijn nu ook in staat elkaar te omhelzen zonder seks te hebben, wat op sommige momenten uiteraard wel zo handig is.

Samenwonen met een andere persoon vergt veel van me. Om hiermee om te kunnen gaan en om mijn vaardigheden op dat gebied te blijven verbeteren, ga ik één avond in de week naar therapie. Dat is een grapje: mijn 'therapeut' is Dave en ik verleen hem dezelfde 'therapeutische' diensten. Dave is ook getrouwd, en hoewel ik naar verluidt anders in elkaar zou zitten, zitten er verrassend veel overeenkomsten in de uitdagingen waarvoor wij ons gesteld zien. Soms neemt hij vrienden mee, en collega's van zijn baan als koelkastmonteur. We zijn allemaal supporter van de Yankees.

Rosie heeft het een tijdje niet over het Vader Project gehad. Dat schreef ik toe aan haar verbeterde relatie met Phil en aan de afleiding die andere activiteiten haar boden. Maar ik was stiekem wel wat nieuwe informatie aan het verwerken.

Op onze bruiloft wilde dokter Eamonn Hughes, de eerste persoon die we hadden getest, mij even onder vier ogen spreken.

'Er is iets wat je moet weten,' zei hij. 'Over Rosies vader.'

Het leek me volkomen aannemelijk dat de beste vriend van Rosies moeder wist wie haar vader was. Misschien dat we het hem alleen maar hadden hoeven vragen. Maar Eamonn doelde op iets anders. Hij wees naar Phil.

'Phil heeft het een beetje verprutst met Rosie.'

Dus Rosie was niet de enige die Phil een slechte ouder vond.

'Weet je van het auto-ongeluk?'

Ik knikte, al kende ik geen details. Rosie had duidelijk gemaakt dat ze daar niet over wilde praten.

'Bernadette reed omdat Phil had gedronken.'

Ik had al geconcludeerd dat Phil ook in de auto had gezeten.

'Phil wist zich te bevrijden, met een gebroken heup, en haalde Rosie uit de auto.' Eamonn zweeg even. Hij was duidelijk van streek. 'Hij haalde eerst Rosie uit de auto.'

Dit was echt een vreselijk scenario, maar als geneticus was mijn eerste gedachte: natuurlijk. Phil had zoveel pijn en stond onder zoveel druk dat hij vast instinctief had gehandeld. Dit soort situaties op leven en dood kwamen regelmatig voor in het dierenrijk. Phils keuze kwam overeen met de theorie en de onderzoeksresultaten. Hoewel hij dit moment waarschijnlijk nog vele malen in zijn hoofd had afgespeeld en zijn latere gevoelens voor Rosie hier wellicht sterk door werden beïnvloed, klopten zijn handelingen met de primitieve drang om de drager van zijn genen te beschermen.

Pas later realiseerde ik me mijn fout. Rosie was niet Phils biologische dochter, dus konden dergelijke instincten geen rol spelen. Ik probeerde andere verklaringen te bedenken voor zijn gedrag, maar ik deelde mijn ideeën en mijn uiteindelijke hypothese met niemand.

Toen ik eenmaal een tijdje bij Columbia werkte, vroeg ik toestemming om de DNA-apparatuur te gebruiken voor een privéonderzoek. Ze waren bereid dit toe te staan. Het zou ook niet erg zijn geweest als ze hadden geweigerd. Ik had de overgebleven monsters naar een commercieel laboratorium kunnen sturen en voor een paar honderd dollar kunnen laten testen. Rosie had deze optie al vanaf het begin van het Vader Project tot haar beschikking gehad. Inmiddels weet ik dat ik Rosie hier niet op heb geattendeerd omdat ik zelfs toen al onbewust een relatie met haar wilde. Verbazingwekkend!

Ik vertelde Rosie niet van de test. Ik had de monsters meegenomen naar New York en had ze op een dag gewoon in mijn tas gestopt.

Ik begon met de paranoïde cosmetisch chirurg, Freyberg, die naar mijn idee de minst waarschijnlijke kandidaat was. Een vader met groene ogen was niet onmogelijk, maar er was verder niets wat erop wees dat hij wel eens haar vader zou kunnen zijn. Zijn weigering om me een bloedmonster te sturen kon verklaard worden door het feit dat hij gewoon een wantrouwige en weinig behulpzame persoon was. Mijn voorspelling bleek te kloppen.

Toen prepareerde ik het monster van Esler, afkomstig van zijn vork. Het monster was de halve wereld over gereisd, en weer terug. Na de confrontatie in zijn donkere kelder was ik ervan overtuigd dat hij de vader van Rosie was. Maar naderhand kwam ik tot de conclusie dat hij misschien alleen een vriend had willen beschermen, of de nagedachtenis aan een vriend. Ik vroeg me af of Eslers besluit om psychiater te worden beïnvloed was door de zelfmoord van Geoffrey Case, zijn getuige op zijn huwelijk.

Ik testte het monster. Esler was niet Rosies vader.

Daarna was Gene's monster aan de beurt. Gene, mijn beste vriend. Hij deed hard zijn best om zijn huwelijk te redden. Toen ik langsging om mijn ontslag in te dienen bij de decaan, zag ik dat hij zijn wereldkaart van de muur had gehaald. Maar ik kon me niet herinneren dat ik ooit een punaise had gezien bij Ierland, het geboorteland van Rosies moeder. Het was niet nodig om het servet te testen. Ik gooide het in de prullenbak.

Ik had nu elke kandidaat uitgesloten, behalve Geoffrey Case. Isaac Esler had me verteld dat hij wist wie de vader van Rosie was, maar dat hij geheimhouding had gezworen. Wilde Rosies moeder – en Esler – soms voorkomen dat Rosie wist dat er zelfmoord in de familie voorkwam? Of psychische aandoeningen? Had Geoffrey Case misschien zelfmoord gepleegd toen hij hoorde dat hij de vader van Rosie was, maar dat haar moeder bij Phil wilde blijven? Dat waren allemaal goede redenen om te zwijgen, zo goed dat het me zeer waarschijnlijk leek dat Geoffrey Case degene was met wie Rosies moeder was vreemdgegaan.

Ik reikte in mijn tas en pakte het DNA-monster dat het lot me had toebedeeld zonder dat Rosie ervan wist. Ik wist nu bijna zeker dat dit mijn hypothese over het vaderschap zou bevestigen.

Ik knipte een klein stukje stof uit, goot de reagens eroverheen en liet die een paar minuten intrekken. Starend naar het monster in de heldere vloeistof nam ik het Vader Project nog eens door, en werd ik steeds zekerder van mijn voorspelling. Ik besloot dat Rosie erbij moest zijn voor het resultaat, of ik nu gelijk zou hebben of niet. Ik sms'te haar. Ze was op de campus en was er binnen een paar minuten. Ze wist meteen wat ik aan het doen was.

Ik stopte het geprepareerde monster in het apparaat en wachtte terwijl de analyse werd uitgevoerd. Samen staarden we naar het beeldscherm tot het resultaat zou verschijnen. Na al het bloed prikken, wang schrapen, cocktails maken, gebouwen afdalen, glazen verzamelen, vliegen, rijden, voorstellen schrijven, urine deppen, kopjes stelen, vorken afvegen, tissues uit vuilnisbakken halen, tandenborstels stelen, haarborstels schoonmaken en tranen wegvegen, hadden we nu een match.

Rosie wilde weten wie haar biologische vader was. Haar moeder wilde dat de identiteit van de man met wie ze was vreemdgegaan – wellicht maar één keer, toen ze zich had laten meeslepen door haar emoties – voor altijd geheim zou blijven. Nu kon ik hun beider wensen in vervulling laten gaan.

Ik liet haar de restanten zien van het bebloede hemd van Jarman's Gym met het uitgeknipte stukje stof. Het zou niet nodig zijn om de zakdoek met de tranen van Margaret Case te testen.

Uiteindelijk was de hele vaderschapskwestie de schuld van Gene. Ik wist vrijwel zeker dat hij de geneeskundestudenten een vereenvoudigd model van de erfelijkheid van uiterlijke kenmerken had geleerd. Als Rosies moeder had geweten dat de kleur ogen geen betrouwbare indicator was voor het vaderschap, en als ze een DNA-test had laten uitvoeren om haar vermoedens te bevestigen, dan zou er geen Vader Project zijn geweest, geen Geweldige Cocktailavond, geen Avontuur in New York, geen Don Project, en geen Rosie Project. Als deze ongeplande reeks gebeurtenissen niet had plaatsgevonden, dan zouden haar dochter en ik nooit verliefd op elkaar zijn geworden. En dan zou ik nog steeds elke dinsdagavond kreeft eten.

Onvoorstelbaar.

Dankwoord

Het Rosie Project is in sneltreinvaart geschreven. Ik maakte me net lang genoeg los van mijn bureau om het verhaal te bespreken met mijn vrouw Anne, die schrijfster is, mijn dochter Dominique en de collega-auteurs van mijn cursus roman schrijven aan RMIT University, geleid door Michelle Aung Thin.

Na te zijn opgepikt door Text Publishing heeft het manuscript enorm geprofiteerd van de aandacht van mijn redacteur, Alison Arnold, die precies snapte wat mijn bedoeling was, en van de enthousiaste steun van Michael Heyward en zijn team, in het bijzonder Jane Novak, Kirsty Wilson, Chong Weng Ho en Michelle Calligaro. De inspanning van Anne Beilby om *Rosie* onder de aandacht te brengen bij internationale uitgevers heeft ertoe geleid dat het verhaal van Don en Rosie in zeker dertig talen zal verschijnen.

Maar het onderliggende verhaal dateert van veel eerder. Het begon als een scenario, geschreven tijdens een studie scenario schrijven aan RMIT University. Anne, mijn zoon Daniel en ik hebben samen het oorspronkelijke plot bedacht tijdens een wandeling in Nieuw-Zeeland. In 2007 werd een eerste probeersel met de personages gepubliceerd in *The Envelope Please*, onder de titel 'The Klara Project: Phase 1'. Nadat ik had besloten dat het een komedie moest worden en geen drama, rondde ik in 2008 de eerste versie van het scenario af, met een andere plot en de Hongaarse nerd Klara in de rol van Rosie. In de daaropvolgende vijf jaar maakte het verhaal grote veranderingen door, veelal verbeteringen, en dat is te danken aan de vele mensen die me hebben gesteund, bekritiseerd en aangespoord om geen genoegen te nemen met wat ik al had.

De docenten van RMIT University hebben me niet alleen de basisbeginselen van het verhalen vertellen bijgebracht, maar ook specifiek advies gegeven over het script. Bijzondere vermelding verdienen: Clare Renner, de directrice; Tim Ferguson, koning van de komedie; David Rapsey en Ian Pringle, doorgewinterde filmproducenten die geen blad voor de mond namen; en Boris Trbic, die me waardering heeft bijgebracht voor de *screwball comedy*. (Cary Grant zou perfect zijn geweest als Don.) Jo Moylan was mijn schrijfmaatje in het jaar waarin ik de radicaalste veranderingen doorvoerde. Het maken van korte films met de studenten audiovisuele media, onder leiding van Rowan Humphrey en Simon Embury, heeft me inzicht gegeven in wat wel werkt en wat niet. Ik heb veel geleerd over bondig schrijven toen ik zag hoe mijn overbodige dialogen sneuvelden in de montagekamer. Kim Krejus van 16th Street Actors Studio regelde getalenteerde acteurs voor een verhelderende doorloop.

Ik heb geluk dat ik deel uitmaak van een talentvolle en hardwerkende schrijversgroep bestaande uit Irina Goundortseva, Steve Mitchell, Susannah Petty en May Yeung. *Rosie* stond regelmatig op de agenda en Irina's enthousiasme voor het korte verhaal heeft een grote rol gespeeld bij mijn keuze om ermee door te gaan. Later was Heidi Winnen de eerste persoon buiten mijn familie die me zei dat de roman misschien wel potentie had.

Het script heeft zeker geprofiteerd van de feedback van

scenariogoeroes Steve Kaplan en Michael Hauge. Hun betrokkenheid werd mogelijk gemaakt door de Australian Writers' Guild en Marcus West van Inscription, die in 2010 een prijs uitloofden voor schrijvers van romantische komedies. Producenten Peter Lee en Ros Walker en regisseur John Paul Fischbach hebben ook waardevol commentaar geleverd.

De weg naar publicatie begon toen *The Rosie Project* in 2012 de Victorian Premier's Literary Award voor een ongepubliceerd manuscript won. Ik dank de Victorian State Government en het Wheeler Centre voor het financieren en uitreiken van deze prijs. Ook dank aan juryleden Nick Gadd, Peter Mews, Zoe Dattner en Roderick Poole voor hun gedurfde keuze.

Vele andere mensen hebben *Rosie* en mij gesteund tijdens onze zes jaar durende reis van concept naar gepubliceerde roman, in het bijzonder: Jon Backhouse, Rebecca Carter, Cameron Clarke, Sara Cullen, Fran Cusworth, Barbara Gliddon, Amanda Golding, Vin Hedger, Kate Hicks, Amy Jasper, Noel Maloney, Brian McKenzie, Steve Melnikoff, Ben Michael, Helen O'Connell, Rebecca Peniston-Bird, April Reeve, John Reeves, Sue en Chris Waddell, Geri en Pete Walsh, en mijn medestudenten aan RMIT University.

Dons kreeftsalade is gebaseerd op een recept uit *Contemporary Australian Food* van Teage Ezard. Perfect voor een romantisch etentje op een balkon met een fles Drappier rosé brut.

Meer lezen over Don Tillman en Rosie Jarman?
Lees *Het Rosie Effect*!

'Een subliem hilarisch, humoristisch boek.'
Wim Krings (boekhandel Krings, Sittard)

Don Tillman en Rosie Jarman zijn getrouwd en wonen in New York. Juist als Don wil vertellen dat Gene, zijn schuinsmarcherende beste vriend uit Australië komt, heeft Rosie nieuws: ze is zwanger.

Op zijn geheel eigen wijze verwerft de autistische Don in no time alle kennis over vader worden. Maar zijn oude zwakheden komen weer boven en brengen hem in de problemen. Terwijl hij opgaat in het perfectioneren van alle praktische details, verliest hij zijn emoties totaal uit het oog. Hij dreigt Rosie kwijt te raken op het moment dat ze hem het hardste nodig heeft.